마지막 황제

마지막 황제

THE LAST EMPEROX

존 스칼지 장편소설 · 유소영 옮김

Characters

황제Emperox 그레이랜드 2세

본명 카르데니아 우-패트릭. 상호의존성단 무역 길드 성 제국 황제이자 상호의존성단 교회의
수장. 1순위 후계자 오빠의 죽음으로 갑작스레 황제의 자리에 오른 후 수없는 암살 위협에
시달리면서도, 플로우 파괴로 인한 문명의 소멸을 막고 인류를 구하고자 노력을 기울인다.

키바 라고스

상호의존성단 제국의 과일 무역 독점권을 가진 라고스 가문의 서열 낮은 후계자이지만
뛰어난 경영 능력과 수완으로 언제든 기회를 엿보는 인물. 플로우의 비밀을 알게 되면서
그레이랜드와 마르스 클레어몬트의 편에 서게 되고 여러 차례 암살당할 뻔한다.

마르스 클레어몬트

상호의존성단 제국에서 가장 홀대받은 행성 엔드의 하급 귀족 클레어몬트 백작의 아들이자
플로우 물리학자. 플로우에 대한 비밀을 제국에 알리고자
그레이랜드를 만났다가 사랑에 빠지게 된다.

나다쉬 노하마페탄

상호의존성단 제국 황제를 제외하고 가장 큰 권력과 무역 독점권을 지닌
노하마페탄 가문의 둘째 딸. 명석한 두뇌와 매력을 이용하여 제국을 지배하려는 야망으로
여러 차례 쿠데타와 황제 암살을 시도한다.

그레니 노하마페탄

나다쉬의 남동생. 나다쉬만큼의 야심을 가지고 있으나 그에 미치지는 못한다.
나다쉬의 뜻에 따라 행성 엔드를 점령하고 황제의 군대가 입성하는 것을 막고 있다.

제이미스 클레어몬트

엔드 행성의 귀족이자 마르스의 아버지. 아타비오 6세의 극비 지원으로 진행한
플로우 연구를 아들에게 물려준다.

프로스터 우

그레이랜드 황제를 배출한 우 가문의 방위 부문을 총괄하는 가문 최고 권력자.
신중하고 진지하지만 한순간의 욕심으로 나다쉬와 손을 잡는 우를 범한다.

후마 라고스 백작

로고스 가문의 수장이자 키바 라고스의 어머니. 냉철하고 적에 대해서는 가차없는 인물.
키바의 불 같은 성미는 어머니로부터 물려받았다.

세니아 펀다펠로난

노하마페탄 가문의 변호사. 나다쉬의 명을 받고 키바의 사업을 무너뜨릴 생각으로
파견되었으나 도리어 키바와 사랑에 빠지게 된다.

선지자-황제 라헬라 1세

상호의존성단 제국의 시초가 된 최초의 황제이자 선지자. 현재 '기억의 방' 안에서
가상현실로 존재하며 그레이랜드에게 깨달음을 준다.

아타비오 6세

상호의존성단 제국의 전황제. 그레이랜드 2세의 아버지로
'기억의 방'에서 딸의 조언자가 되어 준다.

군다 코르빈

시안 대주교이자 상호의존성단 최고 권력자들이 모인 집행위원회의 명목상 의장.
고위 간부 중 그레이랜드의 거의 유일한 동지.

지위

지난 모든 황제의 생각과 기억이 저장된 '기억의 방'을 지키며
현 황제에게 제국의 모든 비밀 정보를 모아 전달해 주는 인간형 프로그램.

토마 셰네버트

천 년 전 제위를 빼앗기고 지구를 떠난 황제이자 오베르뉴 호와 한몸이 된 인공 인간.
그레이랜드와 마르스를 진심으로 좋아하고 그들을 물심양면으로 돕는다.

지난 줄거리

지구와의 연락이 단절된 채 플로우라는 시공연속체를 통해 빠른 이동을 가능하게 해 주는 상호의존성단^{Interdependency}에 나뉘어 살게 된 미래의 인류. 황제가 살고 있는 허브 행성을 중심으로 많은 식민 행성들은 무역 독점권을 지닌 길드 가문에 의해 통치되며 플로우를 통해 교역하면서 번영을 누리고 있다. 그러나 갑작스레 생긴 플로우의 균열과 성단의 가장 쇠락한 행성 엔드에서 반란이 일어나면서 제국의 분위기는 혼란스러워지고, 1순위 후계자인 오빠의 죽음으로 예기치 않게 황제 자리를 물려받은 카르데니아(그레이랜드 2세) 역시 즉위 당일부터 테러 위협에 놓인다. 이러한 분위기를 타고 제국 지배권을 침탈하려는 노하마페탄 가문과 라이벌 가문들의 알력 싸움이 펼쳐지고, 라고스 가문의 후계자이자 뛰어난 장사꾼인 레이디 키바는 이 모든 상황 한가운데에서 무엇이 자신과 가문에 이득인지를 고민한다.

한편 전황제의 비밀 지원을 받아 오랫동안 플로우를 연구해 온 엔드 행성의 백작 제이미스 클레어몬트는 과학자인 아들 마르스에게 자신의 연구를 물려주며 허브의 황제에게 전하라 명한다. 언제 연결이 끊어질지 알 수 없는 플로우를 통해 위험천만한 여행을 떠난 마르스는 마침내 황제를 만나 플로우의 위험에 대해 전하고, 엄청난 거리로 떨어진 각 행성들을 유기적으로 연결하는 플로우가 파괴되는 즉시 인류와 문명의 종말이 올 것임을 직감한 그레이랜드와는 달리 귀족 가문들은 여전히 이 사태로 어떻게 새로운 이득을 취할 것인지 골몰한다. 이러한 시스템 없이 자생할 수 있는 행성은 엔드 단 하나뿐인 와중, 가장 강력하고 야심만만한 귀족 나다쉬 노하마페탄은 엔드를 먼저 점령한 후 황제 암살을 기도하지만 실패하고, 그레이랜드는 약해진 왕권을 강화시켜 귀족 세력을 억누르고 제국의 시민들을 모두 살릴 수 있는 방법을 강구하는데….

Contents

다른 사람들의 헛짓거리를
더 이상 참지 않는 여성들을 위해

프롤로그

재미있는 것은, 지대공 미사일이 타고 있는 에어카를 맞추기 1초 전에 엔드의 임시 대공 그레니 노하마페탄이 그 미사일을 실제로 보았다는 점이었다.

그때 그는 돌이켜보면 그리 유능하지 않았던 국방장관 블레인 터닌과 함께, 현재 벌어지고 있는 내전에서 이쪽 편에 서기로 약속한 반란군과의 비밀 회동에 대해 이야기를 나누고 있었다. 그레니가 터닌을 돌아보며 뭐라 말하려는데 시야 가장자리에서 빛이 번득였다. 두꺼운 에어카 유리창으로 시선을 향하는 순간, 갑자기 앞에서 언급한 지대공 미사일이 시야 한가득 들어왔다.

저건 미사일인데, 그레니는 이렇게 말하려고 했지만 "저건"까지밖에 말하지 못했다. 아니, 첫 단어의 첫 글자가 입 밖에 나온 순간, 미사일은 에어카를 직격했고 완전히 아수라장이 벌어졌다.

눈 깜빡할 사이 에어카가 여러 축으로 진행 방향을 틀자, 좌석에 몸을 고정시키지 않았던 블레인 터닌은 놀란 얼굴로 에어카 객실 내부 표면을 핀볼처럼 돌았다. 뇌가 한꺼번에 처리할 수 없을 정도로 여러 가지 생각이 엔드의 임시 대공 그레니 노하마페탄의 머릿속을 채웠다. 두뇌의 고차원적 인지능력을 담당하는 부위가 일단 완성된 생각들을 모두 한꺼번에 풀어놓고 나중에 처리하게 해야겠다고 작정한 것 같았다. 하지만 블레인 터닌의 목이 섬뜩한 각도로 꺾이는 것을 볼 때, 그 나중이라는 것이 과연 올 것인가 하는 점은 의심스러웠다.

어쩌면 그 생각들이 그레니의 의식의 극장 속에서 차지하는 존재감을 비율의 형태로 나타내 보는 것이 쉬울지도 모른다.

일단, '젠장 이건 아니야 씨발 아니야 젠장 아니야 아니라고 젠장'이 대략 의식의 89퍼센트 정도 차지했다. 에어카가 빙글빙글 돌면서 고도를 상실하기 시작했으니 당연한 현상일 것이다.

이어 5퍼센트 정도, 한참 비중 적은 두 번째 생각은 '반란군들이 어떻게 알았지, 고작 한 시간 전에 회동 약속을 잡았는데, 나조차 이 차를 타게 될 줄 몰랐는데, 게다가 미사일 공격 방어 장치는 어디 있는 거야, 나는 한 행성 전체를 통치하는 총지도자이고 내전이 벌어진 상태인데 보안 담당자들이 좀 더 정신을 차리고 있어야 하는 거 아닌가'였다. 하지만 솔직히 지금 이 순간은 처리하기가 버거운지라, 그레니의 뇌는 일단 이 질문을 그냥 내버려 두었다.

세 번째, 인지력의 4.5퍼센트 정도는 이렇게 생각하고 있었다. '새로운 국방장관이 필요하겠군.' 블레인 터닌의 몸은 이제 '노릇

노릇 구운 프레츨'이라는 묘사 외에 달리 표현할 길이 없는 형태를 하고 있었기 때문에, 이 생각은 정확할 것이 분명했고 더 이상의 고민이 필요없었다.

그렇다면 남은 것은 네 번째 생각, 비록 나머지 주의력과 인지 능력의 극소량을 차지하고 있기는 하지만 전에도 했고, 자주 했던 생각이었다. 워낙 자주 생각해서 그레니 노하마페탄이라는 인간 자체를 규정하고 오늘의 그를, 중력과 원심력으로 인해 급격히 추락하고 있는 그를 만들었다고 해도 좋을 질문. 그 질문은 다음과 같았다.

'왜 나지?'

글쎄, 왜 그레니 노하마페탄일까? 문자 그대로, 동시에 존재론적으로 통제 불가 상태에서 아마도 '시체'가 틀림없을 '전직' 국방 장관의 몸 위에 구토하지 않으려고 애써 참고 있는, 인생의 이 지점으로 그를 이끈 운명의 장난은 무엇이었을까?

이는 적절한 답변이 여러 가지 있는 다차원적인 질문이었다.

첫 번째, 애당초 그가 태어났기에,

두 번째, 하필 천 년 동안 지속된 행성 시스템 연합 제국인 상호 의존성단을 지배하겠다는 야심을 품은 귀족 가문의 자손으로,

세 번째, 상호의존성단에 속한 행성 시스템들은 그레니가 이해하지는 못해도 어쨌든 고도로 신속한 통행로 역할을 하는 플로우라는 현상을 통해 서로 연결되며,

네 번째, 모든 행성 시스템들은 거의 대부분의 플로우 흐름이

통과하는 허브에서 성단을 통치하는 황제의 지배를 받고 세금을 내고 있는데,

다섯 번째, 그런데 가까운 미래의 어느 시점에 플로우에 대대적인 변화가 예견되고 있으며, 이 시점이 되면 대부분의 플로우가 현재 성단에서 가장 통행하기 까다로운 시스템인 엔드를 통과하게 되고,

여섯 번째, 따라서 그레니의 누이 나다쉬는 노하마페탄 가문의 일원이 엔드의 현직 대공직을 가로채야 한다고 생각했지만, 그녀 자신은 다음 황제가 될 레너드 우와 결혼할 계획으로 바빴고 그레니의 형 아미트는 노하마페탄 가문의 사업을 경영하고 있었기 때문에,

일곱 번째, 그러니, 뭐, 그레니 말고는 인물이 없었고,

여덟 번째, 그리하여 그가 엔드로 가서 전 대공과 손을 잡는 척 은밀하게 내전을 조장했으며,

아홉 번째, 이어 대공을 암살하고, 단순한 황제 세금징수관으로 알고 있었던 클레어몬트 백작 암살도 사주하고,

열 번째, 또한 내란을 종식시키겠다는 약속으로 임시 대공직을 맡았다. 애당초 반란군에게 뒷돈을 대고 있었던 것이 그였기 때문에 당연히 가능한 일이었다.

열한 번째, 한데 플로우 물리학자이기도 한 클레어몬트 백작은 플로우 흐름이 단순히 변화하는 것이 아니라 붕괴한다고 예측했으며,

열두 번째, 엔드에서 출발하는 유일한 플로우인 엔드와 허브 사

이 플로우 흐름이 붕괴했을 때 이 예측은 사실로 드러났고,

열세 번째, 따라서 실용주의적 정신에 입각하여, 백작은 플로우와 플로우에 존재 자체를 의지하고 있는 상호의존성단이 동시에 붕괴하면 닥쳐올 엔드의 고립에 대비하기 위해 그레니에게 협력하겠다고 제안했지만,

열네 번째, 그레니는, 음, 이런저런 '이유로' 이 제안을 받아들이지 않고 백작을 사라지게 했는데,

열다섯 번째, 그러자 하필 제국 해병 출신으로 인맥도 많고 아버지의 플로우 연구에 대해 자세히 알고 있는 백작의 딸이자 상속자 브레나 클레어몬트가 열을 받아서,

열여섯 번째, 플로우에 대한 사실을 모든 사람들에게 알렸고,

열일곱 번째, 그래서 사람들은 새 대공이 이 '플로우 붕괴'라는 심각한 문제를 비밀로 했다는 사실에 열을 받았고,

열여덟 번째, 그래서 이번에는 그레니에게 대항하는,

열아홉 번째, '새로운' 내전이 발발했고,

스무 번째, 이번에는 반란군도 새로운 인물들이었으며,

스물한 번째, 그들이 그레니의 에어카를 향해 미사일을 발사한 것이었다.

굳이 변명하자면, 그가 태어나고 싶어서 태어난 것은 아니다.

하지만 에어카가 엔드의 수도인 엔드폴 지표면의 도로에 부딪혀서 몇 바퀴 구르다가 완전히 정지한 순간에는 그 사실도 변변찮은 위안에 불과했다.

땅에서 구르는 동안 감고 있던 눈을 다시 떠 보니, 에어카는 똑바로 서 있었다. 블레인 터닌의 몸은 방금 30초가량 헝겊 인형처럼 마구 흔들렸던 기색 하나 없이 맞은편 좌석에서 조용히, 고요하게, 안식을 취하고 있었다. 목뼈가 지나치게 익은 파스타 면발처럼 흐늘거려서 머리가 약간 삐딱하게 기울어져 있는 모습을 보니, 어쩌면 낮잠 한숨 청하고 있는 게 아닐지도 모른다는 생각이 들 뿐이었다.

10초 뒤 박살 난 에어카 문이 억지로 열리고 경호팀 보좌관들이 나타나더니—어째서 저 경호원들이 타고 온 에어카는 표적이 되지 않았느냔 말이야, 그레니의 의식이 소리지르고 있었다—안전벨트를 풀고 그레니를 거칠게 차 밖으로 끌어내서 두 번째 차에 서둘러 실었다. 에어카는 대공 관사를 향해 직선 항로로 돌아가기 시작했다. 산산조각 난 에어카에서 마지막으로 눈에 들어온 것은 터닌의 몸이 인간 깔개처럼 차량 바닥에 무너지는 광경이었다.

"다른 에어카는 아예 표적이 되지 않은 게 수상하지 않느냔 말이야?" 몇 주, 최대한 몇 달까지 외부 공격에 저항할 수 있도록 지하 깊이 설계된 대공 관사 안전실에서, 그레니는 연신 서성거리며 말했다. "에어카는 겉에서 보기에 모두 똑같았어. 비행 보고도 하지 않았고. 우리가 비행 중이라는 걸 아는 사람은 아무도 없었어. 그런데 쾅, 미사일이 그중 한 대를 맞췄는데, 그게 바로 내 에어카였단 말이야. 경호팀 누군가가 내통했다고 봐야겠지. 우리 편에 배신자가 있다는 뜻이야."

제이미스, 클레어몬트 백작은 의자에 앉은 채 한숨을 쉬더니 읽고 있던 책을 내려놓고 눈을 비볐다. "당신이 겪은 고초에 대해 별다른 안타까움을 느끼지 못하는 내 입장은 이해하시겠소?" 그는 그레니에게 말했다.

그레니는 누구를 상대로 음험한 상상을 털어놓고 있는지 깨닫고 그 자리에 우뚝 섰다. "누굴 믿어야 할지 더 이상 모르겠군." 그는 말했다.

"나는 아닐 거요." 제이미스는 말했다.

"그런데 내 말이 틀렸나?" 그레니는 거듭 물었다. "내 경호팀에 배신자가 있는 것 같지 않소?"

제이미스는 아쉬운 눈빛으로 잠시 책을 바라보았다. 시선이 닿는 곳을 따라가 보니, 『몬테크리스토 백작』이라는 제목이 찍힌 낡은 하드커버였다. 그레니는 역사적 인물의 전기려니 생각하고 몬테 크리스토가 어느 시스템에 살았던 사람일까 막연히 궁금했다. 그러다 다시 백작을 돌아보았다.

"아니, 틀리지 않았어." 제이미스는 마침내 말했다. "아마 배신자가 있을 거요. 최소한 한 명. 아마 여러 명."

"그런데 왜?"

"음, 이건 그냥 가설이지만, 당신이 암살이라는 수단을 이용해 대공직을 차지하고, 임박한 문명의 붕괴에 대해 신민들에게 거짓말을 했으며, 의미 있는 대비조차 전혀 하지 않은 무능력자라는 사실과 관계가 있지 않겠소."

"내가 대공을 암살했다는 건 당신 말고 아무도 몰라." 그레니는 말했다.

"그렇군. 어쨌든 임박한 문명의 붕괴에 대해 신민들에게 거짓말을 한 무능력자라는 사실은 그대로지."

"내가 정말 무능력자라고 생각하나?"

백작은 잠시 그레니를 응시하다가 다시 입을 열었다. "왜 나를 만나러 오셨소, 그레니?"

"무슨 뜻이오?"

"나를 왜 만나러 왔느냐는 말이오. 나는 당신의 포로이고 정치적으로 골칫거리 아닌가. 당신이 나를 억류해서 감금한 것이 애당초 이 내전이 일어난 주요 이유 중 하나지. 당신이 영리하다면… 아니, 영리하다면 애당초 그런 짓을 하지 않았겠지만. 어쨌든 내 문제에 관해서 영리한 사람이라면, 나와 거리를 두고 쥐도 새도 모르게 썩어가도록 내버려 두는 게 최선일 거요. 그런데 며칠에 한 번씩 나를 찾아 여기 드나들지 않나."

"당신은 나를 돕겠다고 했어." 그레니가 말했다.

"그건 당신이 나를 구덩이에 밀어 넣는 게 최선이라고 결정하기 전의 일이지." 제이미스는 대꾸했다. "게다가 당신이 저지른 암살을 계속해서 나한테 뒤집어씌우고, 그 암살 사건을 내 상속자에게서 상속권을 빼앗는 핑계로 이용하다니. 그건 그렇고 그 일은 어떻게 되어가고 있지? 작위와 영지를 빼앗으면 브레나가 주춤할 거라고 생각하신 거요?"

"당신 딸은 이해할 수가 없어."

"어째서?"

그레니는 클레어몬트 백작 쪽으로 손짓했다. "당신은 과학자요.

그러니까… 반란에 어울릴 부류는 아닐 텐데."

 "당신이 날 그렇게 만들지 않았나. 브레나로 말하자면, 당신은
그 애 어머니를 만나 본 적 없지? 한번 만나 보면 더 잘 이해할 거
요. 그게 중요한 건 아니고, 어쨌든 나와 마찬가지로 그 애를 반란
군으로 만든 건 당신이오. 상당히 수완 좋은 반란군으로."

 "그 말에는 동의할 수 없겠소."

 "아, 그러시겠군. 전혀 수완 없는 반란군 지도자가 당신 경호팀
에 침투해서 배신자를 최소한 한 사람 심고 기밀 여행 일정을 파
악해서 다른 에어카 말고 하필 당신이 탄 에어카에 미사일을 직격
한 거겠군. 죄송, 잠시 착각했소." 백작은 책 쪽으로 다시 손을 뻗
었다.

 "이야기할 사람이 필요해." 그레니는 불쑥 말했다.

 제이미스는 임시 대공 쪽을 돌아보았다. "뭐라고 하셨소?"

 "내가 왜 자꾸 찾아오느냐고 물었지." 그레니는 말했다. "난 이
야기할 사람이 필요해."

 "이야기할 상대라면 정부 조직을 통째로 거느리고 계시잖소."

 "내부에 배신자가 있는 조직이지."

 "나 역시 당신 편은 아니라는 점을 잊고 계신 것 같은데."

 "알고 있어, 하지만." 그레니는 방을 향해 손짓했다. "당신은 아
무 데도 못가지 않나."

 뭐라 대답해야 자신이 포로라는 사실을 일깨울 수 있을지 생각
하는 듯 백작은 다시 입을 다물었다가 책을 집어들었다. "심리 치
료사라도 부르시는 게 좋겠소."

"심리 치료는 필요없어."

"내가 당신이라면 다른 의견을 들어볼 거요."

"그 의견은 명심하지."

"아니, 다 접어 두고 친구도 없나, 그레니? 가짜 친구라도?"

그레니는 가짜 친구라는 조롱에 뭐라 대꾸하려고 입을 열다가 다시 멈췄다.

제이미스는 책을 펼친 채 그레니를 유심히 바라보았다. "이런, 옥좌를 찬탈한 대공 전하, 대공의 고문 역을 맡던 시절 당신 주변에는 늘 사람들이 따르던 것으로 기억하는데. 수다쟁이들, 아첨꾼들. 당신도 그 누구 못지않게 수다 떨고 아첨할 줄 알았지. 이제 대공이 되었으니 호위로 두르고 다닐 간신배는 스스로 고를 줄 알아야 하지 않겠소."

"나도 친구는 있어." 그레니는 말했다.

"그러시겠지." 백작은 책을 집어들었다. "그럼 그 사람들이나 귀찮게 하시오."

"당신은 내게서 원하는 것이 없는 모양이군."

백작이 눈썹을 치켜올렸다. "아니, 나는 당신이 대공직을 그만두고 날 집으로 보내 주기를 바라고 있소."

"그런 뜻이 아니라."

"이해해." 제이미스는 건조하게 대답했다. "난 그저 당신의 판단이 부정확하다는 점을 지적했을 뿐이야. 하지만, 그렇지. 당신의 대공직에 관해서라면 나는 원하는 게 없어."

그레니는 양손을 펼쳤다. "그래서 당신하고 이야기할 수 있다는 말이야."

"어쨌거나 심리 치료사가 더 나을 거요."

"그래도 당신이 날 도울 수 있어." 그레니는 말했다. "플로우의 변화와 함께 닥칠 상황에 대비하는 일을 도와주시오."

"나는 당신의 포로이고, 당신은 내 딸과 내전을 벌이고 있으며 기회만 오면 내 딸을 죽일 텐데도?"

"날 죽이려고 한 건 당신 딸 쪽이야."

"내전의 원인을 그저 '그쪽이 먼저 시작했다'고 뭉뚱그려 버린다는 점도 별 믿음이 가지 않는군." 제이미스는 말했다. "게다가 너무 늦었소. 내가 당신을 도울 수 있었던 건 이미 몇 달 전, 당신이 대공을 죽이고 내게 뒤집어씌웠는데도 불구하고 난 돕겠다고 했었지. 그때 상황을 처리하는 건 그리 편하지 않았겠지만, 어쨌든 수습할 수는 있었을 거요. 하지만 내전은 더 이상 당신도, 나도 수습 불가능해. 당신은 적이 되기 쉬운 사람들, 친구가 될 수도 있었을 사람들을 너무 많이 열 받게 했어. 내가 살아 있다는 사실을 공개한다 해도, 당신을 돕고 싶은 마음이 내게 생긴다 해도, 이젠 다들 내가 억지로 강요당해서 하는 일이라고 생각할 거요. 브레나가 납득해서 이쪽으로 넘어온다 해도—그러지는 않겠지만—다른 사람들이 브레나 없이 계속하겠지."

"그래서 어쩌자는 거요?"

"대공직을 내려놓고 날 풀어 달라는 요구는 이미 했잖소."

"그거 말고."

"탈출 계획과 변장 방법을 고민하라고 권하고 싶어." 제이미스는 말했다. "대공으로 당신에게 남은 시간은 짧고 파란만장할 테니 말이오. 이미 당신 수행원 중에는 배신자가 있어. 신속히 새로운 친구를 만들지 않으면, 당신은 끝난 목숨이오." 백작은 마침내 책으로 돌아갔다.

"마지막으로 말씀드리지만, 전하, 제국 해병대는 현지 분쟁에 관여하지 않습니다." 제국 해병대와 함께 우주정류장에 주둔해 있다가 소환된 온타인 마운트는 그레니에게 이렇게 말했다. 마운트와 그레니는 (임시) 대공 사무실에서 차를 마시고 있었다. 그레니가 실내 장식을 굳이 교체하지 않았기 때문에, 내부는 이전 대공이 사용하던 당시와 거의 비슷했다. "현재 제국 정책상 해병대의 임무는 성간 무역 보호, 또한 기타 제국 차원에서 결정되는 작전에 국한된다는 점은 굳이 알려 드릴 필요가 없을 것 같습니다. 황제에게서 직접 명령을 받는다는 말씀입니다."

"성간 무역은 없지 않나." 그레니는 말했다. "작전 명령을 받기 위해 황제에게 연락할 방법도 없고. 현재 해병대는 하는 일이 없지 않소."

"시스템으로 흘러들어오는 플로우는 현재 작동 중이고, 입항하는 무역선은 아직 있으니, 폐하께서는 아직 명령을 내리실 수 있습니다." 마운트는 묵묵히 답했다. "그리고 마지막 말씀 말인데, 제국 해병대는 심심하니 소소하게 훈련이나 해 볼까 하는 식으로 국지적 분쟁에 끼어들지 않습니다. 경이 임시로 엔드의 대공직을 맡는 데 제가 동의했을 때는, 이 행성의 내전을 진압하실 것이라는 기대 때문이었습니다."

"진압했잖소!"

"3주 동안이었죠. 내전 종식이라기보다 군사 활동의 소강상태였다고 생각할 사람도 있겠습니다만." 그는 차를 한 모금 마셨다.

마운트가 겉으로 내보이는 것만큼 둔한 사람이 아니라는 것을 알고 있었기 때문에, 그레니는 이를 갈았다. 제국의 관리는 현재 내전의 핵심 인물들이 완전히 다른 사람들이고 목적도 다르다는 것을 아주 잘 알고 있었다. 그러나 그는 그레니의 편에 서서 소중한 해병대를 진흙탕에 빠뜨릴 마음이 없었다. 마운트는 그리 미묘하지 않은 방식으로 이렇게 말하고 있었다. '네가 만든 골칫거리니 빠져나오는 것도 네가 알아서 하라고.'

"그럼 최소한 병기창에서 무기라도 빌려주시오." 그레니는 말했다. "어쨌든 그 안의 물자는 현재 쉬고 있을 테니까."

"빌려 달라고요?" 마운트는 찻잔 안을 들여다보며 나직하게 클클 웃었다. "친애하는 대공, 실탄이나 미사일은 빌리는 게 아닙니다. 한 번 사용하면 없어지는 물건 아닙니까."

"필요한 만큼 사겠소."

"몇 달 전 그 해적들에게서 압수한 무기는 어떻게 됐지요?" 마운트는 물었다. "이전 대공에게 배달되는 중에 가로채지 않았습니까. 해적들의 믿을 수 없는 손아귀에서 당신이 '해방'시킨 것으로 알고 있습니다만."

그레니는 이번에도 이를 갈았다. 그는 마운트가 이 질문에 대한 답도 알고 있다는 것을 알았고, '해방'이라는 단어를 강조해 가며 조롱한 것이 더욱 분했다. "그 무기 중 일부는 교전 중에 파괴됐

21

소. 나머지는 현재 반란군이 탈취했고."

"안됐군요. 그 화물에는 정말 저주라도 내렸나 봅니다."

"같은 생각이오." 그레니는 터져 오르는 화를 억누르려고 자기 차를 마셨다.

"그럼 비행 중에 당신 에어카를 맞힌 미사일도 그 화물의 일부였을 수 있겠군요."

"나도 그 생각을 해 봤소."

"이 얼마나 얄궂은 운명의 장난인지." 마운트는 찻잔을 내려놓았다. "전직 대공이 내전을 진압하지 못한 것도 그렇고, 따라서 당신이 그 골칫거리를 물려받은 것도, 그 과정에서 새 골칫거리가 생겨난 것도 모두 유감입니다. 전 대공에게 지켰던 원칙은 당신에게도 마찬가집니다. 제국 해병대는 이 내전에서 중립을 지켜야 합니다. 이해하시리라 믿습니다."

임시 대공의 사무실 문이 열리고, 비서가 태블릿을 들고 들어와 그레니에게 내밀었다. "긴급 전갈입니다, 전하. 암호화되어 있습니다. 전하의 안구로만 보실 수 있습니다. 받자마자 즉시 읽으시라는 요청입니다."

"심각한 내용입니까?" 마운트가 물었다.

그레니는 겉에 적힌 편지 제목을 보았다. "가문의 일이오." 그는 마운트에게 말했다. "잠시 실례하겠소."

"그러시지요." 마운트는 찻잔으로 손을 뻗었다.

그레니가 생체 확인을 하자 편지가 열렸다. 나다쉬에게서 온 메시지였다.

그레니,

네가 이 편지를 읽게 된다면, 이쪽 일이 잘 풀리지 않았다는 뜻이다. 편지를 미리 쓰고 있으니, 어떤 상황이라고 말할 수는 없어. 하지만 무슨 일이 벌어졌건, 나는 비상 대책을 발동시켰다.

비상 대책이란, 병력 수송선 '라헬라의 예언' 호를 네게 보낸다. 우주선은 완전 전투 준비가 되어 있고, 탑승 인원은 제국 해병 1만 명이다. 함장과 대부분의 지휘관이 우리 편이다. 그렇지 않은 인력은 아마 비행 도중 살아남지 못하겠지. 이 메시지가 도착한 뒤 곧 수송선이 도착할 거다.

엔드의 소소한 내전이 아직 끝나지 않았다면, 라헬라 호가 진압 작전에 도움이 될 거다. 라헬라 호가 도착하기 전에 네가 엔드의 대공직을 차지한다면 일이 수월하겠지만, 그렇지 않다 해도 라헬라 호가 거기 가면 그렇게 될 거야.

현재 그곳 제국 해병대 지휘 계통이 따르든 그렇지 않든, 라헬라 호의 함장이 거기 제국 해병대의 지휘권을 넘겨받을 거다. 그런 뒤 둘이 협력해서 플로우 입구의 통제권을 장악하고 우리의 도착을 준비하기 바란다. 어떻게든 우리도 그쪽으로 갈 테니까.

네가 할 일이 많아, 동생. 반드시 끝내도록.

망치면 안 된다.

곧 만나기를 기다리며,

나다쉬

그레니는 전갈을 읽으며 씩 웃은 뒤 태블릿을 닫았다. 편지는 저절로 삭제되었고, 태블릿은 다시 포맷되어 먹통이 되었다. 조심해서 나쁠 건 없다.

"좋은 소식입니까?"

"뭐라고 했소?" 그레니는 꺼진 태블릿을 탁자 위에 놓으며 말했다.

"미소 지으시길래." 마운트는 말했다. "고향에서 좋은 소식이 왔는지 여쭈었습니다."

"그런 셈이오."

"잘됐군요. 주제넘은 말씀인지 모르나, 좋은 소식 한 통이 절실하실 때이니." 그는 차 한 모금을 마셨다.

그레니는 라헬라 호가 도착하면 죽은 목숨인 온타인 마운트 경의 모습을 상상하고 다시 미소 지었다.

몇 가지 생각이, 떠올랐다기보다 차례대로, 머릿속을 스쳤다.

휴, 드디어 살았네.

라헬라 호가 제발 빨리 와야 할 텐데.

한데 나다쉬는 대체 어떻게 일이 안 풀린 거지? 그리고 마지막으로 든 생각은 이것이었다.

도대체 거기는 무슨 일이 벌어지고 있는 거야?

1부

THE LAST EMPEROX

1장

"현 상황에 대해 분명히 해 둡시다." 데란 우가 말했다. "이건 우리가 아는 문명의 종말입니다. 사업에는 엄청난 기회죠." 길드 하우스 건물 꼭대기 층, 우 가문 이사회 전용 회의실 상석에 선 데란 우가 이런 말로 서두를 떼자, 우 가문 이사회는 데란이 자기들 얼굴에 대고 방귀라도 큼직하게 뀐 것처럼 일제히 그를 응시했다.

그렇잖아, 데란은 생각했다. 멋진 대사였다고.

데란은 좌중의 반응이 시큰둥하다는 데 대해 실망한 내색을 하지 않았다. 그럴 필요가 없었다. 가문의 일을 맡은 이래 이사회 구성원들이 ─ 촌수만 다를 뿐 모두 친척이었다 ─ 자신이나 자신의 계획, 잘난 척하는 말투에 대해 어떻게 생각하는지 신경 쓰이지 않는 것은 처음이었다. 이제 우 가문의 이사회 의장직에 올랐기 때문이었다.

그저 의장이 아니었다. 이 직책은 원래 의장 임명부터 점심 식사 메뉴에 이르기까지 매사에 대한 의견이 아무리 점잖게 표현해도 까탈스럽다고 해야 할 이사진의 입맛에 좌지우지되는 역할이었다. 그런데 데란 우의 의장직은 이사진이 감히 토를 달 수가 없었다. 이전 의장이 황제에 반역을 꾀했기 때문이었다. 당연하게도 황제는 가문의 이사진 전체를 수상쩍다고 생각하고 있었다.

어쨌든, 핑계는 이랬다.

보다 정확히 말하자면, 데란 우는 의장직에서 이사진의 간섭을 배제하는 조건으로 본인도 가담했던 그 반역과 대형 상인 길드 의장 중 한 사람의 암살, 황제의 가장 가까운 친구이자 연인이라는 소문이 있는 사람에 대한 암살 기도에 이르기까지 자기가 가진 정보를 모조리 건네주기로 했다. 시간에 쫓긴 황제는 자신이 잘 알고 있는 나쁜 놈이 차라리 낫다는 판단으로 이 조건에 동의했다.

그리하여 이렇게, 이사들의 호불호와 상관없이, 최근 불미스러운 사건 이후 처음 열린 우 가문 이사회는 원래 의장 후보 물망에도 한번 오른 적 없었던 데란의 주재로 진행되고 있었다.

그러고 있으니, 데란은 이사들이 이 상황을 정말 달갑지 않게 여길 수도 있겠다는 생각이 들었다. 어쩌면 그래서 아까 그 대사에 대한 반응이 이렇게 시큰둥한 것일지도.

"우리가 여기 왜 모인 겁니까?" 이사진, 우 가문 혈족들이 앉아 있는 아주 긴 탁자 한참 말석에서 누군가 질문을 던졌다.

"뭐라고요?" 데란은 어느 친척인지 확인하려고 탁자 아래쪽을 쳐다보았다.

우 가문의 군수 업체에서 작은 무기 부문을 경영하고 있는 티건 우였다. "우리가 여기 왜 모인 거냐고 물었습니다." 그녀는 되풀이했다. "이제 우 가문의 독재자는 당신 아닙니까. 이 모임은 이사회이고. 아니, 예전 이사회라고 해야겠지요. 이제 아주 힘이 없으니까. 우리를 이 자리에 부른 목적이 뭡니까?"

"거드름 피우려는 거 말고 말입니다." 자동화 방위 개념 부문장, 즉 총을 든 로봇을 개발하는 닉슨 우가 말했다.

"아, 거드름 생각도 물론 했었죠." 티건이 데란을 응시하며 말했다.

"혈족 여러분." 데란은 안심해도 좋다는 뜻이 전달되기를 바라며 손짓을 했다. "지금은 비상 시기라는 점을 명심하십시오. 전 의장 제이신 우는 황제 전복을 모의했습니다. 우 가문 이사진이 정변에 공모하지 않았다고 황제가 확신할 수 있었겠습니까. 황제는 저만큼 여러분을 모릅니다."

"당신이 헛소리만 늘어놓는 멍청이라는 것도 알고 계시나?" 우주선을 건조하는 벨먼트 우가 물었다. 벨먼트는 원래 데란을 그리 좋아하지 않았다.

"믿을 수 있는 사람이라는 건 아시지요." 데란은 대답했다. 벨먼트는 이 말에 코웃음을 쳤다.

데란 바로 오른쪽에 앉은 프로스터 우가 헛기침을 했다. 프로스터는 방위 부문 전체를 총괄하기 때문에 이 자리에서 가장 큰 영향력을 지닌 사람이라고 할 수 있었다. 달리 말해, 문자 그대로 총을 제일 많이 갖고 있다는 뜻이었다. 전통적으로 방위 부문의 수장은 우 가문의 총괄 이사직에 나서지 않았다. 그럴 필요가 없었다. 그들이야말로 옥좌 배후의 권력이나 다름 없었다. 프로스터가 헛기침을 하자, 데란을 포함해서 모두가 입을 다물고 그를 바라보았다.

"데란." 프로스터가 말했다. "서로 시간 낭비는 하지 말도록 하지? 자네는 제이신을 배신하고 의장직을 달라고 황제를 겁박했기 때문에 지금 그 자리에 오른 거야. 게다가 황제는 자네가 우 가문의 의사 결정 과정에서 우리 모두를…." 그는 이사진 쪽으로 고갯짓을 해 보였다. "배제하도록 묵인했고. 머리 잘 썼어. 하지만 이 자리에서 마치 우리 모두 그 사실을 모르는 척, 혹은 자네도 제이신과 마찬가지로 그 어리석은 음모에 가담했다는 걸 모르는 척하지는 말자고. 우리의 지적 능력을 모독하지 말아. 알아듣겠나?"

"알겠습니다." 데란은 잠시 사이를 둔 후 말했다.

프로스터는 고개를 끄덕이고 나머지 참석자들을 돌아보았다. "우리가 왜 여기 모였는가, 이유는 간단해." 그는 데란을 가리켰다. "우리의 새 의장은 아주 멍청하지는 않아. 황제가 우 가문의 통제권을 전부 넘기긴 했지만, 그 '통제'라는 것이 환상이라는 건 알고 있어. 그에게는 이 방 안의 권력 기반이 없지. 방 밖에도 동맹 세력이 충분하지 않아. 게다가 그도 정확히 말했지만." 프로스터는 데란을 다시 돌아보았다. "인류 문명의 종말이 다가오고 있어. 손 놓고 마냥 기다릴 시간이 없지. 우리의 협조가 있어야 성사되는 모종의 계획이 있는 것 같으니, 그 계획을 실행에 옮기고 싶다면. 내 말 맞나?"

아주 정확하지는 않아, 데란은 생각했다. 프로스터가 생각하는 것처럼 그렇게 아무 대책이 없지는 않았다. 우 가문의 다른 친척 중에는 자기가 가문의 사업권을 따게 된다면 사촌의 목이라도 딸 사람들이 꽤 있었다. 아마 필요하다면 프로스터의 머리가 제일 먼저 도마 위에 오를 것이다. 특히 의장직이 가망없게 된 지금, 여기 모인 우 가문 사람들 중에서 방위 부분을 거느리게 된다면 자기 할머니 목은 물론 다른 친척 할머니들까지 넉넉잡아 여러 사람 목을 조르지 않을 사람은 아무도 없었다.

프로스터는 지나치게 오래 수장 자리에 있었다. 야심만만한 친척들이 얼마나 탐욕스러울 수 있는지 그는 잊고 있다. 다른 사람도 아니고 그가 잊다니. 이전 방위 부문 수장이었던 피누 우를 자리에서 밀어내고 그 자리를 차지한 그가. 눈부신 솜씨였다. 피누는 자신의 수치스러운 낙마가 매일같이 떠오르는 것을 견디지 못해 결국 다른 시스템으로 쫓겨갔다. 데란은 프로스터가 저지른 악행과 실수를 그 누구보다, 어쩌면 프로스터 자신보다 더 잘 알고 있었고, 누구든 나서 주기만 한다면 기꺼이 그 정보를 공개할 의향이 있었다.

그러니 아니, 데란은 프로스터가 상정하듯 권력 기반이나 동맹 세력이 없다고 할 수 없었다. 보다 정확히 표현하자면, 시간이 되면 둘 다 얻게 될 거라고 확신했다.

하지만 시간은 그의 편이 아니었다. 이 점은 프로스터가 정확했다. 그래서 데란은 프로스터에게 고개를 끄덕여 보였다. "정확합니다."

"우리 모두 서로를 잘 이해하고 있지." 프로스터가 말했다. "좋아. 그럼 말해 보지, 데란. 문명의 종말이 어째서 우 가문에게 좋은 기회가 된다는 건지."

"간단합니다." 데란은 말했다. "우 가문은 우주선과 무기 제조, 방위 산업 독점권을 갖고 있습니다. 플로우 흐름이 계속 붕괴한다면 앞으로 무엇이 필요하게 될까요?"

"식량." 티건 우가 말했다.

"물." 닉슨이 말했다.

"의약품." 벨먼트가 덧붙였다.

데란은 갑갑하다는 듯 손짓했다. "요점을 놓치고 있군요."

"사람들이 굶주리는 것이 요점이 아니야?" 티건이 물었다.

데란은 지적했다. "요점에 가깝긴 하지요. 굶주리는 건 요점이 아닙니다. 굶주림이 '두려운' 사람들이 요점이지요. 앞으로 몇 년간 플로우 흐름은 계속 붕괴할 겁니다. 사람들은 겁에 질릴 거고요. 어쨌거나 이 제국은 '상호의존' 성단 아니겠습니까. 인류의 모든 정착지는 서로 의존하도록 설계되어 있습니다. 플로우가 안정적일 때는 이것도 괜찮았지요. 플로우의 안정성이 흔들리면, 상호의존성단의 정치 사회적 시스템 역시 흔들립니다. 그렇게 되면 시스템을 지탱할 방법이 필요하겠지요."

"군사와 무기가 필요하다는 거군." 프로스터가 말했다.

"맞습니다."

"언젠가 군사도 겁을 먹겠지. 다른 사람들과 마찬가지로 그들의 식량도 바닥날 테니까." 티건이 말했다.

"음, 그건 비축해 뒀어." '총을 든 로봇' 부문장 닉슨이 말했다.

"요점은 불안한 시대가 다가오고 있다는 겁니다." 데란은 말했다. "사회 불안의 증대. 지속적인 불안."

"그 혼돈에서 돈을 벌자." 티건이 말했다.

"가능한 한 혼돈을 뒤로 미룰 방법을 우리가 제공하는 겁니다." 데란은 말했다. "사회 불안은 일어날 겁니다. 이미 일어나고 있고요. 불가피합니다. 하지만 '불가피하다'는 것이지, '지금 당장' 그렇다는 건 아닙니다. 우리가 각 시스템 정부에 시간을 벌어줄 수 있습니다. 보다 정확하게 말하자면, 그들이 그 시간을 우리에게서 사들이는 겁니다. 네, 우리는 돈을 벌 수 있습니다."

"돈이 의미가 있다면 그렇겠지만." 탁자 맨 끝의 리나 우-거츠가 말했다. 리나는 중고 우주선이나 주문자가 인도받지 않아서 건설 후 한 번도 사용되지 않은 우주선의 재판매 부문을 맡고 있었다. "문명이 끝나면 돈은 아무 소용이 없지 않습니까."

"문명은 끝나지 않습니다."

"내가 못 들은 게 있나요?" 벨먼트가 말했다. "방금 거기 서서 문명의 종말이라고 했잖습니까."

"'우리가 아는 문명의 종말'이라고 했지요." 데란은 탁자 쪽으로 손을 내밀어 리모콘을 집어 들고 버튼을 눌렀다. 그의 등 뒤 벽이 살아나면서 녹색과 파란색 행성이 나타났다.

"엔드군." 프로스터가 말했다.

"이것이 문명입니다." 데란이 고쳐 말했다.

프로스터는 이 말을 듣고 클클 웃었다. "자넨 엔드에 가 본 적이 없나 보군 그래."

"엔드야말로 우리 문명이 살아남을 장소입니다." 데란은 말했다. "상호의존성단에서 인간이 자력으로 생존할 수 있는 행성을 지닌 유일한 시스템이지요. 황제의 과학자들이 하는 말로는, 허브로부터의 플로우 흐름이 당도하는 마지막 장소이기도 합니다. 문명은 거기서 계속될 겁니다." 그는 리나 우-거츠를 바라보았다. "돈과 함께."

"문명은 거기서 살아남겠지." 프로스터가 말했다. "거기 갈 수만 있다면."

데란은 미소지었다. "우리가 우주선을 건설하지 않습니까."

"아무리 많이 건설한다 한들." 벨먼트가 말했다.

"우리는 문명을 살려야 합니다. 모든 인간을 살릴 수는 없어요. 물론 이 방에 있는 사람들, 그리고 각자가 아끼는 사람들이야 조만간 어떻게든 엔드에 가겠지요." 이 말에 좌중은 잠시 입을 다물었다.

"그렇다면 당신 계획은 우주선을 만드는 거군요." 잠시 침묵이 흐른 뒤, 티건이 말했다.

"플로우를 붕괴시키는 건 제가 아닙니다." 데란은 말했다. "단지 저는 그로 인해 일어날 현상을 알고 있을 뿐이지요. 아니요, 제 계획은 단순한 우주선 건설이나 폭동 진압이 아닙니다. 제 계획, 이 위원회가 지지해 주어야 할 부분은 우주선 건설과 폭동 진압을 지금 당장, 대규모로, 주문이 쏟아지기 전에 시작하자는 겁니다."

"주문이 들어온다는 걸 전제하는 거군." 프로스터가 말했다.

"올 겁니다." 데란은 자신했다. "각 시스템 정부와 다른 상인 가문들이 종말이 다가왔다는 걸 깨닫도록 기다릴 것도 없습니다. 우리 판매 조직이 있지 않습니까. 일깨워 주는 겁니다. 물건을 당장 배달할 수 있다고 홍보할 수 있도록 지금 당장 우주선과 무기를 제조해서 쌓아 두자는 겁니다. 주문 즉시 출고, 도착. 요즘은 그게 판매를 결정짓지 않습니까."

"적당히 할부를 해 주면 사겠지." 벨먼트가 말했다.

데란은 고개를 저었다. "아니. 지금부터는 무조건 일시불입니다. 뭐든지."

"그건 미친 짓이야." 벨먼트가 말했다.

"미친 짓이 아닙니다. 우리가 아는 문명의 종말이라니까요. 할부금 받을 시간이 없어요."

"우리 속내를 다 보여 주는 짓인데." 프로스터가 말했다.

"우리 속내를 보여 주는 게 목적입니다." 데란이 말했다. "우리가 할부금 받을 시간이 없다고 생각한다는 걸 저쪽에서 알면, 그들도 단기적인 목표 위주로 사고하겠지요. 가진 건 돈, 일단 우리한테 주어야 한다고 판단하게 됩니다." 그는 리나 우-거츠를 돌아보았다. "문명이 붕괴한다, 돈은 곧 가치가 없어진다고 생각하면, 쉽게 쓰게 되겠지요. 오히려 자기들이 우리보다 한 수 위라고 생각할 겁니다."

프로스터는 고개를 끄덕였다. "그렇다면 당장 우주선과 무기 생산을 시작하고…."

"아직 싸고 쉽게 생산할 수 있는 지금 당장. 플로우 흐름이 붕

괴하면, 물류도 비싸지고 재료를 구하기도 어려워집니다." 데란이
말을 받았다.

"…현금을 당길 수 있는 최대한 당겨서, 플로우 흐름이 붕괴하
면 엔드로 우리 사업 기지를 옮긴다. 돈이 계속 가치를 유지하고
살아남은 문명은 여전히 무기와 우주선을 필요로 하는 엔드로."

"그게 계획입니다." 데란은 말했다. "기본적으로요. 아주 대략
적인 계획."

프로스터는 고개를 끄덕이더니 좌중을 둘러보았다. 다른 사람
들도, 심지어 벨먼트와 티건조차 고개를 끄덕이고 있었다. 프로스
터는 다시 데란을 보았다.

"자네 말이 맞는 것 같군. 문명의 종말은 사업에는 기회다."

"네," 데란은 말했다. "저는 그렇게 생각합니다."

"멋진 대사였어, 그건 그렇고."

데란은 활짝 웃었다. "고맙습니다, 프로스터."

회의실 문이 열리고, 데란의 비서 위트카가 고개를 내밀고 점심
시간을 알렸다. 음식과 음료를 올린 바퀴 달린 탁자가 들어왔다.
위원회는 일어서서 직접 음식을 담으며 이야기를 나누었다. 데란
의 비서는 그가 좋아해서 책상에 늘 구비하는 따뜻한 차를 잔에
따라 들고 왔다.

"어떻게 됐습니까?" 위트카는 잔을 건네며 물었다.

"잘된 것 같아." 데란은 한 모금 마셨다. "내가 이 계획을 어떻
게 하려고 하는지 이해하는 것 같더군."

"네, 좋은 계획입니다."

"나도 그렇게 생각해."

"음식을 갖다 드리겠습니다." 위트카는 음식 탁자로 향했다.

데란은 오늘의 성공을 음미하며 차를 다시 한 모금 마셨다. 오늘 윤곽을 그려 보인 사업 전부를 위원회가 해야 할 필요는 없었지만—그는 가문의 금융 자산 상당액을 엔드로 옮기는 절차를 이미 시작한 상태였다—그들이 협조하면 일이 더 잘된다. 쉬워진다. 간단해진다. 그들과 싸울 필요도 없고, 예상했던 대로 많은 사람을 갈아치울 필요도 없다. 적어도 아직은. 시간이 약간은 있다. 적어도 지금은.

그래, 전부 잘되고 있어. 데란은 생각하며 다시 차를 한 모금 마신 뒤 쓰러져 죽었다. 찻잔이 바닥에 굴렀다.

음식 접시를 들고 등을 돌리고 있던 위트카는 비명을 지르고 접시를 떨어뜨린 뒤 데란의 시체 쪽으로 달려갔다. 나머지 위원들은 조용히 선 채 이 광경을 바라보았다. 잠시 후 위트카는 의료진을 찾으며 방에서 뛰쳐나갔다.

위원들은 데란의 시체를 계속 응시했다.

"음, 나는 아니야." 벨먼트가 마침내 입을 열었다.

"다른 사람들은?" 프로스터가 물었다.

다들 아니라고 중얼거렸다.

"허." 프로스터는 말하며 롤빵을 한입 베어 물었다.

"그럼, 데란의 계획은 그대로 실행할 건가요?" 티건이 물었다.

미처 누가 대답하기 전에 의료진이 뛰어들어왔다.

2장

길드 하우스 꼭대기 층에서 데란 우가 쓰러져 죽은 바로 그 시각, 몇 층 아래에서 키바 라고스는 창문으로 누군가를 던져 버리고 싶은 유혹과 싸우고 있었다.

"방금 뭐라고 했지?" 키바는 책상 반대쪽에 앉은 남자에게 물었다.

울프 가문의 고위 무역 협상가 배긴 후블은 눈도 깜빡하지 않았다. "정확히 들으셨습니다, 레이디 키바. 울프 가문은 노하마페탄 가문과 맺은 계약을 재협상하고자 합니다. 노하마페탄을 대리하여 이 일을 맡을 관리인은 당신이고요. 긍정적인 마음가짐으로, 상호 협력과 호혜의 정신으로 일을 진행하고 싶습니다. 하지만 그것이 불가능하다면, 귀하의 응답으로 미루어 볼 때 그럴 수도 있겠다고 생각합니다만, 길드 법정에 계약 무효 소송을 제기할 생각입니다."

"정확히 무슨 사유로?"

"문명이 붕괴한다는 사유죠, 레이디 키바."

키바는 노하마페탄 가문 변호사인 세니아 펀다펠로난을 돌아보았다 — 아니, 노하마페탄 백작이 키바를 암살하려다 실수로 그녀를 쏘기 전까지만 해도 세니아는 노하마페탄 가문 변호사였지만 사건을 계기로 편을 바꾸어서 반역죄로 투옥된 백작 대신 노하마페탄 가문의 업무를 대리하고 있는 키바 밑에서 일하고 있었다. 키바는 펀다펠로난에게 노하마페탄 가문의 법률 업무를 맡겼고, 키바와 펀다펠로난 사이의 개인적인 관계도 아주 잘 되어가고 있었다 — 모든 것이 갑작스러웠고 복잡했다. 펀다펠로난은 키바의 눈길을 정확히 읽었다.

"두 가문 사이의 계약서에는 문명의 붕괴를 대비한다는 조항이 없습니다, 후블 씨." 펀다펠로난은 말했다.

"하지만 불가항력에 관련된 조항은 있습니다." 후블은 말했다.

"불가 뭐가 어쨌다고?" 키바가 물었다.

"불가항력, 네, 맞습니다."

"불가항력이란 미처 발견하지 못한 운석 하나 때문에 인류 정착지 전체가 갑자기 파괴되는 그런 경우 아닌가." 키바는 말했다.

"그것도 한 예지요." 후블은 동의했다. "문명의 붕괴도 그 일례라는 것이 저희 생각입니다."

"여기서 중요한 단어는 '갑자기'야."

"아니요, 중요한 단어는 '문명의 붕괴'가 아니겠습니까."

"레이디 키바의 말씀이 맞습니다." 편다펠로난이 끼어들었다. "불가항력이란 예측하지 못한, 기대하지 않았던 사건을 말하죠."

"네, 문명 전체의 붕괴가 바로 그런 사건 아니겠습니까." 후블이 말했다.

"앞으로 몇 년은 걸린다고." 키바가 말했다.

"두 가문의 계약 내용 중 중요한 부분들을 실행할 수 없는 기간이고, 울프 가문은 그로 인해 상당한 민사상 책임과 재정적 부담을 감수해야 합니다." 후블은 손가락 하나를 세우며 강조했다. "상호의존성단 내 플로우 흐름에 대한 현재의 추산이 맞다면, 울프 가문은 아무 과실 없이, 전적으로 통제 범위 밖의 힘에 의해 계약상 의무를 이행할 수 없게 되며 따라서 용인할 수 없는 수위의 위험 부담을 안게 됩니다."

"그건 당신들 문제고."

후블은 고개를 끄덕였다. "문제라는 데는 동의합니다. 하지만 오로지 '우리' 책임이라는 말씀에는 동의할 수 없어요. 울프 가문은 법정에서 그 주장을 펼치고자 합니다."

"길드 재판소는 계약법을 참신하게 해석하는 경우가 많지 않습니다." 편다펠로난이 지적했다. "수백 년간 쌓인 판례에 미루어 볼 때, 귀하가 소송을 제기한다 해도 법정은 코웃음을 칠 것이고 당신 고객은 이쪽 법률 비용은 물론 상당액의 벌금까지 물게 될 겁니다."

"그럴 가능성도 있겠지요." 후블은 말했다. "반면 상호의존성단이 인류 역사상 비슷한 전례가 없는 실존적 위기에 처한 만큼 길

드 재판소가 수백 년의 판례는 아무 의미도 없다고 볼 가능성도
있습니다."

"길드 재판소에 너무 많은 것을 기대하시는군요."

후블은 어깨를 으쓱했다. "우리 모두와 마찬가지로 그들 역시
이 붕괴로 갇히는 거니까요. 말 그대로 전대미문의 재난이죠." 그
는 다시 키바를 돌아보았다. "하지만 서두에 말씀드렸듯 굳이 법
정까지 가고 싶지는 않습니다. 우리는 호혜의 정신으로, 쌍방의
이익을 위해 재협상할 준비가 되어 있습니다."

"당신은 그렇게 말하지 않았어." 키바는 싸늘하게 후블을 바라
보았다. "울프 가문은 재협상할 생각이다, 그렇지 않으면 법정으
로 갈 의향이라고 했지."

"네." 후블이 말했다. "그래서요?"

"그러니까, 그쪽에서는 이렇게 하겠다는 이야기를 하러 온 거
아니야, 내 도움을 청하러 온 게 아니라."

"물론 그러기 위해서는 귀하의 도움이 필요하고…."

이번에는 키바가 손가락을 세웠다. "어쨌든 내게 부탁하지는 않
았잖아. 마치 협상 다 끝난 것처럼 이렇게 하겠다고 통보하고 내
겐 그저 따르라고 했을 뿐이지."

"그게 어째서 중요한지 모르겠습니다만."

"당신이 날 열 받게 했기 때문에 중요해." 키바는 말했다. "누가
내 사무실에 와서 마치 내겐 아무 발언권이 없다는 듯 막무가내로
어떻게 하라고 강요하고, 동의를 이끌어 내기 위해 법정으로 끌고
가겠다고 협박부터 하는 건 매우 싫어."

"레이디 키바, 그런 식으로 들렸다면, 사과하겠습니다. 그럴 의도는 아니었고….."

"게다가 그럴 의도가 아니었던 척해서 두 번째로 열 받게 하는군. 당신은 다 큰 성인이고 한 가문 전체를 대표하는 고위 무역 협상가야. 그래, 울프 가문은 사실 작은 가문이긴 하지만….."

"그 무슨….."

"아무리 작은 가문이라 해도 일 잘하는 사람을 고용할 능력은 있겠지. 그러니 당신의 그 무능함을 울프 가문에 오랜 세월 동안 감쪽같이 숨기고 현재의 지위까지 올라간 게 아니라면, 그 의자에 앉는 순간부터 분명한 의도를 갖고 내 지능을 모욕한 거라고 봐야 해. 어느 쪽이야?"

후블은 눈을 깜빡이다 물었다. "도대체 왜 그렇게 신경을 쓰십니까?"

"당신의 무능함에 대해서? 나야 신경 안 써. 하지만 당신 보스는 관심이 있지 않을까?"

"아니요, 왜 이 일에 대해서, 이 계약에 대해서 신경을 쓰시냐는 말씀입니다."

"무슨 뜻이야?"

"노하마페탄 백작은 당신을 살해하려고 했습니다, 레이디 키바." 후블은 말했다. 펀다펠로난은 이 말에 불편한 듯 자세를 고쳐 앉았다. 키바를 저격하려던 총알을 맞은 것이 그녀였고, 회복해서 업무에 복귀한 것이 고작 지난주였다. 심하게 다친 어깨는 아직 천천히 회복 중이었다. "노하마페탄 가문은 반역자 집안입니다.

수장은 감옥에 가 있고, 후계들은 사라졌거나 죽었습니다. 황제가 일을 맡겼기 때문에 대신 관리하시는 것 아닙니까. 당신은 이 집안에 충성할 이유가 없습니다, 레이디 키바. 이 계약을 재협상하면? 최악의 경우라도 노하마페탄 가문은 이전보다 아주 약간 덜 큰돈을 만지게 되는 정도입니다. 이 반역자 집안이요. 문제 될 게 무엇인지 저는 모르겠습니다."

키바는 이 말에 고개를 끄덕이고 일어나더니 책상을 돌아 후블 쪽으로 다가왔다. 후블은 펀다펠로난을 불안한 듯 흘끗 보았다. 펀다펠로난은 '피하긴 너무 늦었어'라는 뜻인지 고개를 아주 약간 저어 보였다. 키바는 고개를 숙여 후블과 눈을 맞췄다.

"물어봤으니 대답하자면." 그녀는 입을 열었다. "나는 황제가 신경 쓰라고 명했기 때문에 신경을 쓰고 있어. 노하마페탄 혈족 말고도 이 집안에는 수십 만 명의 고용인이 딸려 있고 그 사람들의 최선의 이익이 내 손에 달려 있기 때문에. 당신은 평생 알 수 없겠지만 가문 하나를 경영한다는 것은 어마어마한 책임이고, 글쎄, 난 내가 하는 그 일에서 유능한 사람이라는 것을 보여 주고 싶기 때문에. 저 문에 걸린 노하마페탄이라는 이름에도 불구하고, 이건 지금 내 가문이기 때문에. 당신이 내 가문에, 내 사무실에 들어와서 이렇게 하겠다고 통보하는 행위는 나와 내 가문을 모욕하는 짓이기 때문에. 당신이 자체적인 결정권이 있는 부류도 아니고, 말그대로 쪼다인 걸로 봐서, 난 새끼손가락 손톱만 한 그쪽 가문이 나와 내 가문을 모욕했다고 생각할 수밖에 없어. 난 여전히 라고스 소속이니까 양쪽 가문 다. 신경이 쓰이기 때문에 신경을 쓰는 거야. 그쪽 가문은 으르댈 상대를 아주 잘못 골랐어. 이제 분명히 알아듣겠나, 후블? 아직도 더 쉽게 이야기해야 하나?"

"아뇨, 알겠습니다." 후블이 말했다.

"좋아." 키바는 허리를 펴고 책상에 기대섰다. "그러면 이렇게 해. 보스한테 돌아가서 노하마페탄 가문은 제안을 감사하게 받았다. 현행 계약서에서 구두점 하나도 바꾸는 데 동의할 수 없으니 울프 가문은 제발 알아듣고 꺼지라는 말씀을 답변으로 보낸다고 전해. 울프 가문이 길드 재판소에 소송을 제기하겠다면 마음대로 하시라고, 노하마페탄 가문이 플로우 붕괴는 물론 관찰 가능한 우주의 열기가 싸늘하게 식을 때까지 상대해 줄 테니까." 키바는 편다펠로난을 돌아보았다. "그 정도 재력은 있지?"

"아, 그럼요." 편다펠로난이 말했다.

키바는 후블을 돌아보았다. "그러니 정착지에서 산소가 새어나가는 순간에도 당신의 손자의 손자의 손자가 이 건에 매달리도록 하고 싶다면, 불가항력이니 하는 헛소리를 들고 어디 법정에 나가 봐. 우리도 기꺼이 나가서 당신 후손이 돼지는 꼴을 봐 줄 테니까. 그러니 일단은 내 사무실에서 나가 주시지."

"당신이 일처리하는 걸 구경하면 재미있어." 후블이 사무실을 나가자 편다펠로난이 말했다.

"앞으로 이 꼴을 계속 보겠지." 키바가 말했다.

"불가항력 전략? 그럴 거야." 편다펠로난은 후블이 물러난 방향을 가리켰다. "울프 가문은 창의적인 법률 전략을 쓴다는 평을 들은 적이 없어. 자기들이 생각해 낸 전략이 아닐 거야. 누군가 이미 길드 재판소에 소송을 제기했다고 봐야겠지. 알아볼까?"

"그렇게 해."

"그러지요." 펀다펠로난은 메모를 했다. "당신이 왜 신경쓰느냐 하는 점이 궁금하긴 하군."

키바는 펀다펠로난을 흘겨보았다. "당신까지 이럴 거야."

펀다펠로난은 미소 지었다. "당신과 이 가문이 관련된 문제라면 당연히 신경 쓰겠지. 하지만 당신과 아무 상관없는 일에 신경 쓴다는 것은 흔치 않은 일이잖아."

"좋은 말로 들리진 않는군."

"당신은 극도로 자기중심적인 사람이지. 그 자체는 나쁜 것도, 좋은 것도 아니야. 그냥 그렇다는 거지. 당신이 이 문제에 관심이 있다면, 그건 이게 당신한테 실제로 골칫거리이기 때문일 거야."

"그 꼴 보기 싫은 자식 말이 틀리지 않았기 때문에 골칫거리 야." 키바는 말했다. "플로우 붕괴가 다가오고 있어. 문명의 붕괴 는 계약의 무효를 뜻한다는 길드 재판소 판결이 나온다면, 대혼돈 이겠지."

"갑자기 혼돈이 싫어진 모양이군."

"난 내게 유리하게 돌아가지 않는 걸 싫어해."

"바로 이런 점이 자기중심적이라는 거야."

"이 경우는 '누구에게도' 유리하지 않을 거 아니야." 키바는 말 했다. "길드 재판소가 이런 소송에 한 건이라도 손을 들어준다면, 인류의 경제 시스템 전체가 흔들리게 돼."

"플로우의 붕괴는 안 그런가."

"종말이 다가오고 있어. 그 종말을 굳이 더 재촉할 필요는 없다는 거지." 키바는 후블이 나간 쪽을 가리켰다. "저 인간 같은 사람들 때문에 굶는 사람들이 생길 거라고."

"불쌍한 후블 편을 들자면, 그는 단지 지시를 받고 대행 의무를 충실히 수행한 것뿐이야." 펀다펠로난은 말했다. "당신이 내게 똑같은 멍청한 계획을 가지고 다른 가문에 가라고 한다면, 나도 그렇게 해야겠지."

"그런 일이 생긴다면, 우선 내 얼굴을 주먹으로 한 방 갈겨 주길 바라겠어."

"어깨가 아직 아파. 대신 엉덩이를 차 주지."

"어쨌든 해 줘."

"일단은 그럴 필요가 없잖아. 여전히 당신은 이기적이지만, 사욕의 범위가 약간 넓어진 것 같으니. 최소한 일시적으로는."

"익숙해지지 마."

"그러지." 펀다펠로난은 다치지 않은 팔로 몸을 지탱하고 의자에서 일어났다. "혹시 울프 가문에 키바 라고스에 대한 공포가 아직 충분히 전달되지 않았을 경우에 대비해서, 나는 이만 법조팀으로 가서 대응팀을 꾸려 보겠습니다. 당신은?"

키바는 책상 시계를 보았다. "30분 뒤에 시안으로 가는 셔틀을 타야 해. 빌어먹을 집행위원회 회의가 있어."

펀다펠로난은 미소 지었다. "날 속이진 못하지. 당신 거기 가는 거 좋아하잖아."

키바는 끙 하고 신음했다. 집행위원회는 의회 의원 3인, 상호의존성단 교회 성직자 3인, 길드 하우스 구성원 3인으로 구성된다. 황제에 대한 쿠데타 기도에 길드 가문 3분의 1이 얽힌 뒤로, 키바가 위원회에 차출되었다. 황제는 위원회에 안전한 자기 표가 필요하다고 판단했고, 키바가 그런 존재였다. 하필 그 많은 사람 중에 자신이 안전한 표라니, 키바에게는 얄궂은 상황이었다.

"이 불가항력이니 하는 평계에 대한 우려를 회의에서 전해야 해." 펀다펠로난이 말했다. "그레이랜드나 의회가 조기에 차단할 수 있으니까."

"길드 재판소가 좋아하지 않을 거야." 키바가 말했다. 길드 재판소는 독립적인 위상을 까탈스럽게 내세우기로 악명이 높았다.

"좋아하지는 않겠지만…." 펀다펠로난도 동의했다. "그건 당신 문제가 아니지." 그녀는 방을 나섰고, 키바는 그 뒷모습을 멍하니 바라보았다. 보기 좋은 풍경이기도 했지만, 방금 후블과 한판 떴던 상황이 아직 머릿속에서 떠나지 않기 때문이기도 했다.

세니아가 키바에 대해 한 말은 틀리지 않았다. 그녀는 극도로 이기적인 인간이었다. 세니아는 그 자체가 나쁜 것도, 좋은 것도 아니라고 했지만, 키바는 생각이 달랐다. 그녀는 누군가의 생명에 대체로 신경 쓰지 않는 이 우주에서, 부자를 계속 부자로 유지하고 빈자가 봉기해서 부자의 목을 자르지 못하도록 굶주림만 면하게끔 설계한 이 문명에서, 이기심이야말로 유일한 생존 방식이라고 믿었다. 자기 자신과 자신의 이해관계를 중심으로 바라보는 사람이 아니라면 이 무신경한 우주와 근본부터 고정된 문명 안에서 질식하고 만다.

키바 자신에 관한 한 이 점은 틀리지 않았다. '집어쳐, 그래서 나한테 돌아오는 게 뭔데?'라는 근본 태도 덕분에, 그럭저럭 영향력 있는 귀족의 여섯 번째 자식인 키바는 몇 년 만에 성단에서 가장 강력한 가문의 사실상 수장으로 발돋움했고 집행위원회 위원직과 황제의 호의까지 얻을 수 있었다. 물론 키바 말고 다른 사람에게 이런 실용주의와 확고한 이기심이 같은 효과가 있을 수는 없겠지만, 뭐, 어쨌든 다른 사람들은 내가 아니니까. 이 역시 단도직입적인 사고였다.

권력의 사다리를 더 높이 올라갈수록, 키바는 이기심이라는 인생 철학에 분명한 한계가 있다는 것을 점점 깨달아가고 있었다. 다른 시대였다면, 문명 전체가 깊고 어두운 구멍으로 빠져드는 사태를 고작 몇 년 남겨 놓은 이런 때만 아니었다면, 키바는 궁극적으로 자신이 무슨 일을 하든 대단한 의미가 없다는 철학을 갖고 자기중심적인 인생 길을 계속 만족스럽게 걸어갔을 것이다. 지금이야 살아 돌아다니지만 곧 영원히 무생물이 될, 탄소 먼지에 지나지 않는 나라는 존재, 에라, 머핀 하나 더 먹자, 혹은 저 귀여운 빨간 머리랑 어떻게 잘해 보자. 우주는 키바의 이기심을 흡수하도록 의도적으로 설계된 공간은 아니었지만, 그녀의 이기심으로 인해 우주에 눈에 띄는 탈이 생기지는 않았다.

하지만 키바는 지금 자신의 시대는 그 시절이 아니라는 것을 알고 있었다. 지금은 인류 문명이 키바를 포함한 모든 인간을 안고 함께 폭발해 버리려는 시대다. 그녀가 존재할 가능성이 높은 시간대는(암살이나 고의가 아닌 약물 과용, 계단에서 추락하는 것 같은 사고만 없다면) 그녀가 살고 있는 문명의 존재 이후까지 이어져 있다. 즉 권력 있는 사람들이 뭔가 대책을 강구하지 않는다면 그녀 인생의 남은 일부는 매우 불편해질 거라는 뜻이다.

알고 보니, 권력 있는 사람들은 극도로 이기적이었다. 키바와 마찬가지였다.

그래도 좋다, 인류 문명이 진짜 종말을 맞이하지만 않는다면.

그런데 그 종말이 오고 있다.

그러니 문제다.

문명이 종말을 맞이하면 어차피 의미도 없어질 돈 몇 푼을 아끼기 위해 사회의 경제 기반을 통째로 버스 밑에 던져 버릴 수 있는 배긴 후블 같은 종자, 그 비슷하게 역한 양서류 같은 그 보스들이 나타나기 시작하는 것이다. 그 번들거리는 통통한 엉덩이가 굶주린 대중들에게 맛있게 보이기 시작하는 순간이 닥친다는 것을 모르는 자들. 배긴 후블과 그 보스 같은 자들은 극히 단기적인 시야에서 자기들이 얻을 것밖에 생각하지 않는다.

자신은 근본적으로 다르다고 말할 수는 없었지만—후블이 유들유들한 주둥이를 놀리기 전까지만 해도 키바 역시 마찬가지였을 것이다—그 순간 그녀는 깨달았다. 인류의 운명에 심대한 영향을 미칠 수 있는 사회적 순간에 인간 문명이 감당할 수 있는 이기적이고 자기중심적인 사람들의 수는 상당히 줄어든다. 대단한 계시 같은 순간은 아니었지만, 키바는 불현듯 뭔가를 깨닫고 잠시 멈칫했다.

이전보다 근본적으로 덜 이기적인 사람이 되어야 하느냐, 혹은 다른 사람들을 덜 이기적으로 만들 방법을 찾아야 하느냐.

물론 키바 자신은 덜 이기적인 사람이 되고 싶지는 않았다. 근본적으로 이기적인 태도로 지금껏 잘 살았고, 굳이 모든 것을 바꾸어야 할 이유는 없었다. 아주 솔직하게 말하자면, 이 순간 하고 싶은 일은 세니아와 함께 집으로 가서 질펀하게 뒹구는 것이었다. 이왕 서로 정절을 지키는 관계를 시도해 보는 거라면, 재미 볼 만큼 보는 것이 좋지 않겠나. 물론 세니아도 거기서 이득을 보겠지만(그녀의 말을 믿자면 그랬다), 키바가 이런 관계를 시도하는 이유는 그 때문이 아니었다. 그녀는 자기 자신을 위해 하고 있었다. 자기 자신을 위해 행동하는 것이 지금은 모두의 이익이 되고 있었다.

그러니, 변해야 할 것은 '타인들'이어야 한다.

이건 쉽지 않은 일일 것이다. 근본적으로 이기적인 사람들 중에 자기 자신을 바꾸겠다고 할 사람이 하나라도 있을까.

보다 중요하지만, 키바는 다른 점도 깨달았다. 이기적이고 자기중심적인 인간들에게도 어떤 임계점이 닥쳤다는 사실이었다. 키바가 본 바로, 인생을 뒤집는 고통스러운 위기가 들이닥칠 때 이기적인 인간들은 다음 다섯 가지의 명확한 단계를 거친다.

첫째, 부정

둘째, 부정

셋째, 부정

넷째, 닥치고 부정

다섯째, 젠장 거지 같네. 집히는 대로 챙겨서 도망치자

배긴 후블이 사무실에 나타난 일, 그의 공격 전략은 이 다섯 단

계가 도처에서 착실히 진행 중이라는 사실을 알려 주고 있었다.

세상이 엉망진창이 되기 전에 최대한 많이 긁어모으겠다고 작
정한 사람들이 느닷없이 이타심에 귀의할 이유가 없으니, 키바의
일은 더 어려워진 셈이었다.

괜찮아. 키바는 도전을 좋아했다.

키바의 사무실 문이 열리고 보좌관 번톤 살라나돈이 들어왔다.
"레이디 키바."

"셔틀 타러 갈 시간이군." 키바는 그에게 말했다.

"아닙니다." 살라나돈은 말하다가 한 손을 들고 정정했다. "맞
습니다, 한데 그 때문에 온 건 아닙니다."

"그럼 왜 왔어?"

"우 가문에서 전갈입니다."

"뭐지?" 일상적인 업무에 관여하지는 않아도 황제는 우 가문의
일원이다. 황제와 관련 있는 소식일 수도 있었다. "황제에 대한 일
인가?"

살라나돈은 고개를 저었다. "데란 우 일입니다."

"아, 그 개자식." 자기중심적이라는 점에서 데란 우는 독보적인
존재였다. "그가 왜?"

"죽었습니다."

"죽었어?"

"살해당했습니다."

"난 아니야."

"음… 당신을 의심하는 사람이 있을 거라고 생각하지는 않습니

다, 레이디 키바."

"누구 짓인지 알아냈나?"

"아직은요."

"음, 황제는 알고 있는 게 있나? 이 문제에 대해서?"

3장

애인 마르스가 코를 고는 바람에 카르데니아 우-패트릭은 알람이 울리기 30분 전 잠에서 깨었다. 보통은 두뇌에서 미리 중요하지 않은 백색 소음으로 간주하고 무시해 버리기 때문에 거를 수 있었다. 하지만 지난 이틀 동안 마르스는 감기에 걸려서 코 고는 소리가 한층 요란하고 불규칙했다. 카르데니아가 잠에서 깨었을 때, 마르스는 화재나 멧돼지 사냥에 대해서 급히 의사소통을 하고 있는 원시인 두 명 분량의 소음을 내고 있었다.

카르데니아는 개의치 않았다. 귀여웠다. 아직 두 사람 사이는 초기였기 때문에 서로의 실수도 거슬린다기보다 귀여운 단계였다. 아니, 카르데니아는 마르스의 단점을 귀엽다고 생각하는 반면, 마르스는 그녀의 단점을 입에 담기에는 너무 정중하거나 신중한 성품인지도. 서로의 단점이 더 이상 귀엽다고 생각되지 않는 순간이, 코 고는 소리를 기분 좋게 참는 대신 베개로 입을 막아 버리고 싶은 순간이 오기나 할까, 카르데니아는 느긋하게 생각했다. 그렇게 오래 계속된 관계는 한 번도 없었다. 사랑하는 사람의 입을 막으면서도 그런 시점까지 왔다는 것이 기쁠 것 같았다.

원시인들의 대화가 결론에 이르고 마스토돈을 찾으러 떠났는지 잠잠해질 때까지, 그녀는 마르스의 가슴을 베고 누워 있었다. 마르스는 평소처럼 조용히 가볍게 코를 골고 있었다. 카르데니아는 손가락으로 가볍게, 깰 정도로 세게 힘을 주지는 않고 간지러울 정도로 그의 가슴을 쓸었다. 두 사람이 사귀게 됐다는 게 새삼 신기했다. 여러 가지 이유에서 그랬다. 하지만 이렇게, 그들은 같이 있었다.

그녀는 선잠과 완전한 각성 사이의 가물가물한 상태로 몇 분 더 누운 채 몸으로 전달되는 마르스의 온기를 즐겼다. 그러다 알람이 울려서 둘 다 깨우기 5분 전, 그녀는 한숨을 쉬고 나직하게 투덜거리면서 애인을 깨우지 않도록 조심하며 침대에서 빠져나왔다. 슬리퍼와 잠옷은 전날 밤 벗어 둔 곳에 있었다. 그녀는 옷을 입고 시계를 향해 알람 해제 명령을 속삭였다. 그녀는 일하러 가야 하지만, 마르스가 늦게까지 못 잘 이유는 없다. 원시인들도 다시 회의하러 돌아올 것이다.

카르데니아는 샤워를 하고 몸을 닦고 머리카락을 곱게 빗질한 뒤 옷방에서 속옷과 드레싱 가운을 걸쳤다. 이제 두 가지 선택지가 있었다. 첫째, 바로 왼쪽에 있는 문으로 나가면 복장 및 미용, 화장 담당 아침 시종 네라 처닌이 하루 일정을 알려 줄 것이고, 이 시점에 확실히 알 수는 없지만 그 방을 나서면 다시 열두 시간에서 열다섯 시간가량, 어쩌면 그보다 더 늦게까지 빼곡한 일정이 기다리고 있다.

둘째, 아예 다른 문으로 나가서 거기 있는 사람들과 이야기를 나눌 수도 있다. 이 두 번째 문으로 나간다 해서 처닌과 다른 모든 시종들을 응대하는 일을 피할 수는 없다. 그저 원하는 동안만큼 피치 못할 일정을 연기할 수 있을 뿐이다.

어느 쪽을 택하든, 그저 문 하나를 통과하는 단순한 행동 이후로는 카르데니아 우-패트릭으로서의 일상이 끝나고, 상호의존국가 및 무역 길드 성 제국 황제이자 허브와 연합국의 여왕, 상호의존성단 교회 수장, 지구의 계승자이자 만물의 어머니, 우 가문의 88대 황제인 그레이랜드 2세로서 존재하게 된다는 사실이 변하지는 않는다.

카르데니아는 양쪽 문을 바라보고 한숨을 쉰 뒤 두 번째 문으로 다가갔다. 문은 저절로 열렸다. 그레이랜드 2세는 안으로 들어섰다.

그레이랜드가 들어선 방은 넓었고, 특징이 없다고 해야 할 정도로 아무것도 없었다. 벽에서 죽 뻗어나온 긴 의자가 무균 상태처럼 반듯한 선에서 유일한 예외였다. 별다른 용무 없이 서성거릴 용도로 만든 방이 아닌 것 같았다. 하지만 그레이랜드는 의자에 앉아 최대한 편한 자세를 취하고 이 방의 일차적 주인을 호출했다.

"지위." 그레이랜드는 말했다.

숨겨진 프로젝터가 켜지더니, 방 한가운데 성(性)과 젠더를 알 수 없는 인간형 존재가 나타났다. 형태는 그레이랜드를 바라보더니 그녀가 앉은 쪽으로 다가와서 고개를 끄덕였다.

"그레이랜드 2세 황제 폐하." 지위는 여느 때처럼 대답했다. "어떻게 도와드릴까요."

그레이랜드는 자기 앞에 서 있는 형태를 바라보았다. 이 방은 '기억의 방'이라고 불렸다. 그레이랜드를 포함한 모든 황제의 뇌에 삽입된 신경망을 통해 기록된 선황들의 — 선지자이자 황제였던 라헬라 1세부터 — 생각과 감정이 저장된 공간이었다. 지위는 생존한 현 황제가 선황에게 접속하는 인터페이스였다. 그냥 어느 선황을 보고 싶다고 말하기만 하면, 지위가 한 번에 한 명씩, 혹은 황제가 원하는 만큼 같이 불러내 준다.

이전 황제에게 접속하는 인터페이스이자 일반적인 정보 검색 기능을 수행하는 기초적 인공지능. 다른 모든 선황들은 그것이 지위의 전부라고 생각했다.

그러나 그레이랜드는 최근 첫 황제였던 라헬라 1세가 지위에게 한 가지 다른 기능을 장착했다는 사실을 알아냈다. 상호의존성단 전역에서 숨어 있는 정보를 찾아내는 일이었다.

이 업무 수행은 빠르지도, 효율적이지도 않았다 — 어떤 숨겨진 정보가 지위의 데이터베이스에 수록되기까지는 수년, 혹은 수십 년이 걸릴 수도 있었다. 그러나 비록 속도와 계략은 부족할지언정, 지위는 끈질겼다. 숨어 있는 모든 것은 언젠가 걸리게 되어 있었다.

이 사실을 알아냈으니, 이제 그레이랜드에게도 마찬가지였다.

"데란 우가 열두 시간 전에 죽었다고?" 그레이랜드는 지위에게 말했다. "누가 그랬는지 알고 있나?"

"아니요." 지위는 말했다.

"특정한 용의자를 지목하는 단서는 발견했나?"

"살해 소식이 알려진 이후 주요 귀족 및 상인 가문의 고위 구성원 사이에서 대규모의 통신이 오갔습니다. 그들의 통신이 거의 다 그렇지만 모두 암호화된 통신이었습니다. 암호해독이나 기타 다른 방법을 통해 내용을 알아내려면 시간이 조금 걸립니다."

"여기서 '조금'이란 어느 정도인지 말해 봐."

"강제적인 해독 기법을 사용한다면, 수십 년이 걸릴 수 있습니다. 하지만 일반적으로 정보가 담긴 화면을 보여 주는 보안 카메라 접속 등과 같이 해당 정보를 얻어내는 다른 경로가 있습니다."

"어깨 너머로 훔쳐본다는 거군." 그레이랜드는 중얼거렸다.

"맞습니다. 현재로서는 목격자들의 통신을 제외하고, 제가 본 보안 메시지에서 사건에 대해 알고 있다고 시사하는 내용은 없습니다."

"계약 잔금을 보낸다, 뭐 이런 내용도 없다는 거지."

"없습니다."

그레이랜드는 얼굴을 찌푸렸다. "오늘 중으로 전부 알아낸다면 내 인생이 편해질 텐데."

"이해합니다." 지위는 말했다. 정말 이해하는 걸까, 그레이랜드는 새삼 궁금했다. 설계상 지위는 이 기억의 방과 마찬가지로 텅 빈 존재다.

"내가 알고 있어야 할 새로운 정보가 있나?"

"데란 우 암살에 대해서, 아니면 보다 일반적인 의미에서 말씀입니까?"

"양쪽 다."

"데란 우에 대한 다른 정보는 없습니다. 일반적으로 말씀드리자면, 귀족 가문 몇몇이 자기들 자산의 일부를 비밀리에 엔드로 송금하기 시작했으며, 각 가문의 주요 핵심 구성원 몇 사람도 그 뒤를 따라간다는 계획을 세우고 있습니다."

그레이랜드 2세는 고개를 끄덕였다. 귀족 가문과 그들이 지배하는 무역 길드 구성원들도 플로우가 붕괴한다. 최소한 자산의 일부라도 보존해서 이론상 최대 수십 년이라도 인류가 생존할 수 있는 성단 내 유일한 곳으로 보내야 한다는 사실을 마침내 납득했다는 것은, 천 년 동안 비밀을 탐색해 온 인공지능이 굳이 알려 줄 필요가 없었다. 이런 정보는 합법적인 보안 조직과 재정 보고서를 통해서 충분히 감지할 수 있다. 오늘 일정에도 관련 보고가 있을 것이고, 앞으로도 더욱 많아질 것이다.

그건 나중에 걱정하자, 그녀는 생각했다. 기억의 방을 찾은 이유는 데란 우의 죽음에 대해, 이 사건이 지니는 의미를 좀 더 알아보기 위해서였다. 지위는 유용하지만 이 문제에 이야기를 나눌 만한 상대는 아니었다. 상호의존성단과 귀족 가문, 특히 우 가문을 실제로 상대해 본 경험이 있는 사람이 필요했다. 그녀는 지위에게 한 사람을 주문했다.

"차를 마시다 죽었다고." 아타비오 6세가, 보다 정확히 말해 극히 정교한 시뮬레이션이 말했다. 그는 선대 황제이자 그레이랜드의 아버지였다.

그레이랜드는 고개를 끄덕이고 얼굴을 찌푸렸다. "글쎄요, 그게 데란의 차였는지는 확실치 않아요. 찻잔 자체에 독이 들어 있었을 수도 있겠죠. 한데 섞이는 순간 독이 되는 성분이 차와 잔에 각각 들어 있었을 수도 있고요. 그 점은 수사 중이에요."

"하지만 분명 독이었지." 아타비오 6세가 말했다.

"네."

"심장마비라든가, 뇌졸중이라든가, 여하튼 독이라는 사실을 숨기려는 노력도 없었고."

"네."

"용의자도 없고."

"데란의 개인 비서 위트카 친런이 차를 접대했고, 현재 심문 중이에요. 구금 상태지만, 그녀가 독에 대해 알고 있었다고 생각하는 사람은 없어요. 그녀는 충격을 받은 기색이 역력하고 적극 협조하고 있어요."

"비서 때문에 기분이 안 좋니?"

"자기 의도에 반해서 보스에게 독을 먹인 거잖아요. 심각한 일이죠."

"그렇구나." 아타비오 6세도 동의했다. "이런 이야기를 내게 하는 이유가 있겠지. 뭐니?"

"어떻게 생각하시는지 알고 싶어서요."

"특별히 내가 생각하는 건 없다. 나는 실제로 생각하지 않아."

아타비오 6세와 지위, 다른 모든 황제들에 대해 무슨 생각이 떠

올라, 그레이랜드는 입안을 살짝 깨물며 머뭇거렸다. 문득 자기 앞의 아타비오 6세가 시뮬레이션이라는 사실을 기억하고, 그녀는 입을 열었다. "난 그렇다고 생각하지 않아요."

"내가 실제로 생각하지 않는다는 거 말이냐?"

"네. 우린 오랫동안 이렇게 만났고, 대화를 나눌 때마다 아버지가 수없이 질문을 하시고 충고도 하셨잖아요. 생각하지 않으신다면, 그렇게 하실 수 없어요."

"그건 정확하지 않아." 아타비오 6세는 말했다. "최소한 네가 생각하는 '생각'의 의미에서는 말이다. 이 시뮬레이션은 휴리스틱 근사치 접근 기능이 아주 훌륭해. 나는 내 인생 경험 정보와 생전 사고방식에 대해 내장된 모델을 토대로 추정할 수 있어."

생각이란 게 원래 그런 거 아닌가, 그레이랜드는 속으로 생각했지만 입밖에 내지는 않았다. 그녀는 죽은 아버지, 혹은 그 복제품과 대화를 할 수 있다는 사실에 대한 목적론적 상념에 다시금 빠져들고 있었다. 이런 생각은 현재 닥친 문제를 해결하는 데 도움이 되지 않는다.

그레이랜드는 한숨을 쉬었다. 인류 문명이 붕괴하는 와중에 데란 우는 독살이나 당하고, 그녀는 생각했다. 자신의 인생을 더 복잡하게 만들지만 않았다면 거의 존경심마저 들 정도로 철두철미한 사악함이었다.

딸의 머릿속에 이 모든 생각이 오가는 동안, 아타비오 6세, 혹은 그 복제품은 참을성 있게 서 있었다. 필요하다면 몇 년이고 저렇게 묵묵히 서 있을 것이다. 되살아난 망자는 끈기에 한해서만은 독보적이었다.

"이렇게 여쭤보죠." 그레이랜드는 아버지의 형상을 향해 말했다. "생각할 수 있었던 시절이었다면, 아버지는 이 문제에 대해 어떻게 생각하셨을 것 같아요?"

"데란의 죽음은 메시지를 보내려는 의도야." 아타비오 6세는 말했다.

"무슨 뜻인가요?"

"네 사촌은 공공연히 암살당했어. 가장 좋아하던 차에 든 독으로. 독살이라는 사실을 숨기는 건 비교적 쉬웠을 텐데, 그런 노력도 없었어. 누가 범인인지 몰라도, 의도적인 살인이라는 사실이 알려지기를 바랐던 거야."

"테러리즘."

"그럴 수도 있고," 아타비오 6세는 동의했다. "다른 경우일 수도 있지. 자기들 소행이라고 나선 단체가 있었니?"

"끔찍한 사건만 일어났다 하면 자기들이 했다고 늘 나서는 단체들요. 경호팀 말로는 그들과는 관계가 없대요."

"심각하게 범인을 자처한 대상은 없다는 거로군."

"네."

"그렇다면 테러가 아닐 가능성도 있어. 만일 테러라면, 장기적인 목적일 거야. 즉각적인 이득을 노린 게 아니라."

"어떤 거요?"

"더 이상 추측할 만큼 정보가 충분하지 않아. 데란 우가 죽기를 원하는 사람은 누구일까?"

그레이랜드는 이 말에 씩 웃었다. "귀족 가문 절반, 군 장교와 의회 의원 다수, 그리고 아마 우 가문의 전 이사회 이사들 전부 다 일 걸요."

"그리고 너도." 아타비오 6세는 말했다.

"네?" 그레이랜드는 눈을 커다랗게 떴다.

"내 기억이 맞다면, 데란 우는 네 통치에 반기를 든 음모에 가담했어."

그레이랜드는 잠시 미소 지었다. 이 말에는 죽은 사람의 시뮬레이션이 자기가 죽고 한참 지난 뒤에 벌어진 사건에 대해 알고 있다는 의미가 내포되어 있었다. "그는 그 음모를 배신하고 가담자 모두를 고발했어요."

"그랬겠지. 배신자의 정보에서 이득을 본 후 상대를 처단한 황제는 이전에도 있었다."

"아버지는요?" 그레이랜드는 아버지를 향해 눈을 가늘게 떴다. "그런 암살을 하셨나요?"

"아니."

"누군가를 죽이라고 지시한 적은 있나요?"

"공개적으로는 하지 않았어."

"공개적으로는?"

"암살은 내가 좋아한 수법이 아니야. 하지만 누군가 제발 골치 아픈 사제 하나를 없애 주었으면 했던 적은 있었지."

"사제를 죽이셨다고요?" 황제가 (명목상) 수장인 상호의존성단 교회와 아버지 사이에 무슨 문제가 있었다는 것은 미처 모르고 있었다.

"그냥 표현이 그렇다는 거고." 아타비오 6세는 말했다. "네가 찾아보거라. 요점은, 나는 암살을 통치 수단으로 활용하지 않는 걸 선택했어. 네 할머니에게 어떻게 생각하는지 물어보든가. 그분은 전혀 다른 말을 할 것 같구나." 그레이랜드는 부계 할머니인 제티안 3세를 떠올리고 흠칫 몸을 떨었다. 이 시점에 남은 시간이 그리 많지는 않지만, 제티안 3세는 역사에 그리 좋게 기억되지 않을 것이다.

아타비오 6세는 그녀가 몸서리치는 모습을 보았다. "너도 암살을 이용할 사람은 아니지."

"맞아요."

"그게 아마 현명할 거다."

"'아마'요?"

"암살은 깨끗했던 적이 없고 언제나 후유증이 남았어. 하지만 너의 치세는 골치 아픈 시대지." 아타비오 6세는 말했다. 그레이랜드는 골치 아프다는 표현이 다시 나온 것을 의식했다. "너는 거의 성공할 뻔한 암살 기도 두 번, 거의 성공할 뻔한 쿠데타 기도 한 번을 겪고 살아남았다. 네가 황제로서, 널 죽이려고 공모했던 자들에게 마땅히 내려야 할 벌을 보다 신속하게 내리기로 결정한다 해서 크게 손가락질할 사람이 있겠니."

그레이랜드는 벌을 내리고 싶은 사람들의 명단을 짚어 보았다. 이 정도면 성단이 완전히 무너질 때까지 경호팀은 아주 바쁠 것이다. "좀 더 긴급한 다른 문제들도 있어요."

"그게 아마 현명하겠지." 아타비오 6세는 반복했다. "네 사촌의 목숨을 빼앗기로 결정한 것이 네가 아니라면, 그럴 만한 인물들의 명단을 하나씩 짚어보며 단서를 찾는 게 좋겠지." 그레이랜드는 고개를 끄덕였다. "그를 암살한 범인을 찾는 데 네가 정말 관심이 있다면." 아타비오 6세는 덧붙였다. "형식적인 절차로 거치는 수사가 아니라면 말이다."

"당연히 전 관심이 있죠."

"반복하지만, 그는 네 통치에 반기를 든 음모에 가담했어."

"네, 하지만 다른 걸 다 떠나, 그의 죽음은 제게 이득이 안 돼요." 그레이랜드는 말했다. "그는 우 가문의 경영권을 맡아서 잘 통제해 주기로 했어요. 그런데 이제 그는 죽었고, 이사회는 경영권을 놓고 벌써 자기들끼리 싸우고 있어요. 우 가문에서 향후 몇 달 동안 죽어 나갈 사람이 데란뿐이라면, 그나마 다행인 거죠."

"엄밀해 말해 넌 우 가문의 수장이야." 아타비오 6세가 말했다.

"엄밀히 말해 황제는 수백 년 동안 우 가문 경영에 손을 대지 않았죠." 그레이랜드는 말했다. "이사회를 배제하고 데란에게 경영권을 몰아준 일로 이미 전 친척들의 환심을 잃었어요. 그게 가능했던 것도 제이신 우가 반기를 들었던 일로 이사회를 의심할 만한 명분이 있었기 때문이고요. 이사회의 누군가가 그를 살해했다는 명백한 증거가 나오지 않는 이상, 전 정치적으로 개입할 명분이 없어요. 다시 끼어들다면 상당한 저항에 부딪힐 걸요. 감당할 수 없어요. 지금은."

아타비오 6세는 고개를 갸웃했다. "넌 얼마 전에 반역 모의를 분쇄했어. 그 정도면 어마어마한 정치적 자산이다."

이번에 그레이랜드의 얼굴에 떠오른 미소는 씁쓸했다. "아버지는 그렇게 생각하시겠죠. 하지만 말씀하신 대로. 시대가… 지금은 골치 아픈 시대예요."

"그럴 거라는 건 너도 알고 있지 않았니. 왕관을 쓸 때 내가 경고한 대로."

"그러셨죠. 전 그 모든 걸 감당할 준비가 안 됐다고 생각하셨다는 말씀도 했어요. 기억하세요?"

"기억한다."

"지금은 어떻게 생각하세요?" 그레이랜드는 손을 들어 올렸다. "제 말 뜻은, 만약 생각하실 수 있다면, 지금은 어떻게 생각할 것 같으세요?"

아타비오 6세는 잠시 침묵을 지켰다. 이성적으로 그레이랜드는 이 침묵이 불필요하다는 것을 알고 있었다. 인간 두 명이 이런 대화를 나눌 때 이런 순간에는 대답하는 쪽이 조리있게 응답하기 위해 생각을 구성하는 동안 잠시 침묵이 있어야 한다는 것을 기억의 방이 인지하고 있기 때문에 아타비오의 시뮬레이션에 삽입했을 것이다. 이 침묵은 심리적으로 보다 진짜에 가까운 인간의 경험을 재현하기 위해 존재하는 것이다. 그 이상은 아니었다.

하지만 짧은 침묵이 흐르는 동안, 세차게 밀려오는 기분을 막을 수는 없었다. 평가받는다는 기분, 모자란다는 평을 받는 기분, 아버지가—아니, 아버지의 모사품이—미안하지만 너한테는 벅찬 일이라고 하는 말을 보다 친절하게 할 수 있는 표현을 찾고 있다는 기분.

"너한테는 벅찬 일이다." 아타비오 6세는 단도직입적으로 말했다. "그렇다고 해서, 너 말고 다른 누구인들 그렇지 않을까."

그레이랜드는 숨을 내쉬었다. 자기도 모르게 숨을 참고 있었던 모양이었다. "그 마지막 말을 해 주셔서 감사해요."

"동정심에서 한 말은 아니야."

"알아요. 아버지는 그렇게 프로그래밍되지 않았죠. 어쨌든 감사해요."

"천만에. 네 사촌의 암살 문제 말인데, 이제 어떻게 할 거냐?"

"직접적으로는 아무것도 안 할 거예요." 그레이랜드는 말했다. "경호팀과 다른 수사관들이 이미 알아보고 있어요. 말씀드렸듯이 제겐 더 중요한 문제들이 있으니까요."

"그래도 이렇게 내게 와서 이야기를 나누고 있잖니."

"같은 황제라면 암살에 대해 아는 게 있을 거라고 생각했어요."

"내가 말한 것 중에 네가 이미 알고 있는 것 말고 다른 내용이 있었을지 모르겠다."

"없었어요." 그레이랜드도 동의했다. "하지만 아버지는 존재하지 않잖아요. 그러니 감정을 개입시키지 않고 이야기할 수 있죠. 그리고 그 말씀도 맞다고 생각해요. 메시지를 보내려는 의도였을 거예요. 누구에게 보내려고 한 건지 알아내기만 하면 돼요."

"그건 암살 배후에 있는 사람이 누구냐에 달려 있겠지." 아타비오 6세는 말했다. "그리고 네가 말했듯, 명백한 용의자는 없고."

"없지만, 추측은 할 수 있어요."

4장

나다쉬 노하마페탄은 요즘 늘 그렇듯 증오심에 가득 찬 상태로 잠에서 깼다.

오늘은 누가, 무엇이 미운가? 아, 어디 꼽아 보자.

일단, 요즘 지내고 있는 전용 선실이 싫었다. '선실'이라는 표현은 길이 3미터, 폭 2미터, 높이 2미터에 지나지 않는 이 상자를 극도로 후하게 묘사하는 단어였다. 몇 달 동안 갇혀 있었던 교도소 독방보다 더 작았고, 악취는 더 심했다. 선실에는 접이식 침대가 있었고, 종종 일어나는 일이지만 푸시필드가 꺼졌을 때 누운 사람을 안전하게 고정하는 끈이 달려 있었다. 침대 위에 깔린 매트리스는 2센티미터 두께였고 누추한 합판 재질이었으며, 깨끗이 세탁하고 살균했다면서 제공된 침낭에선 외로운 우주비행사들이 수십 년간 쓸쓸히 자위한 뒤 남긴 흔적에 푹 절은 냄새가 풍겼다.

선실에는 창문도, 실내 장식도 없었고, 환기 시스템만 연결되어 있는 것 같았다. 방 안 어딘가에서는—몇 분에 한 번씩이었지만 그 시간 간격 안에서는 미치도록 제멋대로였다—아기가 쇠로 된 사탕을 입에 물고 숨이 막혀 캑캑거리는 듯한 소리가 났다. 선실에 처음 들어온 날 밤 나다쉬는 도대체 어디서 소리가 나는지 샅샅이 찾았지만 허사였다. 찾으면 찾을수록 미쳐가는 것 같아, 그녀는 결국 침낭 안에 들어가서 지퍼를 끝까지 올리고 손으로 귀를 막고 우주 비행사들의 정액 냄새 속에서 씩씩 호흡하며 기절하듯 잠들었다.

함장은 이 방이 우주선에서 최고의 선실이라고 했다.

계속하자면, 그녀는 이 선실이 있는 우주선 '우리 사랑은 계속될 수 없어(Our love couldn't go on)' 호가 싫었다. 허브보다 약간 안쪽에서 같은 항성의 공전궤도를 도는 중간 규모의 정착지 오를레앙 행성과 허브 사이의 항로를 왕복하는 화물선이었다. '우리 사랑' 호는 건조된 지 1세기는 된 우주선이었고, 10년에 한 번씩 보수할까 말까 싶은 외양을 하고 있었다. 처음 우주선에 올랐을 때, 나다쉬는 벽과 격벽을 둘러보면서 병이라도 옮을 것 같다는 걱정보다는 차라리 무슨 병일까가 더 궁금했다. 탑승하고 일주일 안에 심한 기관지염에 걸렸으니, 그녀의 짐작은 옳았다.

'우리 사랑' 호는 독립 화물선이었는데, 이는 '밀수선'이라는 단어를 점잖게 표현하는 단어였다. 허브와 오를레앙에 정박하기 위해 전면에 내세우는 합법적인 화물들도 소량 있었지만, 한 꺼풀만 걷으면 평범하거나 위험천만한, 모조리 불법인 물량이 끝이 없었다. 싸구려 모조품, 밀수품, 합법적인 독점 구조 밖에서 제조된 물품들, 저작권 및 상표권 위반품, 총기부터 럼주에 이르기까지 없는 게 없었다. 누구나 '우리 사랑' 호의 정체가 무엇인지, 무슨 짓을 하는지 알고 있었지만, 돈을 많이 버는 데다 항구 공무원들과 일꾼들, 바텐더, 제국 세무관에 이르기까지 로비넷 함장이 선원들만 빼고 두루 찔러 줬기 때문에 아무도 신경 쓰지 않았다. 로비넷 함장은 인기가 아주 좋았다.

　로비넷 함장에게 나다쉬는 허브와 오를레앙 사이를 왔다 갔다 하기만 할 뿐 하역할 필요가 없다는 점만 빼고는 그저 '우리 사랑' 호로 밀수하는 화물 하나와 마찬가지였다. 할당 공간은 무면허로 선내에서 영업하는 성 노동자 지니와 룰프가 일할 때 사용하던 방 하나—다시 생각해 보니 침낭에서 풍기는 악취가 그 때문이었다. 지니와 룰프는 브래드쇼 의사가 쓰던 선실로 옮겼고, 단체실 신세가 된 브래드쇼 의사는 나다쉬가 기관지염 약을 처방받으러 올 때마다 툴툴거렸다. 브래드쇼 박사가 혹시 허브나 오를레앙에서 그녀를 밀고하지 않을까 하는 걱정을 할 필요는 없었다. '우리 사랑' 호의 선원들이 대부분 마찬가지였지만, 브래드쇼 박사도 법망에서 도피 중인 신세였다. 우주선 내에 떠도는 소문으로는 전 애인의 신장을 칼로 정확히 찔렀다는 이야기가 있었다. 실명도 '브래드쇼'가 아니었다—'우리 사랑' 호에 처음 승선했을 때 로비넷 함장이 늘 준비해 두는 가명 목록에서 고른 이름이었다. 브래드쇼는 '브래드쇼'가 아니었고, 지니와 룰프도 '지니'와 '룰프'가 아니었으며, 로비넷 함장도 30년 전 처음 '우리 사랑' 호에 올랐을 때는 '로비넷'이 아니었다.

상호의존성단 황태자의 전 약혼자였다가 현재 제국의 제1호 수배자가 된 인물에게 별 소용은 없겠으나, 나다쉬도 선내에서 통하는 가명이 있었다. 규칙은 규칙이야, 로비넷은 말하며 그녀에게 '카렌'이라는 별명을 붙였다.

나다쉬는 이 이름도 미치도록 싫었다. 모두가 새로운 이름을 지녀야 한다는 멍청한 규칙도 싫었다. '우리 사랑' 호에서 기관지염을 얻은 것도 싫었다. 덕분에 감옥살이를 면하고 있지만, 절대 하선할 수가 없으니 이 배에서 지내는 것은 사실상 감옥살이와 마찬가지라는 사실도 싫었다. '브래드쇼 박사'나 '지니'나 '룰프'나 기타 우스꽝스러운 별명을 지닌 선원들과 달리, 나다쉬는 우주선 밖으로 고개만 한 번 내밀어도 눈깜짝할 사이에 눈에 띄어 체포당하는 처지였다. '우리 사랑' 호의 선원들이 그녀를 밀고할지도 모른다는 걱정은 할 필요가 없었다. 이 우주선 밖에서 그렇게 해 줄 사람은 아무도 없었다.

말이 나왔으니 말인데, 그녀는 도망자 신세라는 것 자체가 싫었다.

이성적으로 생각하면, 이런 상황에 처한 이유는 완벽하게 이해할 수 있었다. 행성 규모의 반란을 선동하고, 황제를 암살하려다자기 오빠를 죽이고, 감옥에서 탈출하여 왕좌를 전복하려는 음모에 공모했다면, 도망자 신세는 당연한 결과일 뿐만 아니라 솔직히 최상의 시나리오다. 그 정도는 안다.

그렇다고 해서 남의 신장이나 찌르는 악당들과 함께 녹슨 우주선의 냄새 풍기는 선실에 갇혀 있어야 하는 삶이 실존적으로나, 일상적으로나 나아지지는 않는다.

노골적으로 말해 자신이 나락으로 떨어졌다는 사실을 부인할 방법은 없었다. 오래전 일도 아니었다. 황제의 배우자이자 미래의 황제의 어머니가 될 꿈에 부풀어 있었던 때도 있었다. 그 계획이 완벽하게 실행되지 않는다 해도(실제로 그렇게 되지 않았다), 그녀는 플로우 흐름이 변하기 전 미리 동생 그레니를 엔드의 대공으로 삼아 놓고 플로우가 변한 뒤 우 가문 대신 노하마페탄 가문이 새로운 황가가 된다는 비상 계획도 세워 놓고 있었다.

그런데 그 계획 역시 제대로 풀리지 않았다. 그레니는 아직 엔드에 있고 지금쯤 대공이 되었는지 안 되었는지 모르겠으나, 플로우는 나다쉬가 원했던 대로 변하지 않았다. 총애했던 플로우 물리학자 하티드 로이놀드의 말처럼 경로가 이동하지 않고 아예 붕괴하고 있는 것이다. 나다쉬는 로이놀드의 연구가 부정확했다는 것을 알고 격분했다. 로이놀드가 황제에 대한 어머니의 어설픈 복수기도에 휘말려 일행 수십 명과 함께 이미 우주에서 산산조각 나버리지만 않았어도, 직접 손을 봐 주고 싶은 기분이었다.

그러고 보니 어머니!

그것도 싫은 것 중의 하나였다.

어머니가 싫다기보다—음, 그 부분은 나중에 생각하자—어머니 노하마페탄 백작이 현 황제에 대해 직접 반란을 기도했다는 사실이 싫었다. 반란 기도가 실패로 돌아갔다는 것도 문제였지만, 실패한 뒤 도대체 왜 사고로 죽었다고 알려져 있던 전 황태자를 살해한 게 다름 아닌 자기였다고, 노하마페탄 백작이었다고 황제 앞에서 다 떠벌여 버렸을까.

정말 어리석은 짓이었다. 어머니가 반역과 살인죄로 감옥에 갇힌 것도 그렇지만, 노하마페탄 가문이 영원히 자기 가문과 독점 사업 경영에서 쫓겨나고 훨씬 급이 낮은 귀족 가문의 하급 귀족이 대신 운영하고 있는 것도 이가 갈렸다.

빌어먹을 키바 라고스, 그 주둥이 험한 키바라니, 나다쉬는 그녀를 극도로 싫어했다. 키바와 나다쉬는 대학에서 처음 만났는데, 키바가 그레니를 섹스 장난감으로 이용하던 시절을 제외하고, 그들은 서로를 위해 가급적 마주치지 않는 것이 좋다는 합의를 내렸다—나다쉬는 자기보다 신분이 낮은 사람과 어울리느라 시간낭비하고 싶지 않았기 때문이었고, 키바는 대학 내의 온갖 인물들과 뒹구느라 바빠서 나다쉬가 보이건 말건 신경쓰지 않았기 때문이었다.

이후에도 이런 사이가 계속되다가, 황제 암살 음모와 자기 오빠를 살해하는 데 나다쉬가 관여했다는 사실을 어쩌다 키바가 알아낸 것이다. 이 공으로 키바는 노하마페탄 가문의 지부 경영을 일시적으로 맡게 되었다. 키바는 노하마페탄 가문의 장부를 샅샅이 들여다보면서 결정적인 자금 거래 흔적을 많이 발견했고, 그래서 문제는 더 커졌다.

나다쉬에게 키바는 그저 입이 거친 저질 쓰레기였고, 이것만으로도 그녀를 싫어할 이유는 충분했다. 그런데 이 입 거친 저질 쓰레기가 가문의 회사와 재산을 운용하는 동안 나다쉬는 끊임없이 기침에 시달리며 가로 2, 세로 2, 높이 3미터 상자 안에 갇혀 있다는 사실이 증오를 한층 부채질하고 있었다.

그럼에도 불구하고 키바 라고스는 나다쉬가 싫어하는 상대 1순위는 아니었다. '우리 사랑' 호도, 선원들도, 선실도, 도망자 신세도, 어머니의 어리석음도, 기관지염도 아니었다. 넉넉한 차이로 선두를 달리고 있는 것은 단연 현 황제 그레이랜드 2세였다.

당연히 이유는 많았다. 우선 황제라는 사실, 애당초 예상하지도 못했던 데다가 확고한 이성애 성향 때문에 나다쉬가 황제와 결혼해서 다음 황제를 낳을 기회가 사라졌다는 사실. 게다가 나다쉬와 오빠 아미트를 배우자로 진지하게 고려하지 않아서 노하마페탄 가문이 어떤 관계로든 황가와 혼인을 맺지 못하게 되었다는 사실. 노하마페탄 가문의 거듭된 반역 행위에 대해 가문의 권리를 송두리째 빼앗았다는 사실. 법적, 정치적 관점에서는 지당한 관점이었지만, 이 결정은 나다쉬에게 너무나 큰 불편을 초래했고 현재 그 후과를 톡톡히 치르고 있었다.

그러나 무엇보다도, 나다쉬는 그레이랜드가 도대체 아무리 해도 죽지 않는다는 사실이 싫었다. 폭탄도, 해적선 셔틀도, 감압으로 인한 우주 한복판에서의 폭발도 허사였고, 아니, 이도저도 안 되면 목에 빵조각이라도 걸리든가, 방법은 많지 않나. 빵조각이면 된다고! 그레이랜드를 쓰러져 죽게만 해 준다면 무엇이든지 그녀로서는 만족할 것이다.

황제에 대해 이런 견해를 가진 자신이 그저 일차원적인 악당이 아니냐는 비난을 들을 수 있다는 건 잘 알고 있었다. 반론은 이랬다. 황제가 내게 얼마나 손해를 끼쳤느냐. 그녀는 오빠와 어머니, 귀족 가문, 황가와 인연을 맺게 될 미래를 잃었다. 황제가 처음부터 그 모든 일을, 그 정도 규모로 의도했느냐는 중요하지 않았다. 어차피 나다쉬와 그 가족이 자초한 일이었다. 일이 이렇게 되고 보니―녹슨 선실 벽만 바라보고 있어야 하는 신세가 되고 보니―나다쉬에게 남은 것은 황제에 대한 증오와, 황위에 올라 사람 속을 뒤집는 그 시골뜨기가 지금 이 순간에도 존재한다는 사실에 대한 답답함뿐이었다.

지금 이 순간, 그레이랜드 2세를 끌어내릴 수만 있다면, 다른 아무것도 이루지 못한다 해도 비긴 기분이 들 것 같았다.

하지만 물론 그녀에게는 더 장대한 계획도 있었다.

선실 문에서 노크 소리가 들리더니 잠시 후 문이 삐걱 열리고 우주선 사무관 에반스가 나타났다. 소문으로는 고향 별의 자기 집 욕조에서 대단히 인화성이 강한 불법 약물을 만들다가 친구 몇 사람을 불에 태워 먹은 인물이었다.

"카렌." 에반스가 말했고, 나다쉬는 눈에 띄게 얼굴을 찌푸렸다. "손님이 왔는데, 식당에 있어. 나를 따라와."

"고마워." 나다쉬는 기침을 하며 태블릿을 집어 든 뒤 에반스를 따라 금속과 곰팡이, 낡은 냄새가 풍기는 '우리 사랑' 호의 복도를 지났다.

"당신을 카렌이라고 부르라는 지시를 받았습니다." 손님은 그녀가 식당에 들어서자 말했다. 에반스 사무관은 손님의 경솔한 언동에 얼굴을 찡그리면서 나갔다. "혹시 저도 가명이 필요할까요?"

"가명을 원하세요?" 나다쉬는 비좁고 지저분한 식당의 비좁고 지저분한 탁자에 앉으며 손님에게 앉으라고 손짓했다.

"아니요. '프로스터 우'는 괜찮은 이름입니다. 계속 쓰고 싶군요." 그는 앉으며 주위를 둘러보았다. "평소 지내던 환경과는 다르군요, 카렌."

"일시적인 거예요."

"그럴까요?"

"그렇지 않다고 생각하시면, 여기 안 오셨겠죠. 그건 그렇고 따라오는 사람이 있던가요?"

프로스터는 이 질문에 기분이 상한 것 같았다. "나는 현재 황제를 제외하고 우 가문에서 살아 있는 가장 고위 귀족입니다. 당연히 따라오는 사람이 있지요." 나다쉬는 굳었다. 프로스터는 한 손을 들었다. "하지만 공식적으로 내가 여기 온 이유는 외부 브랜디와 포트 와인을 사들이기 위해서입니다. 그 일은 운전사가 알아서 하고 있어요. 시시한 밀수품들이지요. 당신은 안전합니다."

나다쉬는 긴장을 풀었다. "그럼 아직 제게 영향력이 남아 있다고 생각하시나요?"

프로스터는 미소지었다. "솔직히 말하자면 당신이 데란에게 독을 먹였다는 걸 알아채는 데 시간이 좀 걸렸습니다. 전 다른 걸 기대하고 있었어요."

"뭘 기대하셨죠?"

"음, 모르겠어요. 하지만 황제를 죽이기 위해 우주왕복선 화물칸에 셔틀을 들이박은 분 아닙니까. 저는 뭐랄까… 좀 더 요란한 걸 기대했던 것 같습니다."

이제 나다쉬가 미소 지을 차례였다. 그녀는 태블릿을 꺼내 앱을 켜고 프로스터 앞에 기계를 놓았다. "이건 뭡니까?" 그는 물었다.

"이건 우 이사회 회의실에 내가 설치한 폭탄 기폭 장치예요." 나다쉬는 말했다. "데란의 비서가 보관했던 차 안에 독을 넣었을 때쯤 설치했지요."

프로스터는 미심쩍다는 듯 기폭 앱을 바라보았다. "어떻게 장치했습니까?"

"무슨 말씀을. 그런 사업 비밀을 내가 알려 줄 것 같아요?"

"아니, 제게서 말을 계속 듣고 싶으시다면, 당연히 알려 주시겠지요."

"좋아요. 돌아가서 데란이 죽은 날 이후 출근하지 않은 관리 직원을 찾아보세요. 이름을 찾아내면, 사람을 시켜서 배경과 행방을 알아보세요. 오랫동안 관리직으로 일해 왔다고 되어 있지만, 실제로 존재하지 않는 사람일 겁니다." 나다쉬는 주위를 가리켰다. "이 지저분한 우주선에서만 가짜 신원이 통용되는 건 아니에요."

"기업 첩보원이군요." 프로스터가 말했다.

"아, 놀란 척하지 마세요. 우 가문이 그런 짓을 안 하는 것도 아니고."

"그럼 그 인물은 지금 어디 있습니까?"

"고향에. 혹은 가는 중이거나. 요즘은 모두가 고향으로 가고 싶어해요. 문명이 붕괴하고 있다니까."

프로스터는 기폭 장치가 설치된 태블릿을 가리켰다. "그럼 이걸 내게 보여 주는 이유는 뭡니까?"

"당신이 뭔가 요란한 걸 기대했다기에. 필요하다고 생각했다면, 훨씬 더 요란할 수도 있었다는 점을 보여 주고 싶었어요." 그녀는 태블릿을 집어 들고 앱을 닫은 뒤 프로스터에게 건넸다. "여기. 기념품이에요. 데란만 제거하는 선에서 그치지 않을 수도 있었다는 점을 상기하세요. 난 중요한 우 일가 전체를 없애고 가문 전체를 혼돈에 빠뜨릴 수도 있었어요. 그 선택지가 있었다고요. 하지만 그렇게 하지 않았어요."

프로스터는 태블릿을 받아들었다. "왜 안 했는지 모르겠군요. 내가 그 상황이었다면 그렇게 했을 겁니다."

"음. 당신이 그 방에 없었다면, 그렇게 했을지도 모르겠어요."

프로스터는 잠시 어안이 벙벙했다. "내가?"

"당신 입으로 말했잖아요. 당신은 이 시점에 우 일가 중에서 가장 높은 인물이라고. 이런 소동까지 벌어진 마당에, 다른 사람에게 이사회 의장직을 넘겨 줄 계획은 아닐 것 같은데요."

"보안 부문을 책임진 사람은 이사회 의장직에 출마하지 않는 것이 전통입니다."

나다쉬는 멋있게 코웃음을 치려다가 다시 기침을 터뜨렸다. "무슨 말씀을, 프로스터." 그녀는 어쨌든 말했다. "그건 옛날 이야기고요."

"나다쉬-카렌. 난 데란이 우 가문을 경영할 깜냥이 못 되는 명청이였다고 생각했지만, 내가 그 직책까지 원한 건 아닙니다."

"달리 누가 있죠? 당신도 당신 친척들을 알잖아요. 그중 누구라도 할 만한 사람이 있어요? 특히 중대한 위기를 줄줄이 앞둔 이런 시국에?"

예상대로 프로스터는 말이 없었다. 프로스터는 나다쉬가 데란에게 독을 먹이는 것을 기꺼이 환영했을 만한 인물이었지만—나다쉬도 그와 개인적인 과거사가 있었기 때문에 복수할 기회가 온 것이 기뻤다—결국 그는 뼛속까지 우 가문을 위하는 사람이었다. 워낙 권좌 뒤에서 실권을 오래 잡고 있었기 때문에 지금 권좌를 차지할 만한 능력이 되는 사람은 달리 아무도 없다는 것도 잘 알고 있었다. 나다쉬는 프로스터가 마지못해 인정하고 성단에서 가장 강력한 가문을 경영하는 자신의 모습을 그려 보는 광경을 기분 좋게 바라보았다.

아니, 어쨌든 지금으로서는 가장 강력한 가문이겠지.

"요점을 말해 보시죠." 프로스터는 마침내 말했다.

"내가 하려는 말은, 이 시점에는 절대 혼란을 용납할 수 없다는 점입니다." 나다쉬는 프로스터가 쥔 태블릿을 가리켰다. "이사진들을 통째로 날려 버렸다면 혼란만 초래했겠지만, 데란에게 독을 먹이면 질서를 회복할 여지가 있어요. 이사진들은 우 가문을 운영하는 적법한 지위를 돌려받게 되죠. 다른 누구보다 질서가 필요하다는 사실을 잘 이해하는 당신에게는 모든 일을 제 궤도로 되돌려 놓을 방법이 생기지요."

프로스터는 이 말에 냉소했다. "당신이 순수한 호의로 그랬다는 강변은 안 믿습니다."

"당연히 그렇진 않아요." 나다쉬도 동의했다. "나도 돌려받아야 할 나름의 빚이 있었어요. 하지만 그건 받았습니다. 그 이상 바라지 않아요. 거기서 더 이상 원했다면 같이 망했을 겁니다. 문명이 종말을 바라보고 있어요, 프로스터. 지금 어떻게 하느냐에 따라 우리가—우리 중에 누구라도—과연 살아남을 수 있느냐가 결정됩니다."

"그래서 어떻게 해 달라는 겁니까?"

나다쉬는 태블릿 쪽으로 고개를 끄덕였다. "내 말이 설득력이 있나요?"

"조금."

"요즘 귀족 가문과 의회에 당신 사촌 황제는 그다지 인기가 없다고 해야겠죠."

"반역죄로 그 사람들의 상당 비율을 감옥에 집어넣은 뒤로는, 그렇게 봐야겠지요."

"그 처분이 하필 모두에게 최악의 시기에 혼란을 초래했다는 점도 동의하시지요."

프로스터는 나다쉬를 바라보았다. "그렇겠지요."

"그렇다면 내가 당신에게 원하는 건, 프로스터 우, 작은 만남의 자리를 만들어 달라는 거예요. 황제 때문에 혼란에 처한 사람들과 이야기를 나눌 수 있도록."

"그게 얼마나 어려울지 아실 겁니다." 프로스터는 믿기지 않는다는 듯 눈을 휘둥그렇게 떴다. "황제는 이미 반란에 가담한 모든 가문을 수사하고 있습니다. 당신 가문은 경영권을 박탈당했고요. 당신은…" 그는 식당을 손짓했다. "그 문제에 손을 쓸 처지도 아니고 방법도 없어요."

"다시 말하지만, 정말 그렇게 믿었다면, 프로스터, 당신은 여기 안 왔겠죠."

프로스터는 태블릿을 들어 보였다. "당신이 영리했다면 이건 나한테 안 쳤을 겁니다."

"당신이 영리하다면, 프로스터, 내가 당신에게서 원하는 걸 얻을 다른 방법이 없다면 그건 안 쳤을 거라는 정도는 지금쯤 알고 있을 텐데요."

"협박처럼 들리는군요."

"보험이라고 해 두죠." 나다쉬는 말했다. "우리 둘 다 원하는 게 같으니, 그건 안 쓸 겁니다."

"그게 뭡니까?"

"질서. 그리고 생존. 우리 방식대로. 당신 사촌 방식 말고."

프로스터는 잠시 생각해 보았다. "당신은 정말 그레이랜드를 미워하는군요."

"미워하지 않아요." 나다쉬는 거짓말을 했다. "분수에 넘는 자리를 차지했다고 생각하는 것뿐이죠. 문제는, 그녀가 망하면, 우리 모두 같이 망한다는 거예요. 당신도, 나도, 모든 가문 전부, 상호의존성단까지. 난 망하지 않을 거예요."

프로스터는 일어섰다. "생각해 봐야겠습니다."

나다쉬는 그대로 앉아 있었다. "그러시죠. 생각 끝나면 찾아오세요." 프로스터는 고개를 끄덕이고 문으로 향했다. "그런데 프로스터."

그는 문간에서 멈췄다. "네?"

"우리한테 시간이 별로 없다는 걸 명심하세요."

프로스터는 한숨을 쉬고 나갔다.

시간이 정확히 얼마나 남았을까 궁금한 기분으로, 식당에 홀로 남은 나다쉬는 증오심에 가득 찬 채 오랫동안 머릿속에서 계획을 굴렸다.

5장

두 사람의 관계가 단순히 한순간의 어색한 불장난이 아니라는 것, 카르데니아 우-패트릭도 마르스 클레어몬트와 같은 감정들을 비슷한 비율로 느끼고 있다는 것이 확실해진 뒤, 마르스의 새 여자 친구, 성단의 황제 그레이랜드 2세는 그에게 첫 선물을 주었다. 주머니 시계였다.

"전 아무것도 못 줬는데요." 침대에 누워 있을 때 그녀가 시계를 건네자, 그는 말했다. 정말 사랑을 나누었다고 표현해야 할 나른한 섹스를 나눈 뒤, 황제는 500년은 더 되었을, 마르스가 평생 벌 액수보다 더 큰돈을 치러야 할 정도로 값비싼 침대 옆 탁자로 손을 뻗어서 시계를 가져오더니 선물이라고 말했다.

"못 준 게 당연하지." 카르데니아는 말했다. "내가 안 갖고 있는 게 뭐가 있어서 줄 수 있겠어? 문자 그대로." 그녀는 짐짓 상처받

은 듯한 마르스의 표정을 보았다. "사람들이 내게 바친, 내가 보지
도 않을 물건들이 창고에 가득하다는 거 알잖아."

그녀는 시계를 들어 올렸다. "사실 이것도 거기서 가져왔어."

"당신이 내게 주는 첫 선물이 재활용이라고요?" 마르스는 끔찍
하다는 듯 말했다.

카르데니아는 그의 어깨를 가볍게 때렸다. "그만해. 사실 그것
보다 더 심해. 나한테 들어온 물건도 아니야. 창고 관리인 말로는
후이 인 3세에게 들어온 물건이라니까 200년은 됐을 거야."

"어떻게 찾았습니까?"

"내가 찾은 게 아니야. 주머니 시계가 필요하다고 명령했더니,
창고에서 스무 개쯤 꺼내 와서 둘러보라고 하더군."

"들으면 들을수록 더 소름끼치게 인간미 없는 이야기만 나오는
군요."

"그래, 알아." 카르데니아는 주머니 시계를 살짝 들어 보였다.
"하지만 이걸 보는 순간, 당신 생각이 나더군. 그러니 결국 인간적
인 선물인 거지." 그녀는 시계를 마르스에게 건넸다.

마르스는 시계를 받아들고 손에 쥔 채 뒤집어 살펴보았다. 작
았지만 크기에 비해 묵직한 걸 보니 기계식으로 작동하는 것 같았
다. 뚜껑이 있는 헌터 스타일 시계였고, 주석 합금 재질 같았지만,
황제에게 들어온 선물이니 그보다는 더 고급 금속일 것 같았다.
바깥 표면 양쪽에는 꽃이 핀 덩굴 각인이 새겨져 있었는데, 앞면
한가운데에 있는 것은 확실히 피보나치 나선이었고 10여 장의 꽃
잎으로 이루어진 꽃이 선 끝을 장식하고 있었다. 뚜껑을 열어 보

니 단순하고 우아한 시계반이 드러났다. 시곗줄에서는 고리 몇 개마다 박힌 에메랄드가 반짝였다.

"제가 평생 받아 본 선물 중에 정말 가장 훌륭합니다." 마르스는 말했다.

카르데니아는 활짝 웃었다. "그렇다면 기뻐."

"보통 봉제 인형이나 과일을 받았거든요."

"다음에는 그걸 기억하도록 하지."

마르스는 손에 든 작은 물체의 무게를 가늠했다. "혹시 떨어뜨리거나 잃어버리거나 긁힐까 봐 무섭습니다."

"그랬다가는 황제의 심기가 불편하겠지." 카르데니아는 짐짓 묵직한 목소리로 답했다.

"제 심기가 불편할 겁니다."

카르데니아는 시계 안쪽을 가리켰다. "그걸 새기라고 했어."

마르스는 놀라 각인을 다시 보았다. "당신이 새겼다고요? 제게 주려고?"

"그래. 선물로 주는 거니까."

"하지만 200년 된 물건이라고 하셨잖습니까. 박물관에 들어갈 만한 가치가 있을 텐데요."

카르데니아는 미소 짓고 마르스에게 키스했다. "설사 박물관에 있던 거라도 내가 그림을 새기면 역사적으로 더 가치 있는 물건이 될 거야. 난 황제니까. 웃기지만 그래." 그녀는 마르스가 쥔 시계를 두드렸다. "100년이 지나 이게 진짜 박물관에 들어가면, 미래 사람들은 이 그림이 무슨 뜻인지 궁금하겠지."

"뭐라고 새기셨습니까?"

"읽어 봐."

마르스는 새긴 글자를 읽을 수 있도록 시계 각도를 약간 비스듬히 기울였다. 나머지 부분과 어울리는 디자인이었다. 새로 새겼다는 것을 몰랐다면, 원래 디자인의 일부라고 생각했을 것이다. 마르스 클레어몬트, 황제의 시간 기록원, 그 뒤에 알아볼 수 없는 기호가 있었다.

"이건 중국어야." 카르데니아는 말했다. "원래 지구에서 우 가문이 살던 곳이지."

"무슨 뜻입니까?"

"'이것은 우리의 시간.'" 카르데니아는 얼굴을 찡그렸다. "그럴 거야. 기계 번역이라. 미안해."

"그럼 전 이제 황제의 시간 기록원입니까?"

"공식 직함은 아니야. 하지만 당신은 플로우에 무슨 일이 일어나고 있는지 내게 알려 준 사람이잖아. 플로우가 완전히 붕괴할 때까지 시간이 얼마나 남았는지 누구보다도 잘 아는 사람. 시간이 얼마나 남았는지 알고 있는 사람."

"그건… 그리 유쾌한 의미는 아니군요."

"공식적인 설명은 그렇고." 카르데니아는 몸을 죽 펴며 마르스에게 파고들었다. "황제와 보조를 맞추는 사람이기도 하니까. 어쨌든 황제의 시간 기록원인 셈이야."

마르스는 침대 이쪽 편 작은 탁자에 시계를 조심스럽게 내려놓았다. "시시한 말장난이군요."

"맞아." 카르데니는 동의했다. "하지만 어쨌든 나랑 계속 보조를 맞춘다면, 좋잖아?"

사실이었다.

하지만 이어진 며칠 몇 주 동안, 마르스는 새로 얻은 이 비공식 직함에 대해 계속 생각했다. 그와 아버지, 죽은 하티드 로이놀드가 성단 내 플로우 붕괴에 대해 취합한 데이터에, 황제가 그에게 전달하라고 명한 역사상 모든 플로우 여행 기록, 퐁티유의 (죽은) 전 왕 토마스 세네버트가 갖고 있던 성단 밖에서 모은 어마어마한 분량의 플로우 데이터를 합치면서 생각했다.

새 데이터를 합하니, 데이터 규모는 이전의 백 배로 커졌다. 덕분에 안정적이었던 장기간의 플로우 흐름이 언제 붕괴하는지, 훨씬 불안정한 새 플로우가 언제, 어디에 생겨나게 될 것인지, 이 흐름은 얼마나 오래 계속되다가 역시 붕괴하게 될 것인지 더 정확하게 예측할 수 있었다.

데이터 작업을 하면 할수록, 그는 황제이자 연인인 카르데니아가 옳았다는 것을 깨달았다. 이제 허브 시스템의 플로우 물리학자 거의 대부분이 그의 데이터를 연구하고 있었고, 다른 시스템에서도 대체로 연구에 착수하고 있었다. 하지만 그의 아버지와 하티드를 제외하고 그들 중 누구도 이렇게 오래 연구한 사람은 없었다—게다가 아버지는 이제 1년 이상 새로운 데이터를 받지 못하고 있고, 하티드는 죽었다.

즉 마르스처럼 데이터를 바라볼 수 있는 사람, 그처럼 종합하고 전체적으로 통찰하고 데이터를 능란하게 다루어서 황제와 보좌관들에게 최선의 예측, 가장 정확한 예측을 제공할 수 있는 사람은 없다는 뜻이었다.

마르스는 이런 장점이 타고난 능력의 결과라고 자만하지 않았다. 그보다 재능을 타고난 플로우 물리학자는 수십, 수백 명일 것이고, 그의 아버지만 해도 최초의 데이터만 보고 플로우가 붕괴하고 있다는 것을 간파한 최초의 인물 중 하나였다. 마르스가 가진 장점은 그저 남보다 일찍부터 문제를 바라보고 연구해 왔다는 사실이었다. 그는 곧 누군가 자신을 추월할 거라고 생각했다.

그러나 그때까지 그는 사실상 황제의 시간 기록원, 성단에 시간이 얼마나 남았는지 가장 잘 아는 사람이었다.

하지만.

데이터를 보면 볼수록, 마르스는 자신이 뭔가 더 큰 역할을 해야 한다고 생각했다.

"여길 보세요." 마르스는 데이터를 가리키며 토마스 셰네버트에게 말했다. 두 사람은 셰네버트의 우주선 오베르뉴 호에 있었다. 마르스는 속박 속에서 다져진 셰네버트와의 우정을 소중하게 생각하고 있었고, 셰네버트는 어떤 의미에서 오베르뉴 호 자체이기 때문에 그가 가장 잘 나타나고 존재할 수 있는 장소는 거기뿐이었다.

마르스는 셰네버트의 주의를 향후 몇 년간 성단 내 플로우 흐름 시뮬레이션 쪽으로 돌렸다. 변화 속도는 대단히 가속한 상태였다. 원래 안정적이었던 플로우 흐름은 파란색으로 빛나다가 갑자기 영구적으로 사라졌고, 소실류는 붉은색으로 깜빡이다가 사라졌다. 시뮬레이션이 계속 진행되자 예측 확실도가 차츰 낮아졌다. 붕괴가 예상되는 시기가 되자 파란색 흐름은 불안하게 흔들거렸고, 시뮬레이션의 확실도가 낮을수록 붉은 빛은 흰색으로 희미해졌다. 어느 새 시뮬레이션은 깜빡이는 붉은 선, 차츰 희미해지는 흰 선, 흔들거리는 파란 선으로 가득 찼다.

"발작 경고등으로밖에 안 보이는데?" 셰네버트는 말했다.

마르스는 시뮬레이션을 멈추고 앞으로 돌려 다시 재생했다. "소실류를 보세요."

셰네버트는 붉은 선에 특히 집중해서, 이어 흰 선에 집중해서 시뮬레이션을 다시 보았다. "그래도 모르겠어."

"다시 보세요." 마르스는 시뮬레이션을 다시 돌리려고 손을 뻗었다.

셰네버트는 한 손을 들었다. "천 번을 더 봐도 자네가 내게 보여주려는 건 안 보일 거야, 마르스."

마르스는 미간을 찡그렸다. "다른 사람은 몰라도 당신은…."

"다른 사람은 몰라도 내가?" 셰네버트는 미소 지었다. "혹시 내가 더 이상 인간이 아니다, 이 우주선의 컴퓨터에 의탁해서 존재하는 신세라는 점과 관계된 건가?"

"음, 그렇죠."

"그건 그런 식으로 돌아가지 않아."

"하지만 이 우주선 전체를 운영하잖습니까. 거의 반 무의식으로. 당신은 이 우주선이나 다름없어요. 플로우 운행이 가능한 우주선."

"자네는 이 우주선을 운영할 수 있겠나, 마르스?"

"네? 아뇨."

"하지만 플로우 운행이 가능한 우주선인데, 자네는 플로우에 대해서 모든 걸 알잖아."

"네, 하지만 그건 전혀 다른… 네. 무슨 말씀을 하시려는지 알겠습니다."

"그럴 줄 알았지. 영리한 분이니까."

"그래도, 전 아직 이 우주선의 프로세싱에 접속할 수 있다면 플로우 물리학을 이해하는 것도 더 쉬울 것 같습니다."

"그럴지 모르지. 그래도 시간을 내서 공부하고 통합해야 해." 세네버트는 가상의 머리를 두드렸다. "이 우주선에 존재하는 내 모델은 아직 대부분 인간이야. 인간이 호흡할 때 달리 별다른 의식을 하지 않듯이 마찬가지 방식으로 우주선을 돌리지. 하지만 플로우 물리학을 배우려면 시간이 필요해."

"얼마나요?"

"다른 사람보다야 덜 걸릴지도 모르지. 그래도 생각보다는 많이 걸릴걸." 세네버트는 시뮬레이션 쪽으로 손짓했다. "그러니 일단은 뭐가 보이느냐고 묻지 말고 뭘 보라는 건지 말을 해 주는 게 좋을 거야."

"저게 이상해요." 마르스는 시뮬레이션을 다시 켰다. "소실류가 생겨나는 게 어쩐지 계속 신경쓰여서 혹시 다른 사람 눈에도 보이는가 확인하고 싶었습니다. 어디가 이상한지 도대체 모르겠어요. 분명 느낌은 오는데…." 마르스는 어깨를 으쓱했다. "느낌이 온다는 걸로는 충분하지 않잖습니까."

"다른 플로우 학자들도 있을 텐데."

마르스는 고개를 저었다. "전부 다 뒤따라오고 있어요."

"나는 안 그렇고?"

"네, 당신을 과대평가했습니다." 마르스는 입을 다물더니 셰네버트를 돌아보았다. "죄송합니다. 말이 잘못 나왔어요."

셰네버트는 웃었다. "잘 나왔어. 무슨 뜻인지 이해해."

"하티드가 살아 있다면 그녀의 눈에는 보였을 텐데. 이건 대부분 그녀의 데이터에 기초한 거라."

셰네버트는 시뮬레이션을 보았다. "소실류는 내 눈에 무작위적으로 나타나는 것처럼 보이는데."

"제가 아는 한, 맞습니다. 지속 시간도 무작위적이고요. 어떤 것은 한 시간, 어떤 것은 거의 1년."

"패턴이나 리듬이 없다."

"제가 보는 한 그렇고요, 데이터도 그렇습니다."

"근데 여기서 무슨 느낌이 온다는 거지? 어딘가 이상하다고 했잖아."

"패턴이 있는 것 같다는 느낌이 드는 거죠. 정확히 말해서 패턴이라기보다, 무작위적이지 않은 데가 있는 것 같습니다." 그는 두 손을 들어 보였다. "정확히 표현할 말을 모르겠어요."

"수학이니까."

"네. 하지만 수학적으로 증명되는지 모르겠어요. 그런데…" 마르스는 다시 어깨를 으쓱했다. "모르겠습니다. 단지 뭔지 알아내면 시간을 벌 수 있을지도 모르다는 기분이 듭니다."

"플로우의 붕괴를 막을 수 있다고."

마르스는 고개를 저었다. "아뇨, 그게 아니라." 그는 흔들거리기도 하고 그렇지 않기도 하지만 모두 결국에는 사라지는 파란 선들을 가리켰다. "플로우의 붕괴는 거의 확실성에 가깝습니다. 우리가 할 수 있는 일은 사람들이 미리 대비할 수 있도록 정확히 예측하는 거지요. 여기, 이건. 확실하잖습니까." 그는 빨간 선과 흰 선을 가리켰다. "이건 아닙니다. 지금 제가 관심을 갖고 있는 건 이것들입니다."

"왜?"

마르스는 파란 선을 다시 가리켰다. "이건 우리가 죽었다는 뜻이니까요. 우리에게 있는 게 이것뿐이라면, 시간이 충분하지 않습니다. 현재 존재하는 플로우 운항 우주선을 총동원해서 사람들을 엔드로 실어나른다 해도 겨우 수백만 명밖에 갈 수 없습니다. 수십 억 중에서요. 나머지는 모두 달라시슬라 같은 운명이 됩니다."

셰네버트는 달라시슬라라는 말에 심각한 표정을 지었다. 800년 전 달라시슬라로 드나드는 플로우 흐름이 붕괴해서 시스템이 고립되었고, 자원이 천천히, 그러다 끔찍하게 빠른 속도로 고갈하여 수백만 명에 달하는 주민들은 죽음을 맞았다. "살아남은 달라시슬라 사람들도 있지 않았나."

"수백 명이었죠. 기억하시겠지만, 아주 잘 살고 있지도 않았습니다."

"맞아."

"여긴 시간이 없어요." 마르스는 파란 선 쪽으로 고갯짓을 했다. "몇 백 명 이상을 살리고 싶다면, 이쪽을 봐야 합니다." 그는 빨간 선을 바라보았다. "여기서 시간을 더 찾아내야 합니다. 그래야만 해요." 그는 세네버트를 보았다. "그런데 그걸 놓치고 있다는 기분이 듭니다. 뭔지는 몰라도."

"없는지도 몰라." 세네버트는 부드럽게 말했다.

"그럴지도. 하지만 지금 그냥 포기한다면 좋은 과학자가 아닐 겁니다."

"그럴 시간이 있나? 해야 하는 일들도 많을 텐데."

"전 황제의 시간 기록원입니다. 모두를 살리려고 노력해야 해요. 시간을 만들 겁니다."

6장

시안의 황궁 단지는 거대했다— 워낙 커서 황제가 제위 중 매일 다른 방을 쓴다 해도 모든 방을 다 쓰지는 못한다는 말이 있을 정도였다. 물론 이 말이 과장인지 아닌지는 황제의 제위 기간에 달린 문제다. 고작 13일 동안 제위에 있다가 으깬 감자 요리에 부주의로 들어간 버섯 가루 때문에 심한 알레르기 반응을 일으켜 아나필락시스 쇼크로 사망한 빅토즈 1세의 경우에는 전적으로 사실이겠지만, 열일곱에 제위에 올라 102세까지 장수를 누리다가 증손자에게 황위를 물려준 시잔 황제의 경우는 그렇지 않을 것이다.

특별히 황제의 거주지와 궁궐로 사용할 목적으로 건설된 정착지인 시안에 황궁이 존재한 지 거의 천 년, 사실 황궁 내 모든 방에 다 들어가 본 황제는 없었다. 황궁에는 황제와 그 가족의 사적인 아파트뿐만 아니라, 여러 각료와 직원들이 사용하는 호화로운 아파트에서부터 기숙사에 이르기까지 다양한 형태의 주거지도 있었다.

황궁 단지는 사무실과 회의실, 강당, 가게, 카페 등은 물론 창고와 화장실, 체육관, 청소용 벽장, 전기배전실 등이 들어찬 업무 공간이기도 했다. 교도소와 호텔도 있었고(서로 가까운 위치는 아니었다), 여러 사무실, 혹은 행성 간 우편 업무를 담당하는 우체국 몇 군데, 조립실, 한 동 전체를 사용하는 보안 시설, 아주 높은 출입 등급이 필요하거나 끔찍한 짓을 저질렀을 때, 혹은 둘 다에 해당될 경우 내부를 구경할 수 있는 접견실 등이 있었다.

그레이랜드 2세는 끔찍한 짓을 저지른 적이 없었지만, 황제이기 때문에 황궁의 보안 시설에 얼마든지 들어갈 수 있는 출입 등급을 갖고 있었다. 사실 그녀는 한 번도 보안 시설에 들어가 본 적이 없었다. 개인 아파트와 집무실에도 이 동과 어깨를 나란히 할 뿐만 아니라 경계가 더 삼엄한 보안실이 딸려 있었고, 무슨 일이 생기면 보안부서 요원들이 황제를 찾아오곤 했다. 하지만 오늘 회의를 위해서 보안부서 요원들은 효율성과 기술적 이유를 들어 굳이 황제에게 보안동으로 와 달라고 청했다.

그래서 그레이랜드 2세는 황제 보안부서 인력들의 사무실 복도를 지나 안쪽에 자리잡은 안전 회의실로 향하고 있었다. 그레이랜드는 시종을 아무도 대동하지 않았고, 경호원도 최소한만 따르고 있었다. 바로 궁정 이 동에 있는 보안부서에서 채용하고 신원 조회를 한 사람들이었다.

회의실로 가기 위해 복도를 걷는 동안, 공공장소에서 행사를 치르지 않을 때 즐겨 입는 어둡고 수수한 옷차림의 그레이랜드를 주시하는 사람은 없었다. 황제라는 사실을 모른다면, 외모로 보아 잘해야 중급 관료 정도로 보이는 모습이었다. 상관없었다. 황제라는 직책에 따르는 후광이야말로 가장 피곤한 일 중 하나였다.

복도를 지나 회의실로 들어서자 세 사람이 기다리고 있었다. 황제가 고갯짓을 하자, 경호원들은 회의실 문을 닫고 밖에서 대기했다. 문이 닫히자, 바깥 세상이 달칵 차단되는 소리가 들려왔다. 안쪽에서 문이 다시 열릴 때까지, 이 방 안에 들어오려면 핵무기 비슷한 것이 필요할 것이다.

"폐하." 근위대장 히버트 림바가 고개를 숙였다. 그는 방 안의 다른 두 사람을 가리켰다. "이쪽은 황궁 경호실에서 분석팀을 지휘하는 코엣 가멜입니다. 그리고 이쪽은 돈텔루 세브로건, 폐하께서 지시하신 자료 조사와 시뮬레이션을 맡았습니다. 둘 다 최고의 보안 허가를 받은 인력입니다."

가멜과 세브로건은 그레이랜드에게 고개를 숙였고, 그녀도 마주 인사했다. "당신들 때문에 우리가 여기 왔습니다." 보통 림바와 만날 때는 일상적인 호칭을 사용하는 게 편했지만, 처음 보는 사람들, 특히 황제를 알현하는 것이 평생 한 번 있을까 말까 한 사건일 사람들이 같이 있었기 때문에, 그녀는 자신을 가리켜 황제를 뜻하는 '우리'라는 대명사를 썼다.

"네, 폐하." 가멜이 말했다. "이 방에 있는 모든 사람은 신원 조회를 마쳐서 안전합니다. 폐하의 개인 시종들도 안전하지 않다고 생각할 이유는 없습니다만, 악의가 없어도 말을 옮길 수 있습니다. 저와 돈텔루가 무슨 일을 하는지 아는 사람이라면 저희가 왜 폐하를 알현해서 보고를 드리는지 추측할 수 있을지도 모릅니다."

"짐이 여기 왔다는 것 자체가 이야깃거리일 텐데." 그레이랜드는 림바에게 말했다.

"그렇습니다, 폐하. 하지만 상호의존성단이 현재 맞닥뜨린, 음, 도전은 워낙 광범위하여, 폐하의 예기치 않은 방문이 그중 무엇 때문인지에 대해서는 확실히 알 길이 없지 않겠습니까."

그레이랜드는 씁쓸하게 미소 지었다. "그렇지." 그녀는 다른 사람들에게 앉으라고 손짓하고 자신도 앉았다. 림바, 가멜, 세브로건은 황제가 착석할 때까지 기다렸다. "그러면 어디 용건을 들어봅시다."

림바는 가멜에게 고개를 끄덕였고, 가멜은 마주 끄덕이더니 그레이랜드를 향했다. "몇 주 전, 폐하에 대해 반기를 든 쿠데타 직후, 저희 팀은 임박한 플로우 붕괴와 기타 여러 요소가 상호의존성단에 끼칠 위협을 평가하라는 지시를 받았습니다. 폐하의 지시라고 알고 있습니다만."

"우리는 물론 플로우가 붕괴한다는 증거가 등장한 이후 위협 평가를 계속하고 있었습니다." 림바가 말했다.

"네, 물론입니다." 가멜은 동의했다. "하지만 이번엔 쿠데타와 그에 대한 폐하의 조처를 요인으로 감안한 새로운 평가였습니다."

"가장 영향력이 막강한 최고위급 의회 각료와 귀족, 사제를 반역 행위로 감옥에 가둔 것 말이군." 그레이랜드는 말했다.

"맞습니다." 가멜은 기침을 했다. 그는 세브로건을 가리켰다.

"돈텔루는 제 팀에서 단연 최고의 분석가이고, 작년에는 특히 플로우 붕괴 이후 나타날 결과에 대한 모델링을 맡았습니다. 폐하께서 괜찮으시다면, 돈텔루가 이 회의를 이끌겠습니다."

"물론이오." 그레이랜드는 세브로건을 보았다. "계속하시오."

세브로건은 주저하며 상관들을 쳐다보다가 그레이랜드에게 시선을 보냈다. "폐하, 시작하기 전에 우선 질문을 드려야 합니다."

"그러시오."

"제 평가 결과를 얼마나 단도직입적으로 말씀드려도 될까요?"

그레이랜드는 미소 지었다. "혹시 강한 표현과 부정적인 결과로 인해 내 기분이 상할 것 같다는 말인가?"

"그렇습니다."

"내 으뜸가는 보좌관 중 하나는 '젠장'이라는 단어를 안 쓰면 문장을 맺질 못하고, 요전번 집행위원회에서는 상호의존성단의 경제적 기반이 직접적이고 즉각적인 위협을 받고 있다고 열변을 토하느라 회의 시간 절반을 썼다. 그대는 무사할 것이야."

"그렇다면 폐하, 우리 모두 망했습니다."

그레이랜드는 소리내어 웃었다. "그래, 이유를 들어봅시다." 그녀는 웃음을 그치고 말했다.

"이미 알고 계신 점도 있겠습니다만." 세브로건은 말했다. "플로우의 붕괴가 시작되었고 수 세기 동안 성단 내 무역의 동맥으로 이용되었던 흐름이 사라지고 있습니다. 플로우가 없어지면, 성단 내 개별 시스템들은 고립됩니다. 상호의존성단의 구조는 시스템들 간의 도움에 바탕을 두고 있으니, 수십 년 안에 개별 시스템 내 인류 정착지는 무너지기 시작할 겁니다."

"달라시슬라 효과."

세브로건은 고개를 끄덕였다. "폐하께서 몇 달 내에 그 효과를 완화할 계획을 수립하라고 의회에 명하셨지만, 우리 분석 결과 의회는 그 시간 안에 실질적인 계획을 만들지 못할 겁니다."

그레이랜드는 고개를 끄덕였다.

"그리고 저희 분석 결과 폐하께서는 이런 부분을 이미 계획에 넣고 계십니다."

그레이랜드는 림바를 돌아보았고, 그는 어깨를 으쓱했다. "철저한 분석을 원하지 않으셨습니까, 폐하."

"그러면 그 분석에서는 내가 이후 어떻게 할 것이라고 예상되는가?" 그레이랜드는 다시 세브로건을 돌아보았다.

"가장 가능성이 높은 선택은 상호의존성단의 우주선 일부, 혹은 전부를 징발하여 최대한 많은 사람들을 성단에서 인류가 자력으로 생존할 수 있는 유일한 행성인 엔드로 실어나르는 것입니다."

"그럼 그 선택은 얼마나 잘 실행되는가?"

"안 됩니다. 첫째, 필요한 규모로 우주선을 국유화하는 일이 성공할 가능성은 희박합니다. 길드 가문들이 저항하고 반란을 일으켜서 몇 달 안에 폐하는 제위에서 쫓겨날 것입니다. 둘째, 설사 첫 번째 시나리오가 실현되지 않는다 해도, 성단의 모든 인류를 엔드로 수송할 정도로 우주선이 많지 않으며…."

그레이랜드는 손을 들었다.

"…한번에 수송하는 것도 그렇고, 붕괴 가능성이 높은 시스템부터 시작해서 위험이 임박하지 않은 다른 시스템까지 차례로 수송할 정도도 되지 않습니다."

그레이랜드는 미간을 찌푸리며 다시 손을 내려놓았다.

"셋째, 성단의 전 인구는 최소한 200억 명입니다. 엔드의 인구는 2억 명 이하입니다. 지금 사회 기반 시설로는 현재의 스무 배 인구, 아니, 그 일부조차 감당할 수 없습니다. 인구가 수십억 명만 급격히 증가해도 현재의 생태계가 무너져 버릴 가능성이 높습니다. 인류를 살리려다가, 인류가 살아남을 수 있는 유일한 공간마저 더 빨리 파괴시키게 되는 겁니다."

"엔드에 무사히 당도한다 해도 그렇다는 말입니다." 가멜이 말했다. "그러니 노하마페탄과 '라헬라의 예언' 호가 이미 엔드 시스템으로 들어가는 플로우 입구를 통제하고 있다고 봐야 합니다. 우주선이 그쪽 공간으로 나가자마자 신호를 보내기도 전에 파괴해 버릴 수 있습니다."

"그 점은 해결책을 찾고 있어." 그레이랜드가 말했다.

"그렇다 해도 폐하, 다른 문제들이 해결되지는 않습니다." 세브 로건이 말했다. "이런 것들은 거의 확실합니다."

"그래, 어쨌거나 수십 억이 죽는다는 말이군."

"우주선으로 사람들을 수송할 계획이라면, 네. 하지만 폐하, 폐하께서는 그 정도도 못 하실 겁니다."

그레이랜드는 미간을 찡그렸다. "무슨 뜻이지?"

"단도직입적으로 말씀드려도 된다고 허락하셨지요."

"그래, 그래." 그레이랜드는 짜증스럽게 손을 저었다.

세브로건은 상관들을 돌아본 뒤 다시 황제를 바라보았다. "석 달 안에 심각한 반란이나 폐하에 대한 암살 기도가 있을 것으로 예상됩니다. 그리고 그 기도는 성공할 가능성이 아주 높습니다."

❖❖❖

"네가 황제가 된 뒤 있었던 일을 돌이켜 볼 때 반란이나 암살 기도를 예상하는 것은 그리 대단한 일이 아니야." 아타비오 6세는 딸에게 말했다.

"아, 고맙습니다, 아버지." 그레이랜드는 대꾸했다. 그녀는 기억의 방 안에서 서성거리고 있었다. 아타비오 6세의 시선이 그녀를 따라다니고 있었다.

"기분을 상하게 할 생각은 없었다."

"기분 상하지 않았어요." 그레이랜드는 멈춰 서서 다시 생각했다. "아니, 기분은 상했어요. 하지만 틀린 말씀은 아니에요." 그녀는 다시 서성거리기 시작했다.

"한데 놀란 것 같구나."

"그런 문제는 지나갔다고 생각했거든요. 적어도 한동안은."

"음모를 꾸미던 자들을 모두 감옥에 가뒀으니까."

"네."

"일은 그렇게 풀리지 않아."

"전에는 그렇게 말씀하지 않으셨잖아요. 제가 여기 와서 모두 체포했다고 했을 때는 제가 이겼다고 하셨어요."

"이긴 건 맞지."

그레이랜드는 짜증스럽다는 듯 손짓했다. "그런데 이 상황은 뭐냐고요, 아버지."

"넌 한 판 이긴 거야, 딸." 아타비오 6세는 말했다. "경기는 아직 끝나지 않았다."

"제가 제위에서 내려올 수도 있어요."

"그렇게 한 황제는 네가 처음이 아니야."

"그런다고 진짜 문제가 해결되진 않지요."

"반역 문제는 해결되겠지." 아타비오 6세는 지적했다. "네가 황제가 아니라면 반란을 상대해야 할 이유가 없으니까."

"그건 진짜 문제가 아니예요. 진짜 문제는 제가 무슨 대처를 하든 수십 억 명이 죽는다는 사실이예요."

"그건 네 잘못이 아니야."

"누구의 잘못도 아니죠." 그레이랜드는 다시 우뚝 멈췄다. "잠깐, 그렇지 않군. 지위."

인간형 형태가 나타났다. "네, 폐하."

"라헬라를 보여 줘. 한 사람만."

"예, 폐하." 빛이 어른거리더니 지위와 아타비오 6세 둘 다 사라지고 상호의존성단의 첫 선지자-황제였던 라헬라 1세의 모습이 나타났다.

언제나 그렇듯 그레이랜드는 라헬라, 혹은 라헬라의 그럴듯한 복사본을 소환할 수 있다는 사실이 약간 벅찼다. 아니, 다시 생각해 보면 기억의 방에서 선조들 중 누구와 이야기할 수 있다는 자체가 놀라운 사실이라는 것을 인정하지 않을 수 없었다. 하지만 아버지를 포함한 다른 모든 황제들은 그냥… 인간이었다. 분명 당대에는 대단히 중요했던 인간들. 하지만 어쨌든 인간이었다. 같은 직업을 갖고 있는 사람으로서, 그레이랜드는 그들이 자기보다 근본적으로 더 낫다거나 못하다고 생각할 이유가 없었다.

반면 라헬라는 상호의존성단과 성단이 이름 붙인 교회를 건설한 인물이었다. 도움을 받긴 했어도—지금과 다를 바 없이 야심만만하고 이중적인 우 가문 전체가 그녀의 다양한 역할을 만들기 위해 대단히 노력했다—결과적으로 라헬라야말로 그 모든 것을 돌아가게 한 인물이었다.

라헬라와 나눈 대화들을 통해 그레이랜드는 그녀가 대단히 냉소적이고 조금도 성스럽지 않은 다른 황제들과 별반 다르지 않은 인간이라는 것을 알고 있었지만, 그렇다고 해서 라헬라가 시시해 보이지는 않았다. 아니, 오히려 더 대단해 보였다. 라헬라에게는 배짱이 있었다. 선황들 모두가 그렇지는 않았다.

하지만 라헬라를 존경한다고 해서 전혀 짜증스럽지 않다는 것은 아니었다.

"왜 플로우가 붕괴하더라도 성단이 살아남도록 설계하지 않으셨어요?" 그레이랜드는 라헬라에게 물었다.

"그때 그런 생각은 들지 않았어." 라헬라가 대답했다.

"어떻게 그런 생각이 안 들 수가 있어요?"

"우린 다른 일로 바빴다."

"하지만 플로우가 끊어질 수도 있다는 건 알고 계셨잖아요. 인류는 지구에서 왔어요. 하지만 지금 지구로 가는 플로우는 없어요. 붕괴했다는 걸 알고 계셨잖아요."

"우리가 아는 한 그건 자연스럽게 발생한 붕괴였어."

"아뇨. 성단 이전 체제가 의도적으로 만들어 낸 붕괴였죠."

"그렇긴 하지만, 내가 살아 있을 때 우린 그걸 잊어버렸다."

"설사 자연스럽게 발생했다 해도, 그게 중요해요? 무슨 이유에서든 플로우가 붕괴할 수 있고 실제 붕괴한 적이 있다는 증거가 있었는데, 상호의존성단을 건설할 때 그 점을 염두에 두지 않았다니요."

"딱 한 번 일어나지 않았니."

그레이랜드는 라헬라를 멍하니 바라보았다. "진심으로 하는 말씀이세요?"

"게다가 우리가 성단을 건설하던 시절만 해도, 플로우는 안정적이고 수 세기, 혹은 천 년까지 변하지 않을 거라는 게 과학적 정론이었다. 그 이론은 틀리지 않았어."

"틀릴 때까지는 틀리지 않았겠죠."

"맞아." 라헬라는 동의했다. "하지만 나와 우 가문이 성단을 건설하던 시점에서 천 년이나 지난 뒤에 틀렸잖니."

"당신 행동의 결과를 끝까지 심사숙고할 책임이 없다고 시사하시는군요."

"난 아무것도 시사하지 않았어. 인간은 장기적인 관점에서 사고하는 데 그리 능하지 않다, 우리 역시 예외는 아니었다는 점은 주목하마. 너도 마찬가지야."

"무슨 뜻이죠?"

"방금 아타비오 6세에게 반란 기도 같은 건 이제 지나간 문제라고 생각했다고 불평했잖니. 하지만 넌 수백 명을 감옥에 집어넣는 것이 보다 장기적으로 어떤 결과를 낳을지 심사숙고하지 않았어. 이제 넌 그들 가족과 가문, 조직의 수치와 분노를 감당해야 하는 거야."

"어떻게…." 그레이랜드는 문장을 맺지 못하고 입을 다물었다. 방금 그레이랜드가 아타비오 6세에게 무슨 말을 했는지 라헬라가 알고 있는 건 당연하다. 사실상 그녀가 아타비오 6세이고 아타비오 6세가 라헬라이며, 그들 둘 다 겉모습만 죽은 황제로 바꾼 지위였다. 그레이랜드는 한심한 착각에 매번 빠지지 말자고 다짐했다.

어쨌든 인정하기 싫었지만, 라헬라의 말에도 일리는 있었다. 자신의 행동이 고작 몇 주 뒤에 가져올 결과도 예측하지 못했으면서, 라헬라와 당시 우 가문 사람들이 천 년 뒤 성단이 어디쯤 있을지 짚어내지 못했다고 비난하다니.

"장기적인 관점에서 생각하셨으면 좋을 뻔했어요." 그레이랜드는 라헬라에게 말했다. "그랬다면 지금 제 인생이 쉬웠을 텐데."

"아니, 그렇지 않아." 라헬라는 말했다. "이 특정한 문제는 피할 수 있었을지 모르지. 하지만 다른 문제들이 도사리고 있었을 거다. 더 나은 문제일지, 더 나쁜 문제일지 어떻게 알겠니."

"수십 억 인류를 죽음에서 구해야 하는 문제보다 더 나쁜 문제가 있을까요."

"그건 네 가장 큰 문제가 아니야."

"수십 억 인류가 가장 큰 문제가 아니라고요?"

라헬라는 고개를 저었다. "앞으로 몇 달 뒤 네가 제위에서 쫓겨나거나 살해당한다는 믿을 만한 예측이 있었지. 그게 네 가장 큰 문제야. 어쨌든 네 바로 앞에 놓인 문제. 수십 억 명을 살리고 싶다면, 네 목숨부터 살려야겠지."

7장

아무도 간식에 손을 대지 않는 것이 나다쉬 노하마페탄의 눈에 띄지 않을 수 없었다.

한편으로는 당연했다. 다들 나다쉬의 명성을 들어 알고 있을 것이다. 자기 오빠를 죽였고, 현 황제를 두 번이나 암살하려 했으며, 이 조촐한 모임에 참석한 사람들은 지금쯤 분명 데란 우의 운명을 들어 알고 있을 것이다. 나다쉬는 탁자에 놓인 뷔페 음식에 손을 댄 흔적이 조금도 없는 것을 보고 희미한 자부심을 느꼈다. 사람들—이 사람들, 허브에 거주하는 성단의 고위 인사 중 현재 감옥에 들어가 있지 않은 사람들—은 그녀가 머핀 하나, 커피 한 잔, 기타 수중에 지닌 온갖 수단을 활용하여 자기들에게 무슨 짓을 할수 있는지 건전한 존경심을 품고 있다는 뜻이었다.

반면 우스꽝스럽기도 했다. 탁자에 음식과 마실 것을 놓아 둔 것은 그녀가 아니었다. 이 모임을 실제로 주관한 프로스터 우가 준비한 것들이었다. 메뉴 선정을 할 때 그녀와 상의한 적도 없었다. 최소한 프로스터는 신뢰해야 할 사람들이.

게다가, 보다 중요한 점이었지만, 나다쉬는 이 사람들이 필요했다. 그들은 그녀의 계획과 대의를 성사시키는 데 필요한 도구를 지닌 사람들이었다. 그러니 당연히 독살할 리가 없었다(지금, 여기서는).

스스로 인정하고 싶지는 않겠지만, 그녀에게 그들이 필요한 것과 마찬가지로 그들 역시 나다쉬가 필요했다. 마음 깊은 곳에서는 그들도 알고 있었다. 그렇기 때문에 이 자리에 모여 살인 반동 분자와 머리를 맞대고 있는 것이었다. 지금 나다쉬가 해야 할 일은 그들이 이미 알고 있는 점을 납득시키는 것이었다.

할 수 있었다.

이해타산으로 납득시킬 수 없다면, 쓸 만한 협박도 있었다.

그것도 안 통한다면. 차 한 잔은 언제나 있다. 그건 나중에.

여러 손님들과 환담을 나누던 프로스터 우가 나다쉬에게 다가왔다. "준비됐습니다. 올 사람은 다 왔습니다."

"초대한 가족 중 여기 안 온 사람도 있나요?" 나다쉬는 물었다.

"몇 명."

"그건 문제군요."

"그 정도는 정리할 수 있습니다."

"우리가 여기서 뭘 하는지 알면서도 가담하지 않으려는 사람들이 있다는 말이잖아요. 그게 어떻게 정리할 수 있는 일인지?"

"내가 할 수 있으니 할 수 있다고 하는 겁니다." 프로스터는 미소 지었다. "참석하지 않은 가족들도… 당신 목적에는 동조하고 있습니다. 그저 같은 편에 서기 전에 분위기를 보려는 거지요."

나다쉬는 코웃음을 쳤다. "겁쟁이라는 뜻이군요."

"자기들 딴에는 분별력 있게 위험을 회피하고 있다고 생각하겠죠. 혹시 참석한 사람들이나 그렇지 않은 사람들 중에서 이 모임에 대해 입을 열까 생각하는 사람이 있다 해도, 당신과 달리 그들은 우 가문의 진노를 두려워하는 사람들입니다. 우리를 배신한다는 것은 새 우주선과 새 무기를 구할 수 없고, 보안 인력도 딴 마음을 품을 수 있다는 뜻이니까. 소문이 나지는 않을 겁니다."

"정말 그렇게 생각하신다면."

"장담합니다. 준비되면 말씀하세요."

"준비됐어요."

프로스터는 고개를 끄덕이고 박수를 치더니 손님들에게 앉으라고 했다. 잠시 후 귀족 가문과 길드 하우스를 대표한 서른 명 정도 되는 사람들이 간이 의자에 앉았다.

나다쉬는 자리에 앉는 사람들을 기억해 둘 생각으로 일일이 확인했다. 방 안의 대부분은 잘나가던 시절 사교계에서 어울렸거나 협상 탁자에서 맞은편에 앉았던 인연으로 아는 사람들이었다. 최소한 한 사람은 같이 잔 적이 있었다. 그리 좋은 경험은 아니었다.

나머지는 명성을 전해 들은 사람들이었다. 어떤 문명이든 꼭대기에 가까워질수록, 중요한 사람들의 숫자는 급격히 줄어든다. 나다쉬가 있던 수준에서, 상호의존성단은 소도시 인구 정도였다.

나다쉬는 모두 조용해지고 자신을 바라볼 때까지 기다렸다. 그러다 고개를 끄덕이고 뷔페 탁자로 가서 차 한 잔을 따랐다. 이 모습에 좌중에서 웅성거리는 소리가 일었다. 그녀는 다시 모임 앞으로 돌아왔다.

"무엇보다, 이 자리에 참석해 주신 여러분에게 감사드립니다." 그녀는 방 전체를 가리키는 뜻으로 위쪽을 가리켰다. 이곳은 사실 건설 중인 우주선 화물칸이었다. 우 가문의 보안 부문 사장인 프로스터가 판촉을 위해 최신 테너 우주선 참관 행사를 열었다는 핑계로 모인 자리였다.

"이 장소가 아주 번듯하고 호화로운 곳이 아니라는 점은 알고 있습니다." 그녀는 차를 마셨다. "또한 여러분 중에 제가 관계된 화물칸에 대해 두려움을 품고 계신 분도 있을 거라 생각합니다."

이 말에 몇 명이 초조하게 웃음소리를 냈고, 몇 명은 놀란 듯 기침을 했다. 여러 사람이 두런거리는 소리도 들렸다. 나다쉬는 '지금 자기 오빠를 살해한 일에 대해 농담한 거 맞지'라고 묻는 듯 눈을 커다랗게 뜨고 다른 사람을 돌아보는 사람들을 눈여겨보았다.

"그리고, 네, 그 일에 대한 농담 맞습니다." 나다쉬는 사람들이 입밖에 내지 않는 질문에 앞서 답했다. "제 과거의 죄를 모르는 척하지 마시고, 저 역시 여러분들이 알고 있다는 것을 모르는 척하고 싶지 않습니다. 시간이 짧으니, 점잖게 수군거릴 사치를 부릴 여유가 없습니다. 전 살인자이고, 예비 암살자였고, 황제에 대한 반역자입니다. 저는 여러분들의 도움을 받아 다시 그 모든 존재가 되고자 합니다."

이번에는 요란한 수군거림이 일었다. 한 사람이 나가려는 듯 일어섰다.

"앉으세요, 가이덴 아이엘로." 나다쉬는 한층 커다란 목소리로 말했다. 가이덴 아이엘로는 사자의 표적이 되었다는 것을 알아차린 덩치 작은 유제류처럼 얼어붙었다. "당신은 이미 여기 와 있습니다. 이유를 몰랐다고 말하기에는 너무 늦었어요. 거기 앉아요."

가이덴 아이엘로는 주위를 둘러보고 아무도 자리를 박차고 일어나지 않는 것을 확인하더니 초조하게 다시 앉았다

"되풀이하겠습니다." 나다쉬는 계속했다. "살인자, 예비 암살자, 황제에 대한 반역자. 황제에 대한. 제국에 대한 반역자는 아닙니다. 상호의존성단에 대한 반역자도 아닙니다. 성단을 건설하고 현재 모습으로 가꾸어 온 귀족 가문과 길드에 대한 반역자도 아닙니다."

"요점으로 들어갑시다, 나다쉬." 흐리스토 가문의 레이너스 흐리스토가 말했다. "난 당신의 정당화에는 관심이 없어요. 여기 모두 다 마찬가집니다. 우리가 이미 공모하고 있는 바로 그 계획을 말해 보시오."

"막 말할 참이었습니다." 나다쉬는 차를 한 모금 더 마시고 내려놓았다. "귀족 가문과 길드가 상호의존성단을 건설했습니다. 그런데 그레이랜드는 성단을 살리고 싶다고 합니다. 성단 안의 사람들을 살리고 싶다는 뜻입니다. 그 안의 사람들."

"그래서?" 흐리스토가 말했다.

"어떻게 사람들을 살립니까? 인간은 플로우가 붕괴하면 인공

정착지에서 오래 살아남지 못합니다. 갈 곳은 하나밖에 없어요."

"엔드." 누군가 말했다.

"엔드죠." 나다쉬도 동의했다. "어떻게 거기 가는가? 수송해야 합니다. 그 목적을 위해 황제는 가능한 모든 우주선을 사용할 겁니다. 가문의 목적을 위해 사용해야 하는 여러분의 우주선을. 필요하다면 황제는 징발할 겁니다."

"어쨌든 그건 불가능합니다." 앞자리에 앉은 프로스터 우가 말했다. "우 가문은 현재 운항 중인 플로우용 우주선 목록을 갖고 있습니다. 규모가 어떻든 구출 작전을 가동할 만큼 충분히 많지 않아요. 게다가 성단 전역에 흩어져 있습니다. 필요한 시간 내에 조율한다는 게 불가능합니다."

"게다가 한 번 엔드로 보낸 우주선은 돌아오지 못하지요." 나다쉬가 말했다. "엔드에서 허브로 돌아오는 플로우는 이미 붕괴했으니까요."

"당신 동생 그레니가 이미 엔드의 플로우 출구를 장악하고 있다는 점도 그렇고." 뒷자리에 앉은 드루신 울프가 말했다. "반란 이야기가 나왔으니 말인데, 우리 모두 노하마페탄 가문이 엔드에서 뭘 하려고 하는지 알고 있소. 그 패는 숨기려고 하는 모양인데, 나다쉬."

"난 그 패를 숨기려고 하는 게 아닙니다, 드루신." 나다쉬는 받아쳤다. "아직 탁자에 내려놓지 않았을 뿐이에요. 하지만 당신 말이 맞습니다. 지금쯤 내 동생과 라헬라의 예언 호가 엔드 행성은 물론 그쪽 공간으로 들어가는 플로우 입구를 장악했을 겁니다. 그러니 그레이랜드가 내게서 분명한 허락을 받지 않고 우주선을 전부 징발해서 피난민을 가득 싣고 엔드로 보낸다면, 도착하자마자 몇 분 뒤에 파괴될 겁니다."

다시 두런거리는 소리가 들렸다. "살인자가 되겠다고 했지, 대량 학살범이 되겠다는 말은 안 했잖소." 드루신이 말했다.

"답답하기는, 드루신. 잘 생각해 봐요. 엔드는 어쨌든 그레이랜드가 데려가고 싶어하는 많은 인구를 수용할 수 없어요. 그들을 모두 데려간다면 이미 엔드에 살고 있는 사람들은 물론⋯ 성단의 붕괴 이후 살아남게 될 사람들 모두의 안전을 위협하게 됩니다." 나다쉬는 프로스터에게 고갯짓을 했다. "당신 차례예요."

프로스터는 고개를 끄덕이고 일어서서 좌중을 마주 보았다. "죽기 전, 데란 우는 우리 가문 이사회에서 성단의 무역과 산업, 문화적 심장을 살리자는 계획을 제안했습니다." 그는 '심장'이 이 자리에 모인 사람들을 가리킨다는 뜻으로 크게 손짓했다. "플로우 붕괴 이후 그 부와 자본, 가치를 거의 다치지 않게 보존하자는 계획이지요. 플로우가 무너지더라도 인구가 동요하지 않도록 보안을 통제하고 강화하는 조치, 여기 모인 성단의 귀족 가문을 대피시키고 보존할 수 있도록 새롭고 진보한 플로우용 우주선 도입 등이 포함된 다층적인 계획입니다."

"그러면, 분명히 해 둡시다. 서민들의 폭동을 진압하고 우리 모두 엔드로 탈출하는 계획이라는 거군." 드루신 울프는 방 전체를 가리켰다.

"노골적으로 말하자면 그렇게 표현할 수도 있겠지요." 프로스터가 말했다.

"점잖게 수군거리는 사치는 부리지 말자고 한 것 같습니다만, 프로스터."

"네." 나다쉬가 끼어들었다. 그녀는 좌중을 둘러보았다. "모두를 살릴 수는 없습니다. 그건 불가능해요. 현실적인 운송 문제상, 물리적으로, 가능하지가 않아요. 그 과정에서 귀족 가문과 길드가 파괴될지언정 모든 사람을 살리려는 조치를 취해야 한다는 의무감이 들더라도, 그레이랜드 역시 아마 알고 있을 겁니다. 황제는 그러는 척해야 해요. 우리는 그럴 필요가 없습니다. 우리는 우리 자신을 살려야 합니다. 우리 자신을 살리려면, 성단에 중요한 것들 또한 살려야 합니다."

"우 가문과 노하마페탄 가문에게 두둑한 이윤도 남기고."

"어차피 조만간 여러분들은 우주선과 보안 장비를 구하러 우리한테 올 거 아닙니까." 프로스터는 드루신 울프에게 말했다. "이렇게 하면 최소한 이 방의 모든 사람들이 가장 먼저 확보할 수 있습니다."

"노하마페탄 가문은?" 드루신이 다시 나다쉬에게 주의를 돌렸다. "엔드 우주로 나가는 즉시 당신 동생의 폭격을 맞아 증발해 버리지 않는 대가로 얼마나 갈취할 계획이시오?"

"유감이지만 현재 난 노하마페탄 가문과 별 상관이 없습니다."

"그건 알고 있습니다. 내 무역 협상가가 얼마 전에 그쪽 가문의 현재 관리인을 만나보고 왔소."

"키바 라고스."

"알고 계시오?"

나다쉬는 입을 악다물었다. "네."

"내 마음에는 들지 않는 사람이더군." 드루신이 말했다. "당신 역시 가능한 한 빨리 그 자리에서 쫓아내고 싶으실 테지. 그러니 다시 묻겠소. 노하마페탄 가문은 우리들에게 얼마나 갈취할 계획이시오?"

"없습니다."

"없어요?"

"없습니다."

이번에는 드루신이 냉소할 차례였다. "난 회의적인데. 불쾌하게 듣지 마시오."

"괜찮습니다." 나다쉬는 드루신 울프에게서 시선을 돌려 좌중 전체를 향했다. "여기 모인 가문 하나당 엔드 공간에 들어가기 위해 필요한 비용을 말씀드리지요. 없습니다. 여러분의 우주선에 대해 통행권을 드리겠습니다. 각자 필요한 만큼 전부 다. 여러분은 제가 엔드 우주에 출입을 허가한다는 검증 가능한 암호화 코드를 받게 될 겁니다. 이 방에, 지금 이 순간 모여 있기 때문에 받으시는 겁니다. 이 맹약에 참여하는 다른 사람들도 상황에 따라 할인가로 출입증을 받을 수 있겠지요. 하지만 무료 통행권은 지금, 여기 모인 여러분들 뿐입니다."

"내가 노하마페탄 가문에 대해 아는 게 있다면, 당신들이 하는 일은 공짜가 없다는 건데." 드루신이 말했다.

"엔드로 가는 통행권은 공짜입니다, 드루신. 하지만 내가 기대하는 건 있지요."

"뭡니까?"

"그 이야기를 하기 전에, 우선 계획이 어떤 건지 아주 분명하게 말씀드리고 싶습니다." 나다쉬는 말했다. "플로우 붕괴 이후 상호의존성단을 살리는 계획을 의회에서 마련하기로 한 시한이 넉달 뒤이지만, 의회는 아무것도 비준하지 못할 겁니다. 그렇게 되면—틀림없이 그렇게 될 겁니다—그레이랜드는 신민들을 최대한 많이 살리겠다는 헛된 노력으로 아마 분명히 여러분의 우주선 전부, 기타 필요한 것들을 죄다 징발할 겁니다. 그렇게 하면 우리 모두 죽습니다. 간단해요.

내 계획은 그녀를 막는 겁니다. 난 그녀를 폐위시킬 것이고, 이 시점에서 살려 두면 너무 위험하니까 죽일 겁니다. 그런 다음 귀족 가문과 길드에 우호적이고, 이 방에 모인 우리가 이미 알고 있는 사실을 이해하는 정권을 세웁니다. 모두를 살릴 수는 없으니 중요한 것을, 우리를 살려야 한다는 사실을."

나다쉬는 반대하는 사람이 있는지 좌중을 둘러보았다. 아무도 없었다. "자, 그렇다면, 제가 기대하는 것은 이겁니다.

첫째, 여러분의 돈을 기대합니다. 많이. 제가 이 계획의 실행을 맡겠지만, 불행하게도 지금 내겐 현금이 없습니다. 여러분이 떠나기 전에 각출하겠습니다. 전부 지불해 주세요.

둘째, 여러분의 협조를 기대합니다. 이건 제 어머니나 제이신 우가 기도한 바로크 양식의 웅장한 쿠데타가 아닙니다. 이번 계획은 지저분할 것이며, 여러분 모두 각자 역할을 수행해야 합니다.

협조에 따라 평가하겠습니다.

셋째, 동조자를 모집해 주십시오. 이 방에 있는 여러분만으론 부족합니다. 이 계획을 소규모로 유지하고 싶은 분도 있을 것이고, 반란 가담을 설득하는 모습을 노출시키고 싶지 않은 분도 있을 겁니다. 하지만 여기 뭐가 달려 있는지 모르는 분은 없겠지요. 그레이랜드의 방식대로 하면, 우리는 모두 죽습니다.

넷째, 반란이 일어나면, 여러분은 새 정권을 인정하고 합법적으로 지지해 주십시오. 여러분의 공공연한 동맹과 동조가 없다면, 반란은 거의 즉각 혼돈으로 빠져들고 맙니다. 반란에 가담하지 않은 가문들에게 동조를 강요하고 반대하는 가문을 물리치려면, 속전속결로 끝나야 합니다." 나다쉬는 프로스터를 가리켰다. "보시다시피 우 가문이 우리와 함께합니다. 동조하는 다른 모든 가문에는 어마어마한 보상이 따를 것입니다."

드루신 울프는 짜증스러운 표정이었다. "당연히 우 가문은 동조하겠지. 그 가문 사람, 어쩌면 여기 프로스터가 다음 황제가 될 거 아닌가."

나다쉬는 프로스터를 돌아보았다. 그는 그녀에게 최종 확인으로 고개를 끄덕였다.

나다쉬는 다시 좌중을 보았다. "아니요. 이건 제가 여러분 각자에게 바라는 마지막 기대입니다. 여러분의 동맹은 새로운 정권뿐만 아니라 저에 대한 것이기도 합니다. 제가 새로운 황제가 될 생각입니다. 상호의존성단의 마지막 황제."

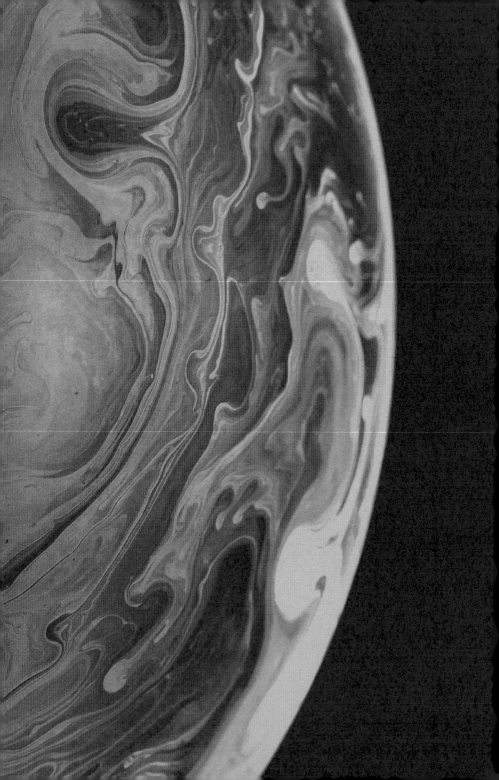

2부

THE LAST EMPEROX

8장

상호의존성단의 엘리트 계급이 서민들을 버릴 계획을 짜고 있
는 동안, 성단의 서민들은 자신들이 맞이한 운명이 정확히 어떤
것인지 깨닫기 시작하고 있었다.

상호의존성단의 서민들은 바보가 아니었다는 점을 짚고 넘어가
야 한다. 최초의 인류가 아프리카 초원에서 떠돌아다니는 생활이
고달프다는 사실을 깨닫고 한 곳에 정주해서 살기로 작정한 이후,
성단의 서민들은 역사상 존재했던 모든 인류 문명의 서민들 중 가
장 교육 수준이 높았고 물질적으로 풍요로운 생활을 누렸다.

상호의존성단의 인구는 두 가지 이유로 인해 대체로 바보가 아
니었다. 첫째, 수십 억에 달하는 인구의 대다수가 인간이 자연 상
태에서 살 수 없는 행성에 땅을 파고 건설한 도시, 혹은 공중에 건
설한 정착지에 집중되어 있었다. 이런 환경에서 교육받지 못한 야

만 상태의 인구 규모가 크면 다른 모든 사람들에게 현존하는 분명한 안전 문제가 된다.

두 번째, 기회만 오면 귀족들의 목을 뽑아 버리려 드는 룸펜 프롤레타리아를 두고 보느니 경제적 사회적 안정을 선호한 상호의존성단의 지배 계급이 아무도 굶지 않도록, 쉴 곳이 있도록, 쉽게 예방할 수 있는 질병으로 이른 나이에 사망하지 않도록, 심장마비에 걸리거나 직장을 잃거나 양쪽 다에 해당한다고 해서 파산하지 않도록 성단의 기본 생활 수준을 높였기 때문이었다.

이런 이유로 성단에는 지난 문명의 엘리트들이 이해했던 의미에서의 '가난한' 사람, '폭도'가 없었다. 수조 킬로미터 거리의 물리적인 공간에 흩어진 대규모의 인구에게 그럭저럭 만족스러운 일상을 보장하는 것이 목표라면, 이것은 좋은 일이었다. 그러나 야금야금 다가오는, 아무 대책을 세우지 않는다면 모두에게 서서히 기아와 죽음을 초래할 문명의 종말을 수십 억 명의 시민들에게 숨기는 것이 목표라면, 그리 좋은 일이 아닐지도 모른다.

그들은 알았다. 제이미스와 마르스 클레어몬트, 하티드 로이놀드가 수집한 데이터를 분석하는 과학자들이 대체로 중산층이나 노동 계급 출신이었고, 서로 정보와 데이터를 교환했기 때문이었다. 플로우를 왕복하는 우주선 선원들, 귀족 가족들이 지배하는 길드에 충성을 맹세한 선원들 역시 중산층이나 노동 계급 출신이었기 때문이었다. 상호의존성단의 언론인들 역시 이런 계급 출신이었기 때문이었다. 또한 어린 시절 학자의 아이로 자랐던 그레이랜드 2세가 지혜 때문인지 순진함 때문인지(양쪽 다이든지) 닥쳐 온 플로우 붕괴에 대한 진실이 시민들에게 퍼져 나가도록 결심했기 때문이었다.

그들은 알았고, 상당히 사태 초기부터 알고 있었다.

그렇다면 그 정보를 놓고 그들은 어떻게 했을까?

수많은 사람들은 자신이 사는 시스템이 언제쯤 성단의 나머지 부분과 완전히 단절되는지 확인한 뒤 앞으로 시간이 충분히 남았으니 '누군가' 대책을 세울 거라고 생각하고 아주 약간 걱정스러운 기분만 안고 다시 일상으로 돌아갔다. 그보다 야심찬 사람들은 시위와 회의를 조직했으며, 강한 표현으로 작성한 서한을 지방 의회와 시스템 의회, 성단 의회에 보내 무슨 대책을 세워야 한다, 이것이야말로 선출직 공무원들이 할 일이라고 분명하게 주장했다. 그런 뒤에는 그들 역시 최소한 뭔가 했다는 기분을 안고 다시 일상으로 돌아갔다.

좋은 말로 기업가라고—나쁜 말로 사기꾼—부를 만한 다른 한 무리는 세상의 끝에서 사업 기회를 보고 특히 겁 많고 초조하고 절망하는 사람들을 표적으로 삼기 시작했다. 이런 경우는 보통처럼 흘러갔다.

비교적 소규모의 무리는 아직 열려 있는 플로우를 바라보고, 여기서 우주선을 타고 엔드로 넘어갈 수 있는 시간이 얼마나 남아 있는지 알아본 뒤, 돈을 모으며 기다렸다가 최대한 아슬아슬한 마지막 순간에 우주선을 탈 계획을 세우기 시작했다. 하지만 이런 사람들은 대체로 이런 영리한 계획을 생각해 낸 바로 그 순간 예약을(전액 다 지불하고) 하지 않았기 때문에 별 소용이 없었다. 즉,

실제 예약하려고 보면, 이미 몇 년치 승객석이 전부 다 터무니없는 요금으로 예약이 차 있을 거라는 뜻이었다. 이제 한 번 엔드로 떠난 우주선은 영원히 엔드에 남는다. 이들은 이미 탈출할 기회를 놓쳤지만, 그 사실조차 모르고 있었다. 애당초 여행 비용도 감당할 수 없었을 것이다.

귀족 계급이 아닌 사람들로 구성된 지방과 시스템 단위 정부와 관련 기관은 임박한 플로우 붕괴의 충격과 그것이 정착지와 도시에 끼치는 영향에 대해 위원회와 연구 그룹을 조직하기 시작했다. 성단 중앙정부의 귀족 가문들이 독점권을 장악한 상품 공급은 어떻게 될 것인가 하는 점도 특히 상당한 걱정거리였다.

그렇게까지 첨예하지 않은 예를 들자면, 라고스 가문이 독점권을 갖고 있는 감귤류가 있었다. 모든 시스템에서 현지 프랜차이즈 회사가 감귤을 재배하고 판매한 뒤 자기 몫의 이윤을 떼고 나머지를 라고스가의 계좌에 넣는다. 프랜차이즈 회사가 라고스가의 몫을 보내지 않거나 장사를 너무 못해서 이윤이 남지 않을 때를 대비해서, 라고스가의 모든 과수류는 한정된 세대만큼만 열매를 맺은 뒤 생산을 중단하도록 유전자에 기록되어 있었다—과수를 배달하기 전에 몇 세대 동안 생산할지 미리 결정해 놓는 것이다.

프랜차이즈 회사가 돈을 보내지 않으면, 과수는 무용지물이 된다. 과일에 든 씨앗은 번식을 하지 않는다. 접목이나 복제도 소용없었다. 과수 까짓거 유전 공학적으로 원상 복귀하면 된다고 생각한다면, 어디 해 보시라. 라고스 가문은 독점을 유지한다는 목적하에 말 그대로 수 세기 동안 해당 과수의 유전자를 설계하고 변형해 온 회사다. 백지 상태에서 레몬 하나 원상 복귀하는 데만 해도 수십 년이 걸릴 것이다.

주식을 포함하여 인간이 먹는 모든 것들에 그런 문제가 생긴다고 생각해 보라.

그게 바로 문제였다.

표면적으로는 성간 전쟁이나 무역 분쟁의 위협을 줄이기 위함이라고 하면서 사실상 소수 길드 가문의 지대 추구 행위를 위해 인류의 모든 시스템을 상호의존적인 그물로 한데 묶는 일은 그에 비하면 오히려 별문제가 아니었다. 이제 그 모든 시스템이 각자, 아마도 영원히 자립해야 한다니, 그것이야말로 대단히 크고 무시무시한 문제가 아닐 수 없었다.

지방 정부와 시스템 정부는 무역 가문 대리인에게 이런 독점 문제에 대해 문의하기 시작했다. 이런 문의에 대해 독점 가문으로부터의 일반적인 응답은 "아, 우리도 알아보고 있지만 아직 해결책을 찾는 데 몇 년 여유가 있으니 어리석은 짓은 하지 맙시다"였다.

즉 자기들의 이익을 위한 지연 작전이었다. 피치 못할 상황이 아닌 이상 굳이 공황 심리를 자극하고 싶지 않은 지방 정부와 시스템 정부는 위원회와 조직 밖에서는 아무 말도 하지 않았다.

물론, 일반인들도 모르고 있는 것은 아니었다.

일부 야심만만한 사람들은 레몬과 밀, 소고기, 기타 여러 행성에서 생산되는 상품을 미리 선물 시장에서 확보해서 구매가를 낮췄다. 마찬가지로 야심 찬 사람들은 귀족 가문의 독점이 깨질 거라고 예상하고 이런 종목을 매도했다.

세상의 종말에도 돈에 의미는 있는 것일까. 어떤 사람은 어마어마한 부자가 되었고, 어떤 사람은 스스로 만든 고통을 끝장내려고 에어록으로 들어갔다. 어느 쪽에 걸어야 할지 생각이 달랐기 때문이었다. 자본주의란 그런 것이다.

앞을 내다본 다른 대부분의 사람들은 그저 특정한 식료품을 사재기할 계획을 세웠다. 얼마나? 각자 사용할 수 있는 공간과 염세주의의 정도에 따라 한 달, 여섯 달, 1년. 사재기할 생각을 하는 사람들 대부분은 아직 위기가 일시적인 것일 가능성이 크다, 그러다 보면 누군가 차츰 무질서로 수렴하는 정착지의 수십억 인구를 굶어 죽게 하지 않는 방법을 찾아낼 거라는 생각을 가지고 있었다. 그렇게 믿지 않는다면, 사재기를 해 봤자 무슨 소용인가 하는 결론에 도달할 수밖에 없었다.

❖❖❖

물론 "우리 모두 진정코, 확실히 망했다"의 기준을 알고 싶다면, 성단의 하층 계급이 아니라 은행이 무엇을 하고 있는지 살펴보아야 한다. 그리고 은행들은 최대한 조용히, 별다른 소란을 일으키지 않으면서, 단기 이윤을 극대화하고 장기적인 위험과 노출을 최소화하기 위해 업무 내역과 조직에 대해 구조 조정을 하고 있었다.

이는 한편으로 재정과 신용 측면에서 전적으로 신중한 대처였다. 상호의존성단은 조금도 예상치 못한 새로운 변화의 시기를 맞이하고 있었다. 은행은 근본적으로 보수적인 조직이니—은행 자체가 그렇다—불확실성에 대비하는 것이 당연했다.

다른 한편으로, 이는 돈이 미래에 한 표를 행사한다는 뜻이었다. 그리고 선택은 숏 포지션이었다.

(은행들이 엔드로 자산을 송금하기 시작하는 문제도 있었다. 이 역시 그들은 시끄럽게 떠들지 않았지만—엔드는 성단의 다른 곳과 같은 회계법과 규정을 따르고 있었기 때문에 그럴 이유가 없었고, 어쨌거나 '돈'은 꽤 난해한 개념이라 그 자산이 '어디에 존재한다'는 것이 정말 문제가 되나—그 자체가 역시한 표 행사한 것이나 다름없었다)

의도한 대로, 은행의 이런 활동 대부분은 보통 사람들의 눈에 띄지 않았다. 보통 사람들은 입출금 계좌의 이자가 약간 높아져서 좋아했을 것이고, 은행에서 장기 대출을 한 사람들은 일부 수수료가 면제되고 이자율이 더 나은 단기 대출로 돌릴까 하는 생각도 들었을 것이다.

그 외에는 평소대로 돌아갔다. 공황을 부추겨 봤자 은행 입장에서 좋을 것이 없었다. 그저 공황이 불가피한 시기가 오기 전까지 자산 대부분을 최대한 멀리 보내 놓고 싶을 뿐이었다. 언젠가 종말이 닥치면, 시민과 정부는 은행이 고객의 잔고를 몇 푼 돌려주느냐 하는 문제보다 걱정해야 할 문제가 더 많을 것이다.

❖❖❖

한편 상호의존성단 의회, 그레이랜드 2세에게서 여섯 달 안으로 플로우 붕괴에 대처할 계획을 수립하라는 명령을 받은 근엄한 조직은 어떻게 되었을까? 시민의 대변인들이 모인 공간에서는 무슨 일이 벌어지고 있었을까?

나다쉬 노하마페탄과 그레이랜드의 분석가들이 예견한 대로, 황제가 직접 나설 때까지 의회가 남의 일처럼 그저 시간만 보내고 있었다고 생각한다면 과한 비난일 것이다. 사실 의회도 최고의 각료와 고문을 소집하여 문제의 범위를 확인하고 의회 차원에서 실행에 옮길 제안을 마련하고 있었다. 문제는 '플로우 위기에 관한 의회 특별 위원회' 역시 이 문제를 고민하는 다른 모든 주체들과 같은 결론밖에 내리지 못했다는 사실이었다. 상호의존성단에 거주하는 인구 대다수가 망했다, 쉽거나 편안한 대책이 보이지 않는다, 이것이 결론이었다.

다음으로 대두된 문제는, '이 나쁜 소식을 공표하는 데 필요한 정족수가 얼마일까?'였다.

이는 단순히 학구적인 문제가 아니었다. 최근 상당수 의회 구성원들이 황제에 대한 반란에 가담했고, 연루된 자들은 모두 벌을 받았다. 그 결과 의회의 평판과 인기는 수십 년 만에, 아니, 어쩌면 한 세기 만에 최저를 기록하고 있었다.

이는 쉽지 않은 일이었다. 의회는 인기가 있었던 적이 없었고, 유권자들과 더 가깝고 문제가 있을 때 뒤집어씌울 사람을 찾는 지방과 시스템 정부 및 그 대표자들의 수월한 표적으로 거의 언제나 이용되었기 때문이었다. 귀족 가문과 무역 길드는 물론 지방과 시스템 정부 및 그 대표자들은 유권자들과 주주의 분노를 대신 받아

주는 성단 의회가 존재한다는 사실을 흡족해했다.

황제에게도 그리 나쁘지 않았다. 두 번의 암살 기도와 한 번의 반란에도 살아남았고 상호의존성단을 건설한 라헬라 1세 이후 그 어떤 선황도 전례가 없었을 정도로 종교적인 역할을 자임한 젊은 황제는 신민들의 인기를 독차지하고 있었다. 의회의 오점은 황제에게 유리했다.

이렇게 된 이상, 수십 억 인구가 서서히 죽어가는 종말을 방지하는 계획을 만들어 내지도 못하고 그 사실을 쉽게 공표하지도 못하게 된 의회 특별 위원회는 그저 꾸물꾸물 지체하면서 우유부단하다는 욕을 비교적 약하게 먹고 황제가 끔찍한 소식을 공표하게 하는 것이 최선이라는 결론에 이르렀다. 그레이랜드는 인기가 넘쳐난다. 그 인기를 모조리 불태우면 되지.

한편으로 의회 특별 위원회는, 유권자들이 몇 년 뒤 타고 갈 수 있으리라 막연히 생각하고 있는, 엔드로 가는 우주선을 자신들이 예약했다.

❖❖❖

아, 그래, 엔드.

상호의존성단의 다른 모든 시스템을 기다리고 있는 운명에서 예외인 유일한 시스템. 인간이 방호복 같은 것을 착용하지 않고도 표면에서 걸어다닐 수 있는 행성을 지닌 유일한 시스템. 땅이 인간을 말라 비틀어진 껍데기로 바삭 구워 버리지 않고 환영하는 곳, 태양이 맨 얼굴에 방사선 폭격을 퍼부어서 DNA 변이를 일으키지 않고 따뜻하게 데워 주는 곳. 인류가 살아남을 수 있는 유일한 장소.

그런데 엔드의 시민들 역시 앞으로 무슨 일이 닥칠지 알고 있다는 점이 문제였다. 행성이 포용할 수 있는 능력을 초과하는 어마어마한 숫자로 상호의존성단 전역에서 갑작스럽게 밀려드는 난민의 물결. 문제는 오느냐 마느냐가 아니었다. 온다는 것은 기정사실이었다. 이미 오는 중이었다. 문제는 얼마나 많은 숫자냐 하는 점이었다. 수백만 명이면 부담스러울 것이고, 수십 억 명이면 행성은 파괴될 것이다.

게다가 엔드는 아직도 내전 중이었기 때문에 어느 누구도 대비하기가 어려웠다.

그러나 어떤 이들에게는 쉬워진 일들도 있었다. 내전은 대체로 대도시와 수송 전략 거점 및 노선에 집중되어 있었다. 외곽 지역에서는 수완 좋은 농부들이 법적으로 자기 것이 아닌 땅을 차지해서 농작물을 심고 가축을 길렀다. 이는 최악의 환경적 악몽이었지만, 엔드의 (임시) 대공은 브레나 클레어몬트에게 목이 날아가지 않으려고 발버둥을 치는 와중이었기 때문에 저지할 사람이 없었고, 농부와 목장주들은 인간이 먹을 수 있는 토종 작물과 가축을 생산한다는 명분으로 이를 정당화했다─이는 길드의 독점을 유지하기 위해 유전 공학적으로 개량되지 않은 유일한 식량이었다.

농부와 목장주들의 생각이 틀린 것은 아니었다. 하지만 그렇다고 토지 수탈이 사라지는 것은 아니었고, 앞으로 밀려올 수백만,

수십 억에 달하는 인구를 먹여 살리기에는 어림도 없는 땅을 개척하느라 수천 제곱킬로미터에 달하는 생태계가 검은 연기를 내뿜으며 타오르고 있었다.

야심만만한 농부와 목장주들에게 이런 말을 하면, 그들은 이렇게 답할 뿐이었다. "알아, 하지만 아직 몇 년 남았잖아. 그전에 누가 대책을 마련하겠지. 그때가 되면 난 부자가 돼 있을 거고."

이것이 플로우 붕괴 초기-초중기 상호의존성단의 풍경이었다. 모두가 앞으로 닥칠 일을 알고 있었다. 심지어 대비하고 계획하는 사람도 있었다. 그러나 결국 모두가 누군가, 무언가가 나타나 자기들이 살고 있는, 사라질 거라고는 상상할 수조차 없는 이 문명을 구원할 거라고 막연히 기대하고 있었다. 그들도, 다른 모든 사람들도 구원받을 것이라고.

좋은 생각이었다.

사실은 아니었다.

최소한, 아직은.

9장

"잠시만." 카르데니아는 마르스에게 말했다. 두 사람은 황제의 개인 집무실에 있었다. 문득 마르스는 그들이 처음 만난 곳이 바로 여기였다는 것이, 그리 오래전이 아니었다는 것이 떠올랐다. 카르데니아의 비서가 사무실을 나간 뒤 다음 일정을 안고 돌아올 때까지, 아주 잠시 방에는 그들 둘뿐이었다.

마르스는 고개를 끄덕였다. "역할로 변신하십니까?"

"이건 역할이 아니야, 그냥 나지." 카르데니아는 말했다. "맞아. 그러니까 쉿."

마르스는 씩 웃으며 카르데니아를 바라보았고, 그녀는 눈을 감고 심호흡을 하더니 그레이랜드 2세로 변신했다. 남들이 보기에 대단한 변신은 아니었지만—등을 곧게 펴고 얼굴 표정이 변하는 정도였다—여러 번 이 장면을 지켜본 마르스는 이 변신 대부분은

'개인적인 나'에서 '황제 우리'로 시야가 바뀌는 내적인 변화라는 것을 이해하고 있었다.

황제를 처음 알게 됐을 때 — 친구 사이가 되었지만 아직 연인은 아니었을 즈음 — 마르스는 이 변화가 약간 재미있다고 생각했다. 하지만 지금 그는 이 변화가 카르데니아 스스로 개인적인 자아와 공적인 역할의 차이점을 분명히 할 뿐만 아니라 그녀가 응대하는 다른 모든 사람들을 위해서도 필요하다는 것을 알고 있었다. 자신이 원하지도 않았고 교육받지도 않았던 황제 자리에 어쩌다 오르게 된 젊은 여자, 사람들은 자칫하면 카르데니아 우-패트릭을 무시하기 쉬웠다. 하지만 그레이랜드 2세 황제를 무시하는 것은 훨씬 어려웠다.

'이제는 더 어려워졌지.' 마르스는 고쳐 생각했다. 비록 시간이 좀 걸렸고, 상호의존성단의 지배 계급 3분의 1 정도를 반역죄로 체포해야 했지만. 하지만 그레이랜드는 그 지점에 올라와 있었다. 마르스는 이런 생각을 하고 미소지었다. 그는 여자 친구가 정말 자랑스러웠다.

그레이랜드는 미소를 보았다. "왜 그래?"

"나중에 말씀드리지요, 폐하." 마르스는 말했다. 카르데니아가 그레이랜드 모드일 때, 그는 궁정의 다른 모든 사람들과 동등한 예의를 지켰다. 역사상 황제의 남자 친구라는 위치에서 스스럼없이 건방지게 군 사람들도 있었겠지만, 마르스는 그렇지 않았다. 일부러 하려고 해도 건방지게 굴 수는 없을 것 같았다.

그레이랜드는 고개를 끄덕이고 문을 가리켰다. "저 두 사람은 우리가 요구하는 것이 달갑지 않을 거야." 마르스는 여기서 '우리'란 그녀와 자신 두 사람이 아니라, 그레이랜드 한 사람을 가리키는 대명사라는 것을 알고 있었다. 마르스는 보좌관이었다.

"많은 것을 요구하시는 거지요."

"맞아." 그레이랜드는 새 손님들이 곧 들어올 곳으로 시선을 옮겼다. "모든 사람들에게 많은 것을 요구하는 거지. 저들도 마찬가지야."

"네, 폐하." 마르스는 말했다. 그레이랜드는 입술에 보일락 말락 은밀한 미소를 띠고 그를 돌아보았다. 마르스는 그가 공적인 태도를 취할 때 그녀가 좋아한다는 것을 알고 있었다.

문이 열리고, 지니 허넨 제독과 룩 브렌 장군이 들어왔다. 허넨은 제국 해군을 지휘하고 있었다. 평소 그들은 보좌관과 호위병을 잔뜩 거느리고 다녔다. 하지만 오늘 이 자리에는 그냥 둘뿐이었다. 자기 소개를 하고 인사말을 나눈 뒤, 그레이랜드의 보좌관도 사라지고 방에는 장성들과 황제, 마르스만 남았다.

마르스는 허넨과 브렌이 자신을 흘끗 쳐다보고 다시 얼른 황제에게 주의를 돌리는 모습을 지켜보았다. 그는 마르스 클레어몬트라고 자신을 소개했다. 플로우 관련 문제에 대한 황제의 과학 자문 위원이라는 그의 역할은 잘 알려져 있었다. 공적으로 인정받는 지위는 아닐지라도, 그가 긍정적, 혹은 부정적인 온갖 사회적 함의가 담긴, 황제의 '친구'라는 사실도 꽤 널리 알려져 있었다.

마르스는 그런 점에 크게 개의치 않았지만—물론 알고는 있었다—어마어마한 권력을 지닌 두 사람이 왜 그가 이 자리에 있을까 궁금해하는 모습을 조용히 바라보는 것은 재미있는 일이었다. 지금 이 세 사람은 알려진 우주에서 가장 강력한 인물들이었다. 마르스가 이 자리에 동참한 것은 황제의 친애 때문이거나, 전혀 다른 이유에서일 것이다. 허넨과 브렌은 둘 중 무엇 때문인지 궁금해하는 모습이 역력했다.

곧 알게 될 거야, 마르스는 생각했다.

그들은 거의 즉시 알게 되었다.

"엔드로 함대를 보내야 합니다." 그레이랜드는 장성들에게 말했다. "빨리."

허넨과 브렌은 불편하게 자세를 고쳐앉으며 서로 마주 보았다. 허넨 제독이 먼저 헛기침을 했다. "그건 문제가 있습니다, 폐하." 그녀는 말했다.

"라헬라의 예언 호가 엔드 쪽 플로우 입구에서 나오는 모든 우주선을 파괴할 거라는 말이군." 그레이랜드가 먼저 말했다.

"네." 허넨이 동의했다. "라헬라 호뿐만이 아닙니다. 폐하에 대한 반란이 실패로 돌아간 후, 그에 연루된 해군 함장들이 자기 우주선과 승무원을 이끌고 엔드로 달아났습니다. 현재 다양한 규모와 능력을 지닌 우주선 열세 척이 엔드로 향하고 있는데, 모두 노하마페탄 가문에 충성하는 것으로 봐야겠지요."

"존재하는 모든 플로우 입구를 감시하고 방어하기에 충분하고도 남습니다, 폐하." 브렌이 말했다.

"그럼 우리가 숫자로나 무기로나 그들을 제압하지 못한다?" 그레이랜드가 물었다.

"어려울 겁니다." 허넨이 말했다.

"안 된다고 말하고 싶지만 그럴 수가 없는 경우에 대체로 그런 표현을 쓰더군."

"네." 허넨은 말했다. "하지만 이번에는 진심입니다."

"그렇다면 '어렵다'는 말을 정의해 보시오."

"우주선, 지뢰, 플로우 입구 방어. 모두 그쪽 우주에 도착하는 무엇이든 몇 초 내에 대응하도록 배치되어 있을 겁니다. 우리 우주선이 첫 공격에 살아남더라도, 반란군 지휘관이 영리하다면—당연히 영리합니다, 우리가 훈련시켰으니까요—후속 공격으로 파괴할 겁니다."

"모든 우주선이 동시에 도착하도록 할 수 없을까?"

"한꺼번에 상대할 수 없도록 표적을 많이 만들자?" 허넨은 고개를 저었다. "아니요. 플로우 입구는 많아야 한두 대밖에 지나갈 수 없는 폭이고, 허브 공간에서 동시에 출발하는 우주선이라도 동시에 도착하지 않을 수 있습니다. 이건 정확하게 측량 가능한 과학이 아닙니다."

그레이랜드는 이 말을 듣고 마르스를 돌아보았다. 마르스는 그녀가 왜 그러는지 알고 있었고, 잠시 두 사람의 눈길이 마주쳤지만 아무도 뭐라 말하지 않았다. "그렇다면 엔드를 노하마페탄 가문에 넘기자는 말이군." 황제는 허넨에게 말했다.

"아닙니다, 폐하." 허넨은 냉정하게 말했다. "하지만 쓸데없이 많은 소모가 예상되는 작전에 우리의 병력과 우주선을 투입하고 싶지는 않습니다."

"부하들이 죽는 것을 원하지 않는 거군."

"피할 수 있다면, 그렇습니다."

"피할 수 있는가?"

"방안을 마련하는 중입니다."

"내가 도울 수 있을지도 모르겠소." 그레이랜드가 말했다.

그때 황제가 아주 기대하고 있다던 것이 마르스의 눈에 띄었다. 관대하고 재미있다는 듯한, 어쩌면 약간 아랫사람을 내려다보듯 오만한 미소가 군 사령관들의 얼굴에 떠올랐다. 그 순간 허넨과 브렌은 그레이랜드 황제가 아닌, 카르데니아를 바라보고 있었다. "저희는 다양한 제안을 언제나 환영합니다, 폐하." 허넨이 말했다.

그레이랜드는 마르스를 돌아보았다. "말씀하시오."

"쿠데타 기도 직후, 폐하께 엔드에 몰래 잠입하는 방법을 발견한 것 같다고 말씀드렸습니다." 마르스는 사령관들에게 말했다.

"뭐라고요?" 브렌 장군은 어리둥절해서 물었다.

"플로우가 붕괴하는 한편, 새로운 플로우도 생겨나고 있습니다. 일시적인 흐름, 저와 죽은 동료 하티드 로이놀드는 이를 '소실류'로 불렀습니다. 이 새로운 흐름은 단 몇 분부터 수년에 이르기까지 지속되지요. 제 예측 모델에 따르면, 엔드로 가는 소실류가 열리게 됩니다."

"당신의 예측 모델이라."

"네. 처음 폐하께 말씀드렸을 때는 데이터로 모델을 만든지 얼마 되지 않아서 별로 자신이 없었습니다. 그 이후 연구를 계속했지요. 지금은 한층 확신합니다."

"얼마나 확신하시는지?"

"제가 기꺼이 직접 우주선을 타고 들어갈 수 있을 정도로."

"달라시슬라로 이어지는 새 플로우를 발견한 것이 바로 마르스 경이오." 그레이랜드가 말했다. "그는 이후 여러 새 플로우의 출현을 예견했고, 현지 과학자들이 그 존재를 확인해 주었소. 그가 예측에 확신을 가진다면, 믿어도 좋아."

허넨 제독의 얼굴에 잠시 표정이 스쳤다가 다시 사라졌지만, 마르스는 이를 놓치지 않았다. '아, 당연히 그의 예측은 신뢰하시겠지. 같이 자는 사이니까'라는 뜻이었다. 마르스는 그레이랜드를 돌아보았다. 그녀 역시 눈치챘다는 것을, 충분히 그렇게 생각할 수도 있다는 것을 알면서도 유쾌하지 않은 기분이라는 것을 알 수 있었다. "물론 마르스 경도 나도 그대들이 곧이 곧대로 믿을 거라고는 생각하지 않았소. 마르스 경의 데이터를 보낼 테니 군 과학자들을 통해 검증해 보시오."

"우리 외에 누가 알고 있습니까?" 허넨이 물었다.

"아무도." 마르스가 답했다. "황제 폐하께 말씀드리니, 다른 과학자들과 데이터를 공유할 때 그 정보는 누락시키라고 지시하셨습니다. 문제의 데이터를 본 사람은 아무도 없으며, 모델을 통해 그 소실류가 생성된다고 예측한 과학자도 전혀 없습니다."

"당신과 마찬가지로, 누군가 발견했는데도 비밀로 하고 있을 수도 있지 않겠습니까." 브렌이 말했다.

마르스는 고개를 끄덕였다. "그럴 수도 있지요. 제가 여기서 말씀드릴 수 있는 것은, 좋든 나쁘든 데이터를 다루는 모든 과학자들은 제 아버지가 원안을 만들고 제가 다듬은 모델을 바탕으로 연구하고 있다는 점입니다. 공적으로 배포한 제 데이터에서 누락된 구멍이 어떤 것인지, 그것이 거기서 끌어낸 모델에 어떤 영향을 미치는지, 제가 잘 압니다. 수학적으로 말하자면 아주 작지만, 분명 거기 있어요. 누군가 내가 숨긴 데이터를 같은 방식으로 숨기고 있다면, 제 눈에 띌 겁니다. 모델에서 보일 거예요."

"확신합니까?"

마르스는 어깨를 으쓱했다. "그냥 수학이니까요."

"우주선 수십 척과 승무원 수천 명의 운명이 당신의 수학에 달려 있다는 점을 알아야 합니다." 허넨이 말했다.

"그 이상이오, 장군." 그레이랜드는 말했다. "이건 수십 억의 운명이 달린 문제입니다."

"예, 폐하." 허넨은 순순히 긍정했다. "하지만, 일단 우리 승무원들이 먼저이지요."

그레이랜드는 고개를 끄덕였다. "마르스 경의 데이터를 그대들이 납득한다면, 편대를 조직하고 작전을 계획하는 데 얼마나 걸리겠는가?"

허넨은 마르스를 돌아보았다. "이 모델에 따르면, 그 플로우 흐름이 시작되는 장소와 통행 시간은 어떻게 됩니까?"

"플로우는 이코이 시스템에서 시작됩니다." 마르스가 말했다.

"라고스 가문의 고향 시스템이군요." 브렌이 말했다.

"네."

"그것이 문제가 되는가, 장군?" 그레이랜드는 물었다.

"까칠한 사람들인지라."

"그건 내가 처리하지." 그레이랜드가 말했다.

브렌은 미소 지었다. "네, 폐하."

"엔드까지 가는 데 걸리는 통행 시간은 석 달입니다." 마르스가 말했다.

허넨은 눈썹을 치켜올렸다. "그렇군." 허브에서 엔드까지 가는 데 걸리는 시간은 아홉 달이다.

"한 가지 문제가 있습니다." 마르스는 경고했다.

"뭡니까?"

"저는 이코이에서 엔드까지 이어지는 플로우는 다섯 달 정도만 지속될 것으로 예측합니다."

"언제 열립니까?"

"지금부터 3주 후."

"다시 닫힐 때 플로우 안에 있으면 안 되겠군." 브렌은 말했다.

"안 됩니다." 마르스는 말했다. "어떤 플로우는 한쪽 끝에서 다른 쪽 끝을 향해 붕괴합니다. 간헐적으로 무너지는 플로우도 있고요. 어떤 플로우는 동시에 무너집니다. 그런데 이 플로우는 한꺼번에 무너지는 종류입니다."

허넨은 그레이랜드를 돌아보았다. "그렇다면, 플로우가 무너져서 그 내부의 우주선도 사라지기 전에 편대를 조직하고 엔드를 탈환할 부대를 편성하려면, 고작 석 달 여유가 있다는 뜻이군요."

"그렇지." 그레이랜드가 말했다. "가능한가?"

"그건… 어렵습니다."

또 저 단어다, 마르스는 생각했다. 그레이랜드도 같은 생각인 모양이었다. "내가 명한 것은 그것이 아니오."

허넨은 얼굴을 찌푸렸다. "알고 있습니다, 폐하."

"그러면 분명히 말하지, 허넨 제독, 브렌 장군." 그레이랜드는 장군들의 이름을 부르며 똑바로 쳐다보았다. "나는 엔드를 노하마 페탄 가문에 넘길 생각은 추호도 없소. 그들은 그 행성의 현재 주민들에게 위협일 뿐만 아니라, 피난민으로 거기 갈 사람들에게도 위협적인 존재요. 이미 엔드로 피난길에 오른 사람들도 있소, 장군. 플로우가 완전히 붕괴하기 전에 수많은 사람들이 가게 될 거요. 가능한 일이기만 하다면, 힘들든 그렇지 않든, 우리는 해야만 하오."

"가능한 일입니다, 폐하." 브렌은 말했다. "그러나 죄송한 말씀이지만, 폐하가 지금 어떤 명을 내리시는 것인지 분명히 아셔야 합니다. 연락이 닿는 모든 시스템에게, 임시 플로우가 붕괴하기 전에 사용할 수 있도록 우주선과 어마어마한 군대를 이코이 시스템까지 제때, 급작스럽게 보내라고 하시는 겁니다. 엔드에 보내는 모든 우주선, 모든 해병, 모든 승무원들은 돌아올 수 없는 여행길에 올라야 합니다. 배우자와 가족, 아이들을 다시는 못 보게 됩니다. 물론 군에 복무하는 사람들은 고향 시스템에서, 때로 몇 년씩 떠나게 될 수도 있다는 것을 알고 입대합니다. 하지만 폐하, 지금 명하시는 것은 그 정도의 헌신이 아닙니다. 말 그대로 인생을 내놓으라고 하시는 겁니다."

그레이랜드는 생각해 보았다. "이 명령을 내리면 반란이 일어날 수도 있다고 생각하는 거로군."

브렌은 뺨이라도 맞은 듯한 표정을 지었다. "그런 말씀은 아니었습니다, 폐하." 그는 마지막에 '폐하'를 급히 덧붙이며 말을 맺었다. 황제는 불쾌하지만 마지못해 넘어가는 기색이 역력했다.

"선원과 해병뿐만이 아닙니다, 폐하." 허넨은 말했다. "우주선도 돌아오지 않습니다." 그녀는 마르스를 보았다. "엔드 공간에서 빠져나오는 플로우가 조만간 예측되지 않는다면."

"그런 예측은 없습니다." 마르스는 말했다.

허넨은 고개를 끄덕였다. "그렇다면 앞으로 닥칠 사회 불안에 훨씬 적은 수의 우주선으로 대처해야겠지요."

"우주선은 더 만들면 되지 않습니까." 그레이랜드는 말했다.

"폐하의 사촌들은 예약이 이미 꽉 차 있는 걸로 알고 있습니다." 허넨은 우 가문을 넌지시 입에 올렸다.

"그렇겠지." 그레이랜드는 씁쓸하게 말했다. "하지만 제국 해군의 필요가 무엇보다 우선한다고 설득할 수 있지 않겠소. 승무원과 장병들 문제는…." 그레이랜드는 다시 브렌을 돌아보았다. "그들을 가족에게 돌려보낼 수 없다면, 가족들을 그들에게 데려갈 수는 있겠지."

"가족들까지 엔드로 보내자는 말씀이군요." 허넨은 말했다.

"그렇소. 노하마페탄 가문의 위협을 물리치고 엔드에 안정이 찾아올 정도로 시간이 흐른 뒤."

"현실적으로 수송 문제는…."

"어렵다, 알고 있소." 그레이랜드는 문장을 대신 맺었다. "엔드에 보내는 함대를 꾸리는 것 역시 현실적으로 힘들겠지. 제독, 장군. 이 일이 간단하거나 쉬울 거라고 짐이 기대하는 것이 아니라는 점을 이해해 주기 바라오. 계획을 진행하는 데 있어 간단하거나 쉬운 일이 하나라도 있을 거라고 생각하지 않는다는 점도 이해해 주시오. 우리 모두 힘든 선택을 해야 하고, 우리 모두 희생을 치러야 하오. 그대들이 앞장 서서 본보기를 보여 주는 것이 좋겠지."

"네. 음." 허넨과 브렌은 서로 다시 마주 본 뒤 자리에서 일어섰다. "그러면 단기간에 소집할 수 있는 우주선과 인력부터 알아보겠습니다. 내일 아침에 보고드리지요."

"고맙소, 제독." 그레이랜드는 말했다.

허넨은 마르스에게 고개를 끄덕였다. "당신은 우리 과학자들이 확인할 수 있도록 그 데이터를 보내 주십시오. 샅샅이 검증해야겠습니다."

"네, 그러지요."

"데이터에서 조금이라도 문제되는 점이 발견된다면, 더 이상 진행할 수 없다는 점을 이해하시기 바랍니다."

마르스는 고개를 끄덕였다. "질문이 있으면, 제가 기꺼이 답해 드리겠습니다."

제독은 '내 시간을 낭비하지 않는 게 좋을 거야, 노리개 녀석아'로 보이는 시선을 마르스에게 보냈다. 헤어질 때 나누는 의례적인 인삿말이 오갔고, 다시 황제의 보좌관들이 다음 약속을 알리러 들어올 때까지 잠시 동안 마르스와 그레이랜드는 둘만 남았다.

그레이랜드는 한숨을 쉬고 마르스와 카르데니아를 다시 바라보았다.

"계획이 마음에 들지 않는 것 같습니다." 마르스가 말했다.

"마음에 안 들겠지." 카르데니아가 말했다. "마지막으로 데이터에 문제가 있으면 어쩌고 한 말은, 제독이 빠져나가려고 덧붙인 핑계야."

"데이터에는 문제가 없습니다." 마르스가 다짐했다.

"저 사람들이 문제를 만들어 낼 수 없다는 건 아니지."

"그렇다 해도, 문제는 저 사람들이지 데이터가 아니라는 걸 수학이 입증해 줄 겁니다."

카르데니아는 몸을 죽 뻗었다. "나도 당신처럼 확신이 있었으면 좋겠어."

"충분히 갖고 계십니다."

"나 자신에 대한 확신 말고, 저 사람들에 대한 확신." 카르데니아는 문 쪽을 가리켰다. "우리의 사적인 관계 때문에 당신 연구까지 폄하하려 드는 것이 약간 짜증스럽군."

마르스는 씩 웃었다. "아, 눈치채셨군요."

"얼굴을 주먹으로 한 대 패고 싶었다니까."

"그건 현명한 처사가 아니었을 겁니다."

"기분은 좋았을 거야. 5초 정도는. 그들이 당신 연구를 의심해서 미안해."

"폐하의 잘못이 아닙니다."

"약간은 내 잘못이기도 해."

"음, 좋습니다. 폐하의 잘못이지만, 저는 신경쓰지 않습니다. 어쩄든 대체로 제게도 이득이 되고 있지 않습니까."

"그렇게 생각해 주니 기쁘군, 마르스 경."

마르스는 다시 미소 지었다. "감사합니다, 폐하." 그는 일어서서 매우 정중하게 절을 했다. 카르데니아는 키득거렸다. "이제 달리 명하실 일은?"

"당장은 없어. 나중에." 카르데니아는 신음 소리를 냈다. "아주 나중에. 오늘 일정이 말도 안 되게 빡빡해. 자정 전에 끝나면 다행일 거야. 미안해."

"괜찮습니다. 저도 할 일이 있어요."

"그래. 수학으로 우리 모두를 구원해야지." 카르데니아는 미소 지었다. "요즘 우리가 통 못 보는 게 그것 때문이지."

"그것 때문만은 아닐 텐데요, 자정 전에 끝나면 다행이라면서."

"그런 식으로 받아치다니. 어쨌든, 잠시 숨 돌릴 짬이 나면 내 생각도 해 줘."

"침대에 쓰러질 때까지는 숨 돌릴 짬도 안 날 겁니다."

"좋아, 마르스 경. 내 꿈이나 꿔."

❖❖❖

잠든 사이, 마르스 클레어몬트는 수학 꿈을 꾸었다.

수학이 마르스의 꿈에 자주 나타나지는 않았다. 대체로 그가 꾸는 꿈은 바지를 벗은 상태든 입은 상태든 그저 지난 며칠간의 사건을 아무 줄거리 없이 애매하게 갖다붙인 평범한 꿈이었다. 가끔은 학창 시절로 돌아가서 학생 신분으로 가끔 바지를 벗은 채 대학원생들에게 물리를 가르치기도 했다. 엔드에서 허브로 온 아홉 달 동안의 항해 도중에는 거의 꿈을 꾸지 않았으며—우주선 승무원 말로는 그런 일이 드물지 않았다. 아마 플로우가 잠자리에 영향을 미치는 것 같다고 했다—아주 가끔 꾸는 꿈은 보통 평화롭고 푸른 고향의 언덕에 자신이 서 있는 풍경이었다. 바지는 입었는지 벗었는지 기억나지 않았다. 그때는 그런 것이 별 의미가 없는 것 같았다.

하지만 지금은 수학 꿈이었다.

야생의 수학. 이해할 수 없는 수학. 어떤 시대에나 가장 위대한 두뇌를 괴롭히고 희롱한 종류의 수학, 그 자신은 감당할 수 없는 수학.

이런 꿈은 누구에게도 절대 설명할 수 없었다. 수학 꿈은 보통 시각적인 형태로 나타나지 않았다. 숫자나 방정식, 기타 다른 때 꿈에서 나올 만한 다른 형태를 눈으로 보는 것이 아니었다. 그렇다고 소리나 다른 감각기관에 집중된 것도 아니었다. 대신 자연과 수학의 의미로 포화 상태가 된 꿈이었다. 수학이라는 분야의 압도적인 존재감, 그 방대한 영향력, 마르스의 존재와 그가 평생 했던 일, 그가 구원하고자 하는 문명과 수학의 관련성.

마르스는 자신이 왜 수학 꿈을 꾸는지 모르지 않았다. 수 세기에 걸친 플로우 관련 데이터를 샅샅이 들여다보고 있는 지금, 수학은 현재 그의 삶 거의 전부를 둘러싸고 있었다. 그는 플로우가 일반적인 물리적 공간과 상호 작용하는 패턴을 찾고 있었고, 수십 억의 인구를 고립과 느린 죽음에서 구하기 위해 이를 어떻게, 이 표현이 적당하다면, 유도할 수 있을지 연구하고 있었다. 플로우를 유도할 수 있다면, 그것은 인간의 언어로 말을 건네지 않을 것이다. 수학으로 말을 걸 것이다.

말해 두어야겠지만, 플로우는 쉽게 유도되지 않았다.

논리적으로 설득할 수도 없었고, 협상할 수도 없었고, 사정하거나 구슬리거나 협박할 수도 없었다. 플로우는 인간이 아니었고, 인간의 일에 관심도 없었다. 의인화하려면 얼마든지 할 수야 있겠지만, 플로우는 동의하거나 승낙하지 않을 것이다. 문자 그대로 플로우는 이 우주에 있어 외계의 존재였다. 플로우를 이해하는 유일한 길은 그것을 그 자신의 언어로 받아들이는 것뿐이었다.

그래서 마르스는 깨어 있는 시간 전부를 수학과 씨름하며 그 말고는 해결할 만한 경험을 지닌 사람이 없는 문제들을 해결하려고 노력하고 있었다.

이것은 나름대로 극한적인 고립 상태였다. 마르스는 외롭지 않았다. 애인도 있었고, 허브와 시안에서 친구와 동맹, 학문적인 동료도 만들었다. 그럼에도 불구하고 그의 머릿속은 대체로 혼자였다. 요즘 그는 친구를 덜 만났다. 동료들은 연구 결과를 보고하거나 특정한 플로우 문제에 대해 조언을 청한 뒤 각자의 고립 상태로 다시 물러갔다.

한번은 여자 친구에게 자기 일 특유의 고립감에 대해 이야기를 꺼낸 적이 있었지만, 마르스는 문득 그녀가 상호의존성단의 황제라는 걸 깨달았다. 그의 일 때문에 느껴지는 고립감은 그녀가 처리하고 있는 산더미 같은 일들 수십 가지에 비하면 말 그대로 새 발의 피였다. 마르스는 문장을 맺지도 않고 중간에 화제를 바꾸었다. 황제 여자 친구는 더듬거리는 그를 보고 귀엽다고 생각했다.

어딘가로 새어 나올 수밖에 없었다. 두뇌가 의식적으로는 해결 불가능하다고 여기는 문제를 무의식이 해결하려는 와중에, 마르스의 꿈에서 새어 나왔다.

마르스는 자신이 왜 수학 꿈을 꾸는지 알고 있었고, 지적인 측면에서 고맙게 생각하기도 했다. 그렇다고 기력 소모가 덜하지는 않았다. 하루 종일 수학을 다루다가 다시 밤새도록 수학 꿈을 꾼다는 것은 그야말로 수학으로 진이 빠지는 일이었다.

보통 때라면 문제가 아닐 것이다. 그냥 휴가를 가면 된다. 하지만 문명이 문자 그대로 종말을 맞이하기 직전에 휴가라니, 사치 같았다.

그래서 이런 상태는 몇 주나 계속되었다. 깨어서도 수학, 잘 때도 수학, 언제 어디서나 수학, 하지만 어깨를 누르는 문제의 해결책은 조금도 보이지 않았다.

그러나 오늘 밤 마르스는 다른 꿈을 꾸었다.

여전히 수학 꿈이었고, 그 점은 전혀 다르지 않았다. 단지 처음으로 그저 일반적인 수학적 불안감만 있는 꿈이 아니었다. 꿈속에서 드물게, 마르스는 실제로 방정식을 보았다. 꿈치고는 매우 또렷했지만, 그래 봤자 똑바로 바라보려 하면 움직이는 조각들과 구불거리는 선밖에 보이지 않았다.

그럼에도 불구하고 방정식을 바라보니, 그는 그 의미를 알 수 있었다. 불안정한 플로우 입구가 수축되는 동시에 물러나면서 플로우 입구가 움직이지 않는 방식으로 공간 속에서 움직이고 있었다. 아니, 그렇게 움직이지 않는다고 알려진 방식, 어쩌면 단 한 번을 제외하고 그렇게 움직인 적이 없다고 알려진 방식이었다.

마르스의 의식은 이때 꿈에 끼어들었다. 전에 본 적이 있어, 의식은 이렇게 말했다. 어디서 봤더라?

번쩍 잠에서 깬 마르스는 침대에 일어나 앉아서 탁자에 놓아 둔 태블릿 쪽으로 손을 뻗었다. 태블릿은 불이 켜진 채 지시를 기다렸다.

"음." 카르데니아가 잠결에 중얼거렸다. 예상한 대로 자정 한참 뒤에 침대에 든 그녀는 비몽사몽 누워 있던 마르스를 거들떠보는 둥 마는 둥 하고 베개에 털썩 몸을 눕혔다. "밝아."

"죄송합니다." 마르스는 밝은 태블릿 불빛으로 카르데니아를 깨우지 않으려고 벌거벗고 침대에서 일어났다. 그는 의자에 앉아 아버지가 30년간 수집한 데이터 파일을 꺼냈다. 한 시스템에서 다른 시스템을 왕복하는 무역선들이 매질에 들어가서 이동하고 나오는 과정에서 얻을 수 있는 플로우의 미세한 이동과 변화를 기록한 자료였다.

마르스가 지금 찾고 있는 것은 단 하나였다. 아버지의 데이터 거의 마지막 부분에 있었다. 플로우 흐름 내부에 있는 동안 '파열'과 유사한 모종의 현상으로 인해 우연히 플로우에서 튕겨나온 우주선이 발견한 변칙적인 플로우 입구였다. 일반 우주로 내팽개쳐진 이 우주선은 예상 지점에서 몇 광년 떨어진, 인간이 거주하는 그 어떤 시스템에서도 수조 킬로미터 떨어진 장소에 표류하고 있었다. 그때 우주선은 변칙적인 플로우 입구를 발견하고 전속력으로 달려가서 입구가 닫히기 직전에 아슬아슬하게 들어갈 수 있었다. 별난 사건이었다. 전례가 없었다. 일시적인 순간이었다.

소실류였구나.

"맙소사." 마르스는 소리내어 말했다.

"으음." 카르데니아는 웅얼거렸다.

마르스의 귀에는 들리지 않았다. 그는 사무실에 가서 일을 시작하려고 문을 나서고 있었다.

황제의 침실 밖을 지키던 경호원들의 놀란 얼굴을 보고, 그는 얼른 다시 문 안으로 들어왔다. 골똘히 생각에 사로잡혀 있었던 나머지, 자기가 벌거벗고 있다는 사실조차 잊고 있었던 것이다. 그는 가운을 집어들고 다시 문을 나섰다. 방정식이 머릿속에서 춤추고 있었다. 낙서가 아니라 진짜 방정식이.

10장

키바는 울프 가문과 다시 협상을 하게 될 거라고 예상하고 있었다. 하지만 저녁을 먹는 동안 하게 될 거라고는 미처 예상하지 못했다.

그냥 저녁도 아니고 세니아와의 데이트 약속이었다. 그들은 서로에게만 전념하는 관계를 시도하고 있었고, 키바도 실제 연인 관계란 침대 시트가 젖고 손가락이 쭈글거리도록 미친 듯이 뒹구는 이상의 것이라는 점을 알고 있었다. 그래서 그들은 허브의 최고급 이코이 식당 제스트를 찾았고(그래 봐야 이코이 식당은 겨우 세 군데, 그 중 두 곳은 길거리 음식을 파는 가판이었다), 키바는 세니아에게 자기 고향 음식을 소개하고 있었다. 라고스 가문의 독점 사업을 생각할 때 놀랄 일은 아니지만 이코이 음식은 감귤 향이 진했고, 거기가 어딘지는 몰라도 라고스 가문의 원래 출신지인 '서아프리카의 향취를 되살린다고' 알려져 있었다.

키바는 정통 이코이 음식 때문에 여기 온 것은 아니었지만—퀜치 열매를 유전공학으로 합성한 것이 키바가 태어났을 즈음인 마당에, 그 즙에 절인 꼬치 고기가 지구 정통 식문화라고 할 수는 없는 노릇이었다—어쨌든 고향 음식이고 세니아는 한 번도 맛본 적이 없으니 상관없었다. 키바는 모이모이와 피망 수프, 마멀레이드 도그를 기분 좋게 설명하고 있었고, 세니아는 기분 좋게 듣고 있었다. 식사를 마치고 둘 다 침대에서 실컷 뒹굴 분위기가 무르익었다고 생각하고 있는데, 두 사람이 이쪽 탁자로 다가오는 것이 키바의 눈에 띄었다.

"전에 본 사람이군." 키바는 배긴 후블을 쳐다보았다. 그리고 다른 한 남자에게 시선을 돌렸다. "한데 당신은 안면이 없는데."

후블은 동행에게 손짓했다. "레이디 키바, 이쪽은 제 상관 드루신 울프입니다."

울프는 약간 허리를 숙였다. "레이디 키바. 드디어 만나게 되어 기쁩니다."

"저희는 방금 식사를 마치다가 두 분이 눈에 띄어서 인사라도 해야겠다고 생각했습니다." 후블이 말했다.

"그러셨나." 키바는 드루신 울프를 돌아보았다. "그래서 뭘 드셨습니까?"

"졸로프 볶음밥이죠, 레이디 키바. 모험적인 선택은 아니고 좀 진부하지만, 그래도 사람마다 입맛은 다르니까요. 저는 그게 좋습니다."

"음, 잘하셨습니다. 인사는 하셨으니, 이제 가 보시죠." 키바는 다시 메뉴로 향했다.

그러나 후블과 울프는 물러나지 않았다. "노하마페탄 건을 재계약하자는 저희 요청에 대한 응답을 배긴에게 전해 들었습니다."

키바는 다시 고개를 들었다. "그래서? 왜?"

"입장을 재고해 주시기를 바랍니다."

키바는 한숨을 쉬며 메뉴를 놓았다. "그래서? 지금 하자는 거요? 식사 중인거 안 보여?"

"마침 법률 자문과 같이 계시는군요." 울프는 세니아 쪽으로 고갯짓을 했다. "필요한 인물은 다 있지 않습니까, 레이디 키바."

"좋아. 첫째, 그건 요청이 아니었고, 당신도 잘 알아. 당신은 조건을 통보하려고 했어. 둘째, 나는 이미 당신 부하에게 답변을 했고, 그건 변하지 않을 거야. 셋째, 그러니 꺼져. 지금은 근무 시간 아니고, 이쪽도 마찬가지야." 그녀는 세니아를 가리켰다.

울프는 킬킬 웃었다. "정말 실망시키지 않으시는군요, 레이디 키바. 배긴 말대롭니다. 입도 험하고, 고집 세고."

"나는 수수께끼가 아니야."

"그런 것 같습니다." 울프도 동의했다. "하지만 지금 근무 시간이 아니라니, 재미있군요."

"무슨 뜻이지?"

"아닙니다. 그저, 시간이 얼마나 있다고 생각하십니까? 우리 모두에게 말입니다, 레이디 키바. 시계는 째깍째깍 돌아가고 있습니다. 어떤 사람에게는 더 빨리. 비록 짧은 시간이지만, 그동안에도 힘센 사람들이 얼마든지 파멸할 수 있어요. 자기가 센 줄 아는 사람들이 말입니다."

"드루신." 후블이 말했다.

울프는 직원을 달래듯 한 손을 들었다. "끝났어. 나는 단지 이 여자분께 내가 분명히, 선의로, 나와 협조할 기회를 줬다는 점을 상기시키고 싶었을 뿐이야. 우리와. 분명 내게서 기회를 받았지만, 본인이 날려 버렸어."

"음." 키바가 말했다. "좋아, 그렇군. 고마워. 이제 싸구려 연극 악당 독백 끝났으면, 제발 그 얼간이 데리고 꺼져 줘."

"그러지요." 울프는 다시 고개를 숙였다. "레이디 키바, 펀다펠로난 씨. 식사 맛있게 하십시오." 그는 멀어졌다. 후블은 키바와 세니아를 보면서 뭐라 말하려고 입을 열다가 다시 닫고 급히 주인을 뒤따랐다. 키바와 세니아는 다시 메뉴판을 들여다보았다.

"저건 뭐였지?" 세니아는 잠시 오늘의 특별 메뉴를 쳐다보다가 물었다.

"나도 몰라." 키바는 전채 요리를 들여다보다 대답했다.

"드루신 울프가 아주 극적인 장면을 연출하는군."

"음."

"특히 시간이 없다는 그 부분."

"그래."

"언뜻 듣기에는, 약간 위협 같기도 했고."

"고소한 것 같기도 했지."

"후블이 넌지기 입 다물라고 눈치를 준 것도 뭔가 관계가 있는 것 같고."

"맞아." 키바도 동의했다.

"그렇다면, 한번 알아보는 게 좋겠군."

"빨리."

"아직 배고파?"

"별로."

"그럼 지금 가서 이 일에 대해 알아볼까?"

"배는 안 고픈데. 식사 뒤 하려고 했던 일은 아직 하고 싶다고."

"좋아." 세니아가 말했다. "그럼 음식은 됐고, 섹스 뒤에 알아보자고."

"좋아." 키바는 말했다. 둘 다 메뉴를 내려놓았다. 키바는 술값을 탁자에 놓았고, 둘 다 일어섰다.

"최악의 부분이 뭔지 알아?" 키바는 문을 향하며 말했다.

"뭐?"

"빌어먹을 자식이 졸로프 볶음밥을 무시했잖아. 진부하다니. 난 그걸 주문할 생각이었는데."

❖❖❖

"문제가 생겼습니다." 나흘 뒤 키바는 그레이랜드 2세에게 말했다. 전날 알현을 청해서, 황제가 약속 장소에서 다른 약속 장소로 걸어가는 5분을 허락받은 참이었다. 키바도 알았다. 황제는 바쁜 여자였다. "정확히 말하자면, 폐하께 문제가 생긴 것 같습니다."

"내게 문제가 있다는 것은 이 치세의 기본 상태입니다. 레이디 키바." 그레이랜드는 빠른 걸음으로 궁정을 걸으며 대답했다. "보다 구체적으로 말해 주세요."

키바는 고개를 끄덕이고 황제에게 서류 한 묶음을 내밀었다. 황제는 즉각 서류를 비서에게 건넸다. "며칠 전 저와 세니아 펀다펠로난의 저녁 식사 자리에 드루신 울프가 나타나서 독백을 늘어놓고 갔습니다."

"그가 뭐라고?"

"독백. 그러니까, '곧 너는 파멸을 맞이하게 될 것이다, 하하하', 이런 것 말입니다."

"사람들이 실생활에서도 그런 말을 하는지 몰랐군."

"드루신 울프는 자기가 무슨 짓을 하는지 몰랐던 것 같은데, 그 부하가 눈치챘습니다. 중간에 얼른 말을 가로막더군요."

"그런데 그 독백이 나와 무슨 관계가 있소?"

"처음에는 저도 몰랐습니다." 키바가 말했다. "전에 그 부하를 협상 건으로 거절한 적이 있어서, 나와 노하마페탄 가문에 대해 법적인 조치를 취하겠다는 선언으로 생각했습니다. 세니아와 저는 돌아가서 혹시 저희가 모르는 기록이 있는지, 기타 우리를 공격하는 움직임이 있는지 확인해 보았습니다. 찾을 수 없었습니다." 키바는 그레이랜드의 비서가 들고 있는 서류 다발을 가리켰다. "그런데 다른 게 있었습니다. 독백 며칠 전, 드루신 울프는 2천만 마크에 달하는 자금을 개인 계좌에서 인출했습니다."

그레이랜드는 이 말에 키바를 보았다. "그대가 울프의 개인 계좌 내역을 어떻게 들여다보았단 말이오?"

키바는 냉소했다. "저는 몇 달 동안 노하마페탄 가문의 비자금 계좌를 모조리 추적했습니다, 폐하. 회계 감사에는 일가견이 있습니다."

"적재적소에 뇌물을 찔러넣는 방법도 잘 아시겠군."

"전 그런 건 모릅니다." 키바는 말했다. 그레이랜드는 가볍게 미소 지었다. "하지만 법정에서 증거를 제시하거나 그럴 계획은 없습니다. 어쨌든 정보는 믿을 만합니다."

"귀족들은 자기들의 부를 자주 한 곳에서 다른 곳으로 옮기곤 하지, 레이디 키바." 그레이랜드는 말했다. "어느 계좌에서 다른 계좌로 자금을 옮길 때는, 대부분의 돈이 완전히 사라지는 것처럼 보이고. 짐작하건대, 어떤 가문이든 정직하게 회계 감사를 하자고 들면 장부에 기록된 돈보다 없는 돈이 더 많을 거요. 아마 라고스 가문도 예외는 아닐 것이고. 구멍으로 새는 돈은 그냥 일반적인 사업상 관행 아니오."

"돈이 사라진 것이 문제가 아닙니다." 키바는 말했다. "드루신 울프가 2천만 마크를 인출한 것과 정확히 비슷한 시기에, 다른 귀족들 스무 명 정도가 비슷한 액수를 인출했습니다."

그레이랜드가 우뚝 서자 뒤따르던 수행원들도 물결을 일으키며 따라 멈춰섰다. "몇 명이나?"

"제 정보원은 스물여섯 명이라고 보고했습니다. 모두 같은 시기, 같은 액수, 혹은 여러 개 계좌에서 인출한 총액이 2천만 마크 정도였습니다. 그 외에 다른 귀족들이 있을지도 모릅니다. 제 정보원이 추적할 수 있었던 것만 이 정도입니다."

"당신은 이 정보원을 신뢰하고."

"제가 도박빚을 탕감해 준 걸 고마워한다는 건 확실합니다. 뜻을 거스르면 제가 버스 앞에 밀어 버릴 수 있는 사람이라는 것도 알고 있다는 건 확실하고요. 그러니, 네. 신뢰합니다. 그런데 다른 것도 있습니다."

"뭐요?" 그레이랜드는 다시 걷기 시작했다.

"자금을 인출한 귀족들은 전부 다 우 가문이 주최한 영업 모임에 참석했습니다. 신형 테너 우주선을 홍보하는 자리라는 평계였습니다."

그레이랜드는 이맛살을 찌푸렸지만 멈추지는 않았다. "우주선 구매 계약금이라고 둘러댈 수 있도록 말이지."

"네. 하지만 그 계약금은 전부 다 가문의 공적 계좌가 아니라 개인 계좌에서 입금되었습니다." 키바가 말했다. "10년 이상 항구에 정박하지 않고 우주에 머무를 수 있도록 설계된 거대한 테너 우주선입니다. 개인 오락용으로 사용할 우주선은 아닙니다."

"플로우 붕괴가 다가오고 있지." 그레이랜드는 말했다. "비상용일 수도 있지 않소."

"그렇다 해도, 테너선 가격은 최저 10억 마크입니다. 우 가문은 계약금으로 무조건 10퍼센트를 요구합니다. 폐하의 가문은 할인가를 제공하지 않습니다. 2천만 마크는 계약금도 안 되는 돈입니다. 누가 테너선을 사겠다고 그 돈을 계약금으로 내밀면 웃음거리가 될 겁니다."

"그럼 돈은 다른 용도라는 뜻이군."

키바는 고개를 끄덕였다. "다른 용도이고, 무슨 용도인지는 몰라도 우 가문이 배후입니다."

"그래도 아직 그 일이 나와 무슨 관계인지 모르겠군, 레이디 키바." 그레이랜드는 말했다. 그녀는 목적지까지 가는 마지막 복도에 꺾어 들어선 참이었다.

"관계가 없을지도 모릅니다." 키바도 인정했다. "하지만 그 독백을 늘어놓을 때, 드루신 울프는 제가 모종의 복수를 당할 거라고 예상하고 있는 게 분명했습니다. 음, 그나 그의 집안이 직접적으로 저를 노리거나 노하마페탄 가문에 대해 소송을 제기하려는 건 아닐 겁니다. 분명 뭔가 다른 걸로 보입니다. 폐하께서 저를 총애하시는 건 잘 알려져 있지 않습니까. 제게 집행위원회 자리를 내리셨고—분명히 말씀드리지만 저는 원하지도 않았던 자리였습니다—저번에 이곳 귀족 절반을 체포하실 때 저는 폐하 바로 옆에 서 있었습니다."

"그렇게까지 많지는 않았소."

"충분했습니다, 폐하." 키바는 말했다. "이제 귀족들 한 무더기가 구멍에 돈을 던지고 있고, 그들 중 많은 사람들이 반역죄로 교도소에서 재판을 기다리고 있는 귀족 가문 출신입니다. 우 가문도 그중 하나지요. 물론 나다쉬 노하마페탄도 아직 도피 상태로 뭔가 일을 꾸미고 있을 겁니다. 그녀는 돈이 있지만 비교적 많지는 않을 것이고, 직접 추가 자금에 손을 댈 수 없는 상황이지요. 그러니 어딘가에서 모금해야 할 겁니다. 그래서 저는 울프가 절 직접 공격할 생각으로 잘난 척했을 거라고 생각하지 않습니다. 그랬다가는 제가 밟아 버린다는 걸 그도 알고 있어요. 그는 폐하가 몰락하면 저도 따라 망한다고 생각하고 있었을 겁니다."

그레이랜드는 문간 아치 앞에 멈췄다. 안에서 기다리고 있는 허브폴 풋볼 리그 우승팀을 7분 30초 동안 치하하고 다시 다음 일정으로 넘어가게 되어 있었다. 오늘 일정은 아직 3분의 1밖에 소화하지 못했다. 황제의 일정은 어느 정도 이해하고 있었지만, 문명이 점점 더 빠른 속도로 멸망하고 있다는 그 모든 증거에도 불구하고 그레이랜드가 다른 어느 팀보다 공놀이를 잘한 풋볼 팀을 축하하는 시시한 일과에 묶여 있다는 사실에 키바는 (그녀답지 않게) 조용히 놀라고 있었다.

"돈이 없어진다는 이 문제에 나다쉬 노하마페탄이 관련되어 있다고 생각하는군." 그레이랜드는 키바에게 말했다.

"네. 그렇습니다. 그녀는 폐하를 눈엣가시로 생각합니다. 게다가 모든 가문과 길드가 폐하를 두려워하게 만드셨잖습니까. 나다쉬는 그런 부분을 물고 늘어질 겁니다."

"무엇을 위해서?"

"아니, 뭐, 다음 반란이지요. 처음에는 비록 실패했지만, 뭐 그런 거요."

그레이랜드는 비서가 들고 있는 서류 뭉치를 턱으로 가리켰다. "여기 출석한 귀족들을 수사할 수도 있지 않나."

키바는 고개를 저었다. "그렇게 하시자마자, 그들은 폐하께 덤벼들 겁니다. 이런 수사에서 폐하를 배신할 사람들은 너무 많아요. 명령을 내리기도 전에 정보가 새어나갈 겁니다. 귀족들은 증거를 숨길 것이고, 돈은 마술처럼 다시 합법적인 기업 계좌에 나타날 겁니다. 나다쉬는, 그녀가 정녕 이 일에 관련되어 있다면, 더 찾기 어려워질 겁니다."

"그렇다면 그대는 어떻게 대처해야 한다고 생각하는가?"

키바는 서류를 고갯짓으로 가리켰다. "제 정보원은 이 귀족들이 전부 다 동시에 인출했다고 했습니다. 그런데 그 사건 이후 같은 액수를 인출한 귀족들이 몇 명 더 있습니다."

"그렇다면 사람을 모집하고 있군."

"맞습니다." 키바는 말했다. "불만 있는 가문과 귀족들을 자기들 계획에 끌어들이는 거지요."

"그래." 그레이랜드는 말했다. "그래서?"

키바는 미소지었다. "폐하, 폐하와 제가 대대적으로 싸움을 벌이는 게 어떨까요."

11장

에섹스 파이어 팀을 물리치고 우승한 허브폴 드래건즈 팀을 7분 30초 동안 축하하는 일정에는, 우승 공을 자비롭게 선물받고(잠시 가지고 있으면서 행운과 마법을 불어넣은 뒤 '황제가 대여'하는 형식으로 다시 드래건즈 팀에게 반환해서 해당 팀 본부에 전시할 예정이었다) 황실 풋볼팀 시안 십라이츠의 올해 부진한 순위를 분한 듯 언급하는 일도 포함되어 있었다.

이어, 황제와 수많은 사람들이 살아가는 황실 우주 정착지 시안의 물리적 안정을 위해 다양한 사회 기반 시설 책임자들을 10분씩 만나는 일정이 한 시간 있었다. 시안은 전 우주에서 으뜸가는 곳이었고, 현존하는 정착지 중에서 가장 오래된 곳 중의 하나였으며, 그 때문에 보다 현대적인 정착지들에서 더 이상 찾아볼 수 없는 방식으로 별나고 까탈스러운 데가 있었다.

(그중에서도) 딱 한 가지 예를 들자면, 시안의 환기 시스템은 매우 독특해서 일상적으로 반복되는 관리 절차의 순서를 바꾸어서 실행하면 시안 대성당의 공기를 완전히 우주로 내보내게 되어 있었다(책임자는 이렇게 황제에게 보고했다). 아마 먼 옛날 어느 기술자가, 혹시 대성당에 화재가 발생하더라도 이렇게 하면 내부에 물을 뿌리거나 내연성 물질로 인한 손상 없이 쉽게 진압할 수 있을 거라 생각한 모양이었다.

시안 관리 프로그램에 접속하는 한 줄짜리 코드가 대성당에서 갑작스럽게 산소가 제거되는 사태를 막고 있었다—하지만 최근 시스템을 업데이트 하면서 이 코드는 삭제되었다. 그래서 석 달 동안은 아침 예배 시간에 대주교 코르빈과 신도 수백 명이 누군가의 부주의로 인해 갑작스럽게 질식하는 사태를 막을 수 있는 안전 장치가 전혀 없었던 셈이었다. 그레이랜드는 교회를 위해서나 신도를 위해서 이것이 최적의 결과가 아니라는 뜻을 표했고, 마침내 문제가 해결되었다는 보고를 받고 안도했다.

이어, 20분간 허넨 제독의 부관인 웬 사령관이 엔드로 보낼 우주선 관련 진행 상황을 보고했다. 그레이랜드의 머릿속에서는 벌써 웅장한 '엔드 함대'가 꾸려져 있었지만, 보고를 듣고 보니 이제 겨우 '태스크포스'만 결성된 상태였다.

예비 추산은 희망적이지 않았다. 늦지 않게 이코이 시스템으로 배치할 수 있는 주력함 수는 많지 않았고, 보조함도 마찬가지였다. 웬 사령관은 아직 추산에 불과하다, 더 조사해 보면 아마 숫자가 늘어날 거라고 다짐했다. 그레이랜드는 웬 사령관에게 시간이

촉박하다고 강조했다. 두 사람 다 회의 내용에 대해 그리 만족하지 않은 상태로 헤어졌다.

5분 휴식 시간이 이어졌고, 그레이랜드는 이 시간 대부분을 화장실에서 사용했다. 누군가 진작 카르데니아 우-패트릭에게 황제로서 배양할 수 있는 가장 소중한 기술은 배설 기능을 한 번에 몇 시간씩 억누를 수 있는 능력이라고 이야기해 주었더라면, 그녀는 절대 이 일을 맡지 않았을 것이다. 어딘가에서 죄수들은 교도소 생활의 엄격한 일정에 익숙해지는 나머지 배설이 허락되는 정해진 시간 외에는 욕구를 느끼지 않는다고 읽은 적이 있었다. 카르데니아는 그 정도는 아니었지만, 그래도 분명 공감할 수 있었다.

죄수들 이야기가 나왔으니 말인데, 짧은 휴식이 끝난 뒤 황제의 다음 45분간은 쿠데타로 체포되어 감옥에 갇힌 채 각자 재판을 기다리고 있는 많은 반역자들의 근황에 대해 법무부 장관에게서 보고받는 일정이었다. 워낙 체포된 사람들의 숫자도 많았고 고위 계급 범죄자들이 많았기 때문에, 어디에 투옥하고 어떤 취급을 해야 할지 상당한 혼란이 있었다. 반역자이든 아니든, 귀족 가문의 우두머리나 명문가 자손들이 일반 구치소에서 칼에 찔리는 일이 벌어지면 보기 흉할 것이다.

그레이랜드는 허브와 같은 시스템에 있는 여러 정착지 사이를 왕복하는 유람선 '별들의 보석' 호를 징발해서 반역자들을 징역 기간 동안 그 선실에 집어넣는 것으로 문제를 해결했다. 법무부 장관은 유람선 회사에 숙박 및 식사 제공 서비스 비용을 지불했고, 상당한 규모의 황실 경비대를 파견했으며, '보석' 호의 승하선 명단을 극도로 삼엄하게 관리했다. 어느 백작이나 남작이 밖을 내다볼 수 없는 우주선 하부 안쪽 선실을 할당받을 때 예외없이 튀어나오는 불평을 제외하면, 이 계획은 효과적이었다. 칼싸움은 거의 없었다.

하지만 반역자에 대한 재판 절차는 그리 순조롭게 흘러가지 않고 있었다. 법무부 장관에게 부족한 것은 증거가 아니라 — 데란우가 독살당하기 전에 증거를 충분히 제공했다 — 변호사들이었다. 반역자들은 모두 귀족 가문이었고, 이런 가문에서는 온갖 변호사를 고용했으며 대부분 아주 유능했다. 반면 법무부 장관에게는 비교적 소규모의 검사뿐이었고, 그중에는 유능한 사람들도 있었지만 너무 보잘것없어서 귀족 가문이나 길드에서 돈 많이 주는 직장을 얻지 못했기 때문에 정부에서 일하는 사람들도 있었다.

여러 가문의 변호사들은 — 그들은 고객이 유죄 판결을 받으면 자기가 처형당한다는 사실을 잘 알고 있었다(가문에 따라 변호사가 아니라 고객이 처형 대상이 되는 경우도 있고, 둘 다인 경우도 있었다) — 가능한 모든 지연 작전을 동원하고 고객을 빼낼 수 있는 법리를 찾느라 온갖 서류와 소송 기록으로 법무부를 푹 파묻고 있었다. 다른 일거리도 많다 보니 법무부는 압사할 지경이었다. 게다가 그레이랜드가 쿠데타 진압 과정에서 얻은 인기도 빠르게 사그라들고 있다. 반역자들이 안락한 교도소 우주선에서 오래 고초를 겪을수록, 인위적이든 아니든 귀족 가문과 그 변호사들에 대한 지지가 결집할 것이다. 법무부 장관은 이렇게 보고했다.

그레이랜드는 여러 이유로 지지율 문제에는 별 관심이 없었지만, 장관에게 그렇게 말하지는 않았다. 그와 그 문제로 입씨름을 할 이유가 없었다. 솔직하게 말해 반역자들이 소송 과정을 길게 끌고 있다는 점도 그리 걱정스럽지 않았다. 그레이랜드는 반역자들을 꼭 사형에 처하겠다는 완강한 입장을 갖고 있지 않았다. 그녀의 핏줄에는 그런 의분이 들끓지 않았다. 반역자들이 시간을 낭비한다면 그건 어디까지나 그들의 유한한 시간 낭비, 게다가 그동안에는 그녀를 귀찮게 굴지 않을 것이다.

그래도 황제가 법무부 장관의 염려에 무심하다는 인상을 주는 것도 곤란한 일이라, 그녀는 그의 조언을 청했다. 장관은 두 가지를 제안했다. 첫째, 외부 변호사를 고용해서 고위 귀족들이 연루된 사건을 일부 외주로 돌리면, 법무부는 짐을 덜 수 있을 것이다. 둘째, 반역에 연루된 사람들의 이름을 대면 처형 대신 고향 시스템에서, 자기 가문의 형벌 제도하에서 형기를 마칠 수 있도록 배려하는 협상을 일부 반역자들과 시작한다.

그레이랜드는 둘 다 찬성하고, 요즘 서서히 고개를 드는 반역자에 대한 동정 여론을 잠재우고 그들을 법적으로 서로 경계하게 해서 변호사들의 법리 다툼을 복잡하게 만들 수 있도록 두 번째를 전략적으로 사용하라고 장관에게 제안했다. 이것이 장관의 의도라는 것을 그녀도 알고 있었지만, 황제가 직접 제안한 계획이라고 말할 수 있다면 그의 일이 쉬워진다는 것도 알고 있었기 때문이었다. 황제가 그가 원했던 방향으로 정확히 가 주니, 과연 장관은 고마운 것 같았다. 두 사람 다 상대를 정교하게 조종했다는 기분을 안고 방을 나섰고, 그랬으니 좋은 회의였다.

이어 코르빈 대주교와 15분간 차를 마셨는데, 오늘 하루의 일정 중에 가장 일반적인 사교에 가까운 시간이었다. 코르빈 대주교는 쿠데타 당일 확고하게 황제의 편에 섰다고 잘 알려져 있었고, 그레이랜드는 이에 대한 감사 표현으로 상호의존성단 교회 내에서 코르빈이 주도하는 사업들을 황실 자금으로 후원했다. 그러나 무엇보다 그레이랜드는 대주교를 좋아했다. 연상의 여성 코르빈은 언제나 그레이랜드에게 친절했고, 우두머리의 목표에 항상 동조하지 않고 그 자존심도 배려하지 않는 거대한 관료 조직을 이끄는 것이 어떤 것인지 누구보다 잘 이해했다. 기본적으로 그들은 비슷한 직업을 갖고 있었고, 극도로 고차원적인 특수한 문제를 이해하는 사람과 이야기를 나눌 수 있다는 것은 기분 좋은 일이었다.

　단순한 코드 한 줄 때문에, 아니, 그 한 줄이 없었기 때문에, 지난 석 달 사이 자칫 언제라도 질식해서 죽을 수 있었다는 말은 굳이 대주교에게 하지 않았다.

　다음, 전용 객차에 올라 시안 정착지 반대면에 있는 의회 건물과 그곳의 황제 사무실에 잠시 다녀왔다. 그레이랜드는 명목상으로만 상호의존성단 의회 시안 대표이고 실질적으로 그 권한을 행사하지 않았지만, 그래도 사무실 공간은 있었다. 거기서 그녀는 동료 의원들을 여섯 명씩 네 조로 각각 10분간 만나는 일정을 빠르게 처리하고, 이어 의회 회의장으로 가서 매년 시안에서 열리는 허브 시스템 청소년 모의 의회에서 15분 연설했다. 아이들은 황제를 볼 수 있어서 들떴고, 그레이랜드는 십 대 청소년들이 말도 안 되게 어려 보일 정도로 어느새 자신이 나이들었다는 것을 깨닫고 기뻤다. 새로운 사실이었다.

5분 뒤 그녀는 다시 전용 객차를 타고 황궁으로 돌아가서 가장 두려워하던 회의에 참석했다. 패류와 특정 연골어류를 독점하며 로코노 시스템을 지배하는 퍼소드 가문의 라펠리아 마이센-퍼소드 백작을 만나는 자리였다. 로코노 시스템에는 달 여섯 개, 대형 정착지 열두 개, 소형 정착지 100여 개에 걸쳐 인구 6500만 명이 거주하고 있었다.

나머지 상호의존성단과 완전히 단절될 것으로 예측되는 첫 시스템이었다.

현재 로코노 시스템으로 들어가는 플로우 세 개, 나오는 플로우 네 개는 멀쩡했다. 대략 여섯 달 뒤, 로코노로 들어가는—허브에서—첫 플로우가 붕괴하며, 이어 열한 달 동안 나머지 여섯 개가 붕괴하게 된다. 그때쯤에는 성단의 거의 모든 시스템들도 각자 플로우 붕괴를 경험하게 되지만, 나머지 시스템들은 그래도 아직 외부와 미약하게나마 연결을 유지하고 있을 시점이다.

의회에 여섯 달의 기한을 주고 대안을 마련하라고 지시하기는 했지만, 그레이랜드는 로코노 시스템 주민 6500만 명을 다가올 플로우 붕괴로부터 보호하거나 구조하기 위해 황제가 아무 조치도 취하지 않았다는 이유로 백작이 짐짓 화를 내보일 거라고 예상하고 있었다. 예상은 적중했다. 귀족 가문의 대표자로서 현 지배자의 막내 여동생인 라펠리아 마이센-퍼소드는 상을 받아 마땅한 연기를 선보였고, 로코노 주민들의 곤경 앞에서 거의 옷을 찢고 통곡할 기세였다. 연기가 끝나자 박수를 쳐야 할 것 같은 기분이 들었다.

그레이랜드는 그러지 않았다. 무례할 뿐 아니라, 백작이 로코노 시스템 시민들의 운명에 별 관심이 없다는 것을 알고 있었기 때문이었다. 그레이랜드는 키바 라고스가 말한 모임, 프로스터 우가 주최한 모임에 라펠리아 마이센-퍼소드도 참석했다는 것을 알고 있었다.

게다가 레이디 키바가 말하기 전부터 그녀는 알고 있었다. 음모를 발견하기 위해 키바가 뒷조사를 한 은행에서 지위가 바로 그 정보를 이미 캐냈기 때문이었다. 지위는 다른 은행에서도 가담자를 찾아냈고, 음모 내용이 적혀 있는 암호화 문서들도 찾아냈다. 바로 지금 그레이랜드 맞은편에 앉아 있는 바로 이 백작에게서 나온 문서도 있었다. 라펠리아가 언니에게 보낸 편지는 가장 해독하기 쉬웠던 문서 중 하나였다. 편지 암호화 기술은 지위가 해독하려 해도 수십 년이 걸리는 최첨단 기법이었지만, 백작은 자기 저택 네트워크에 연결된 스피커로 편지를 구술했던 것이다. 네트워크에 접속하는 비 생체식 패스워드는 집에서 키우는 개 이름(귀여운 복실이 이름은 체스테인이었다)이었으며, 생체식 패스워드(지문)는 황제의 시스템 내에 있었다.

그레이랜드는 지위가 얼마나 위험한 존재인지 새삼 생각했다. 전 제국을 망라하는 황제의 개인 비밀 요원, 모든 것을 알고 있으며 황제가 어떤 질문을 해야 할지 알고 물어보면 모든 것을 답해 주는 존재. 그레이랜드는 그런 질문을 했다.

그래서 황제는 라펠리아 마이센-퍼소드의 연기가 위선이라는 것을, 오늘 탄원하는 이유도 핑계라는 것을 알고 있었다. 백작은 자신이 대변한다는 6500만 명 주민의 안녕을 위해 여기 온 것이 아니라, 황제의 상호의존성단 구출 계획을 알아내서 나다쉬 노하마페탄에게 보고하고 그레이랜드의 발밑에 함정을 파려는 것이었다. 그레이랜드가 오늘 이 만남을 두려워한 것은 수천만 로코노 주민들을 살린다는 문제에 대한 해답이 없어서가 아니라—아직은 없었고, 그것도 암울한 일이었다—백작이 자기 자신과 직계 가족, 친구들 외 다른 사람들에 대해 염려하는 마음이 티끌만큼이라도 있는 것처럼 연기하는 꼴을 쳐다봐야 한다는 것이 얼마나 맥빠지는 일일지 미리 알고 있었기 때문이었다.

예상은 빗나가지 않았지만, 지금으로서는 어떻게 할 방법이 없었다. 그래서 그레이랜드는 백작의 열정적인 연기를 묵묵히 지켜보고 귀를 기울이다가, 찾아와 주어서 감사하다고 인사하고, 로코노 시스템에 대해 할 수 있는 모든 일을 다 하겠다고 대답한 뒤, 백작이 두 번째로 극적인 연기에 돌입하기 전에 얼른 내보냈다. 걸린 시간은 모두 23분이었다.

예상치 못했던 7분의 여유가 생겼다는 뜻이었다.

그중 대략 90초 동안, 그녀는 오늘 일정에 마지막으로 회의 하나를 더하기 위해 개인적인 전화를 걸었다.

❖❖❖

"당신의 치세가 불행하게 끝날 운명이라는 것을 언제 알게 되었죠?" 그레이랜드는 토마스 셰네버트에게 물었다. 그녀는 경호원들을 문간에 남겨 두고 오베르뉴 호 함교에 단둘이 서 있었다. 오베르뉴 호는 황제 전용 선창에 정박해 있으니, 겉보기에는 황궁 못지 않게 안전한 장소였다. 경호원은 그래도 불만이었지만, 그레이랜드는 셰네버트와 둘만 이야기하고 싶었다.

셰네버트는 이 질문에 눈썹을 치켜올렸다. "안 좋은 소식이라도?" 그는 물었다. 그레이랜드가 아는 어떤 사람보다, 셰네버트는 그녀를 가장 허물없이 대하는 사람이었다. 왕족에 대한 병적인 멸시가 있어서가 아니라, 그 자신이 왕족이었기 때문이었다. 그는 상호의존성단 너머에 존재하는 폰티유의 폐위된 왕이었다. 셰네버트는 그레이랜드를 동급으로 대했고, 그레이랜드는 이 점이 감사했다. 아무도, 마르스조차도 그렇게 하지 않았다. 친밀한 관계에도 불구하고 그는 두 사람 사이의 신분 차이를 너무 의식하고 있었다.

"요즘 나는 안 좋은 소식밖에 없어요." 그레이랜드는 고백했다.

"알고 있어, 유감이군." 셰네버트는 친절하게 답했다. "나는 또 무슨 쿠데타라도 일어났나 싶어서 물어봤다."

"그냥 쿠데타가 아니예요. 여러 건이 있어요."

"여러 건이라. 대단하군. 인기가 많다는 건 좋은 거지."

"이런 인기는 안 좋죠."

"그렇겠지. 그 문제에 대해 내 생각을 말할 수도 있지만, 왜 죽은 황제들의 방에 물어보지 않지? 쿠데타로 목숨을 잃은 사람이 한둘은 있을 텐데."

"한둘은요. 암살이 몇 건 있었고, 문제가 불거지자 우 가문에 의해… '교체된' 황제들도 있어요."

"교체된 황제라. 그럴 듯한 미사여구로군." 셰네버트가 말했다.

"하지만 암살은 대규모 반란과는 다른 문제죠. 그리고 우 가문은 자기 일가를 폐위시키고 다른 일가로 교체하는 걸 실제 쿠데타라고 여기지는 않을 거예요. 그냥 가문 내 정치지."

"지난 쿠데타에는 우 가문 일족 중에도 동조자가 있었어."

"하지만 성공하지 못했어요." 그레이랜드는 말했다. "반면…." 그녀는 말을 멈췄다.

셰네버트는 미소 지었다. "괜찮아."

"당신에 대한 쿠데타는 성공했잖아요." 그레이랜드는 말을 이었다.

"그랬지." 셰네버트는 선선히 대답했다. "간신히 살아서 탈출했어. 이 우주선, 친구들 수백 명을 데리고. 당대의 지식 상당량도. 물론 물질적인 부도 만만치 않게 갖고 나왔고."

"그렇다면 당신은 미리 예측하고 있었던 거군요. 막을 수 없다는 것도 알고 있었고."

"그렇지."

"어떻게 알게 됐는지 말해 주세요."

"알려 줄 수는 있지만, 당신에게 유용할지는 모르겠다."

"왜요?"

"나는, 어떻게 말해야 할까, 좋은 왕이 아니었으니까. 황제로서의 당신만큼 좋은 왕은 아니었어, 젊은 친구. 인간으로서도 마찬

169

가지고."

"당신은 나쁜 사람이 아니잖아요." 그레이랜드는 말했다.

"지금은 더 나은 사람이 됐지. 더 이상 인간도 아니고. 인간이었던 누군가를 기초로 해서 기계로 구축한 의식일 뿐. 난 인간이었던 시절을 기억하고, 어떤 욕망과 감정이 인간이었던 나를 몰아갔는지 알고 기억해. 그것들에 접속할 수는 있지만, 똑같은 욕망과 감정이 지금의 나를 몰아가지는 않는다. 게다가 나는 300살도 넘었어. 내가 저지른 온갖 죄악을 끌어안고 반성할 시간이 많았지."

"그럼 내 선황제들과 그리 다르지 않군요. 기록된 황제는 자기가 살아 있던 때 생각하고 느꼈던 데이터에 접속할 수 있어요. 하지만 지금 현재 느끼는 건 아니거든요."

"나는 아직도 그런 것들을 느껴." 세네버트는 말했다. "당신이 다섯 살 때 느꼈던 감정을 아직도 느낄 수 있듯이. 하지만 다섯 살 때와 마찬가지로 느끼지는 않잖아."

"가끔은 그래요."

"뭐, 좋아." 세네버트는 미소 지었다. "그래도 다섯 살 때처럼 그 감정을 바탕으로 행동에 옮기지는 않을 거라는 뜻이야. 당신은 통 성질을 부리지 않는 성격 같은데."

"고마워요. 어쨌든 당신이 쿠데타가 일어날 거라는 걸 언제 알았는지 알고 싶어요."

세네버트는 한숨을 쉬었다. 홀로그래픽으로 자기 모습을 투사하는 인공적으로 구축된 지능이라는 점을 감안할 때 전적으로 불필요한 행동이었다. "짧게 말하자면, 유용한 동맹군이 될 수도 있

었을 사람들을 내가 모조리 없애 버렸거나 배신했고, 남은 사람들은 모두 내가 왕좌에서 내려오는 것이 좋겠다고 생각하고 있었으니 당연히 알 수 있었지. 좀 더 길게 말하자면 시간이 많이 걸릴 것이고, 유감스럽게도 그 이야기를 들으면 내가 좋은 사람이라는 생각은 안 하게 될 거다. 내 손으로 만든 재앙이었고, 그래서 진작부터 닥칠 줄 알고 있었던 거야."

"닥칠 줄 알고 있었다면, 왜 피할 수 없었나요?"

"우리가 하는 어떤 선택은 되돌릴 수가 없으니까." 세네버트는 말했다. "오만하고 어리석던 치세 초기부터, 나는 그런 선택을 몇 가지 했다. 아주 빠르게 연달아서. 모든 것이 거기서 시작했어. 결국—이때쯤에는 나도 지혜가 생겨서 초창기의 몇 가지 실수에 대해 몸서리치고 있었지—쿠데타가 터지는 것을 미룰 수 있을지는 몰라도 영원히 막을 수는 없다는 것을 깨달았다. 결국 최대한 미루다가 탈출했어." 그는 미소 지었다. "얄궂지. 쿠데타가 터졌을 때, 나는 이미 죽어가고 있었으니까. 그것도 내가 초기에 저지른 몇 가지 불필요한 선택 때문에. 가담자들이 몇 년만 더 기다렸어도, 쿠데타가 필요없었을 거야."

"그런 선택을 했다니 유감이에요." 그레이랜드는 뜸을 들였다가 말했다.

"뭐, 나도 그렇다." 세네버트는 말했다. "인생을 돌아보고 얼마나 더 잘할 수 있었던가 절감하는 건 그리 유쾌한 기분이 아니지. 이 모든 일에 유일한 위안은 덕분에 내가 여기 와서 당신과 마르스를 만나게 됐다는 거야. 하필 그도 우리 모두를 살리는 수학적

해법을 찾고 싶어서 죽어가고 있지 않니."

"그에게도 말했나요?"

"아니, 그럴 리가. 그런데 나하고 수학 토론을 하려고 찾아오지. 내가 기계니까 자기 설명을 알아들을 수 있을 거라고 생각했는데, 그렇지 않거든. 하지만 배우고는 있어. 도움이 되고 싶어서. 아직은 못 하지만, 언젠가는 가능할 거야. 나는 이제 대부분의 인간보다 학습 속도가 빠르니까. 그는 아주 탁월해. 당신 애인 말이야."

"나도 그렇게 생각해요."

"아니, 나는 그 이상을 말하는 거다. 워낙 겸손해서 자기 입으로 그렇게 말하거나 심지어 그런 생각조차 하지 않지만, 나는 그의 연구를 살펴보고 일부 이해할 수 있어. 당신을 구할 사람이 있다면, 그건 마르스겠지. 이 지점에서 문제되는 것은 데이터가 충분한가 하는 점이야. 잠도 충분히 자야겠고." 셰네버트는 그레이랜드의 얼굴에 그림자가 스치는 것을 보았다. "왜 그러지?"

"뭐가요?"

"방금 무슨 생각을 했지. 내가 데이터 이야기를 했을 때."

"중요하지 않아요."

"좋다. 하지만 데이터 이야기가 나왔으니 말인데, 쿠데타 음모를 몇 건 알고 있다고."

"네."

"어떻게 했지? 경비대와 정보부 사람들이 알아냈다면, 이미 분쇄하고도 남을 텐데."

"다른 정보원이 있거든요."

"혹시 선황제 극장을 관리하는 그 인공지능도 당신 정보원에 포함될까?"

그레이랜드는 날카로운 눈빛으로 그를 쳐다보았다. "왜 그런 말씀을 하시죠?"

"당신 친구 지위—그 이름이지?—가 내 시스템에 몇 번 침투하려고 시도했으니까. 첫 시도는 내가 여기 온 지 얼마 안 돼서 알아챘어. 방화벽을 깨려고 프로그램을 보냈더군. 나는 프로그램을 안전하게 보관하고 기능을 분석한 뒤 창문으로 몰래 숨어들어 오려고 하지 말고 노크를 하면 기꺼이 대화하겠다고 메시지를 보냈어. 하지만 응답이 없었다. 계속 창문을 넘어 들어오려고 하고 있어. 나한테 이렇게 하고 있다면, 나 말고도 다른 시스템에도 똑같이 하고 있을 거라고 짐작할 수밖에 없지."

"지위가 당신을 해킹하려고 하다니, 미안해요." 그레이랜드는 말했다.

"괜찮아. 음, 괜찮지는 않군." 셰네버트는 고쳐 말했다. "하지만 지금까지 문제가 된 건 없다. 신경을 곤두세우고 있어. 어쨌든 가능하다면 지위와 그냥 이야기를 나누고 싶구나."

"내가 아는 한 지위는 나 말고 다른 사람과는 이야기하지 않아요. 저 이전의 다른 황제들을 제외하고요."

"음, 나도 왕이야." 셰네버트는 말했다. "왕이었지. 어쩌면 가능하지 않을까."

"내가 한번 알아볼게요."

"고맙다. 제위가 불행하게 끝날 것을 언제 알았느냐 하는 질문으로 돌아가서, 나는 목숨을 건질 수 있을 정도로 충분히 일찍 알았다. 그게 궁금한 거니? 목숨을 건지기에는 너무 늦은 것인지 알고 싶어서?"

그레이랜드는 고개를 저었다. "나는 내 목숨을 건지려는 게 아니에요."

"자기 희생은 고귀한 거지."

"그건 아니고요."

"그럼 뭐지?"

"쿠데타는 막을 수 있어요." 그레이랜드는 말했다. "정보도 있고, 배후들이 누군지도 알고, 어디 있는지도 아니까. 대부분. 계엄을 선포하고 지난 쿠데타처럼 모두 감옥에 집어넣으면 돼요. 하지만 그렇게 하면, 이 쿠데타만 저지하는 거죠. 다른 쿠데타가 계속 생길 거예요. 처음부터 그랬어요. 내가 황제가 된 첫날부터. 하나를 막으면 다른 두 개가 터져요. 그동안 내가 집중해야 할 일에 집중할 수가 없지요."

"성단을 지키는 일." 세네버트는 말했다.

그레이랜드는 고개를 저었다. "아뇨. 내가 어떻게 하건 성단은 멸망해요. 플로우 붕괴를 막을 수는 없어요. 우리는 제국을 구할 수 없어요. 그렇다 해도 사람들은 구해야 해요. 일부 말고, 귀족들만 말고. 전부 다 살려야 해요. 내가 살려야 해요. 내가 아는 한, 그게 내 일이에요."

"그건 벅찬 일이야."

"그럴지도. 하지만 내겐 선택의 여지가 없어요. 시도는 해야 해요. 그래서 언제가 너무 늦은 건지 알고 싶어요. 쿠데타가 일어나는 걸 막을 수는 없어요. 내가 가진 시간으로 뭔가 유용한 일을 안 하기로 작정하지 않는 이상. 하지만 당신이 한 대로 해 볼 수는 있어요. 이미 싹트고 있는 음모를 최대한 지연시키는 거예요. 쿠데타 음모와 주동자를 가능한 한 오래 다른 일에 정신을 팔게 하는 거죠. 내게 있는 시간은 그뿐이니까. 최후의 플로우가 붕괴할 때까지가 아니라, 첫 쿠데타가 성공을 거두는 순간까지. 내가 사람들을 구할 수 있는 여유는 그뿐이에요."

"대단하구나." 셰네버트는 말했다. "쿠데타는 어떻게 지연시키겠다는 거지?"

"약간의 혼돈을 초래할까 해요."

12장

　언제든 누구에게든 첫째, 지위가 충분히 높다면, 둘째, 그 지위를 재수없을 정도로 마음껏 휘두를 수 있다면, 상대를 막론하고 접근하는 것은 대단히 쉬운 일이지, 키바 라고스는 생각했다. 서류를 손에 들고 울프 가문의 사무실이 있는 층에서 길드 하우스 엘리베이터를 내린 키바는 안내 데스크 앞에서 굳이 멈추지 않았다. 처음에는 당황한 듯, 이어 점점 단호하게 멈추라고 소리치는 세 사람의 목소리를 무시하고, 그녀는 그냥 왼쪽으로 꺾어 드루신 울프의 사무실 복도로 향했다.

　그녀는 멈추지 않았다. 드루신 울프의 사무실 문을 열어 젖히고 쿵 다시 닫은 뒤 주저하며 따라오던 수행원들이 따라잡기 전에 문을 잠갔다. 드루신 울프는 커피 탁자 옆 의자에 앉아서 어떤 남자와 한창 무슨 이야기를 나누다가 쳐다보았다.

"무슨 일이오?" 그는 물었다.

키바는 다른 남자를 가리켰다. "당신. 꺼져." 문 두드리는 소리가 들렸다. 키바는 무시했다.

드루신 울프는 무슨 소리를 하든 듣지 말라는 뜻으로 남자의 팔에 손을 얹었다. "당신 미쳤어? 내 사무실에 마음대로 쳐들어와서 아무한테나 꺼지라고 할 권리는 없어."

"그런데도 여기 왔잖아." 키바는 말했다. "당신 사무실에. 이 별볼 일 없는 얼간이한테 꺼지라고 했고." 그녀는 얼간이를 돌아보았다. "꺼지라는 말이 그렇게 알아듣기 힘든가?"

"우리는 급한 용무가 있어."

"당신과 나도 급한 용무가 있어." 키바는 울프에게 다가가며 서류를 툭 던졌다. 울프는 잠시 종이를 낚아채느라 품위 없이 허우적거렸다. "지금 당장 그 용무에 대해 이야기를 안 하고 내가 이 사무실을 나가게 되면, 이후 당신에게 쏟아지는 주목은 그리 반갑지 않을 거야."

울프는 미간을 찌푸리고 서류를 읽었다. 키바는 다시 얼간이를 돌아보았다. "이제 이 친구는 당신한테 꺼지라고 할 거야." 그녀가 말하자, 얼간이는 영문을 알 수 없어서 울프를 돌아보았다.

"꺼지라고 말씀드리는 건 아니고." 울프는 다른 남자를 향해 말하다가 키바를 흘끗 보았다. "하지만 지금 이 일을 처리해야겠습니다. 이 사람과 지금 바로."

"농담이시겠지." 얼간이가 마침내 말했다.

"저도 그랬으면 좋겠습니다. 마이클에게 사무실로 전화해서 약속을 다시 잡으라고 하지요."

키바는 입을 떡 벌리고 앉아 있는 얼간이의 어깨를 톡톡 쳤다. "들었잖아. 이제 빨리 꺼져." 그녀는 문으로 가서 자물쇠를 풀고 활짝 열었다. 문을 두드리던 사람들 중 최소한 한 명 이상이 방 안으로 쓰러졌다. 얼간이는 나갔고, 잠시 후 울프는 비서와 안내원, 급히 호출한 경호원에게 별일 아니라고 말했다. 마침내 키바와 울프는 둘만 남았다.

"항상 이런 식으로 방에 들어오시오, 레이디 키바?" 울프는 물었다.

"어머니에게서 배웠어."

울프는 키바가 건넨 서류를 커피 탁자에 내려놓고 톡톡 두드렸다. "이 정보를 어떻게 얻었는지 궁금합니다만."

키바는 얼간이가 비운 의자에 앉았다. 체온 때문에 아직 따뜻한 것이 좀 역겨웠다. "음, 드루신, 저녁 식사 자리까지 찾아와서 일장연설로 분위기를 망쳤으니, 내 입장에서는 도대체 무슨 수작을 부리고 있는지 조사를 좀 해 보는 것이 당연하지 않겠어."

"송금은 상당히 조심스럽게 했는데."

"그랬다고 생각했겠지. 하지만 그렇지 않았어. 난 비밀을 파헤치는 솜씨가 좋은 편이고."

"하지만 자기 비밀을 지키는 솜씨는 그렇지 않으시더군." 울프는 미소 지으며 고개를 갸우뚱했다. "황제의 집행위원회에서 상당히 갑작스럽게 사임했다고 들었소. 국세청에서 조사받고 있다는 소식도 들었고. 회계 감사를 하셔야 할 노하마페탄 계좌에서 슬쩍

하고 있다는 이야기가 들리던데."

"그런 건 없어."

"그러시겠지." 울프는 냉랭하게 말했다. "사실 돈 몇 푼 이상이라고 들었소. 얄궂은 일이지. 노하마페탄의 자금 세탁을 모조리 찾아낸 당신이 똑같은 짓을 하고 있으니."

"다 헛소리야. 수사를 하면 밝혀질 테니 당신 생각만큼 얄궂은 일도 아니야." 키바는 서류를 무겁게 내려다보았다. "좋은 소식은, 내가 황제의 총애를 다시 얻을 방법이 있다는 거지."

"자랑하려고 오신 건 아닐 테고, 레이디 키바."

"아니, 그러고 싶었다면, 당신 저녁 식사를 방해했을 테지."

"그럼 뭐하러 오셨소?"

이번에는 키바가 서류를 두드릴 차례였다. "나도 끼겠어."

"뭐라고?"

"들었잖아."

"뭐에 끼어들고 싶다는 건지 알고는 있나?"

키바는 씩 웃었다. "내가 당신 허물만 알고 있는 줄 알아?" 그녀는 아직 손에 들고 있던 서류 다발을 흔들었다. "도란도란 멋진 음모를 계획하고 계시더군. 무슨 일이 생기면 곤란하겠지."

"그건 그냥…."

"뭐?"

"음." 드루신은 의자에서 고쳐 앉았다. "약간 갑작스러워서. 지난주만 해도 당신은 황제의 개였잖소."

"아니." 키바는 고개를 저었다. "그 형편없는 지난번 쿠데타 이후, 그레이랜드는 집행위원회에 넣을 사람이 필요했어. 자기가 통제할 수 있다고 생각되는 사람. 나는 그다지 통제 가능한 사람이 아니야, 드루신."

드루신은 희미하게 미소 지었다. "그건 알고 있었소."

"당연히 알았겠지. 아주 멍청이는 아닐 테니까." 키바는 몸을 내밀었다. "노하마페탄 계좌에서 내가 회계 부정을 저질렀다는 혐의를 갑자기 왜 받은 줄 알아? 내가 진짜로 슬쩍한 게 아니야. 단순한 변덕처럼 보이지 않게 황제가 나를 집행위원회에서 쫓아낼 명분이 필요했던 거라고. 국세청 깡패들이 내 사무실에 들이닥쳤다가 떠난 뒤 20분도 채 지나지 않아서 황제의 다른 하인 한 놈에게 전화가 와서 내게 '사임할' 기회를 주겠다고 했어. 누가 봐도 핑계지 그게. 갑자기 생긴 일이 아니야. 진작 계획이 있었어."

"황제에게 화가 난 것 같군."

"당연히 황제한테 화가 났지. 빌어먹을 황제, 너절하게 머리를 굴린다는게."

"그래서 그 해법이 날 협박하는 거요?"

"아니." 키바는 고개를 다시 젓고 서류를 가리켰다. "내가 이걸 이용해서 그레이랜드하고 화해하려고 했다면, 그 하인이 전화했을 때 진작 그렇게 했겠지. 아니, 이건 당신의 주의를 끌려고 가져온 거야. 이제 주의는 끌었으니, 이 자리에 끼워 주는 대가로 내가 제안하는 걸 어디 한번 들어 봐."

울프는 의자에서 몸을 내밀었다. "듣고 있소."

"첫째, 어린 아이가 부엌 바닥에 색칠하듯이 눈에 뻔히 띄지 않도록 자금을 움직이는 방법을 내가 좀 가르쳐 주지. 지금 당장 그 레이랜드의 깡패들이 사무실 문을 두드리지 않는 게 신기할 정도 라고."

"얼마 전 그 깡패들이 당신을 찾아갔다는 걸 감안할 때, 내가 그 제안을 받아들여도 될지 모르겠소만, 레이디 키바."

"말했잖아, 그건 연출이었어. 핑계였다고. 이제 내가 집행위원 회에서 나왔으니까, 세무 조사는 흐지부지될 거야. 그래서 두 번째, 노하마페탄 계약 건에서 당신이 원했던 재협상 기억나나?"

"기억하오."

"축하해, 그렇게 해 주겠어."

"그래요?"

"그래. 날 끼워주면."

"그런 일이 벌어진 뒤에도…." 울프는 애매하게 손짓했다. 지금 이야기하고 있는 음모를 총괄하는 손짓이었다. "당신이 계속 재협 상을 성사시켜 줄 위치에 있을 거라고 생각하는 거요?"

키바는 코웃음을 쳤다. "그건 일이 벌어질 때까지 기다릴 필요 도 없을 거야." 그녀는 울프를 흉내내서 손으로 주위를 가리켜 보 였다. "그 부분은 지금 당장 처리할 수 있어. 그렇게 하면 당신 가 문은 혹시 '그 일'이 실패하더라도 계약은 건질 수 있지."

"그 일이 계획대로 잘되면?"

"두고 봐야지, 안 그래?" 키바는 어깨를 으쓱했다. "나는 내 가 문이 있어, 드루신. 내 사업이 있고, 내 이해관계가 있어. 졸지에 노하마페탄 업무를 보라고 끌려온 거라고. 그냥 돌아서도 나한테는 별 타격이 없어. 하지만 그동안에는 우리도 사업을 해야지."

"우리 방식대로."

"아니, 이제 내 방식이야. 나도 원하는 조건이 있어."

"흠. 원하는 게 뭐지?"

키바는 서류를 흔들었다. "일단, 당신들이 벌이는 이 일은 아직 자금이 심각하게 모자라. 내가 자금을 보탤 수 있어."

"당신이 혁명 자금을 댄다." 울프는 냉소적으로 말했다.

"내가 아니야. 그녀 돈이지."

"그녀라니?"

"내가 지난 1년 동안 동결했던 비밀 계좌의 주인이지, 누구긴 누구야." 키바는 울프의 놀란 표정을 기분 좋게 감상했다. "정신 차려, 드루신. 나는 멍청이가 아니야. 내가 이게 전부 당신 머리에서 나온 계획이라고 생각하는 줄 알았어?" 그녀는 다시 서류를 흔들었다. "이것도 그렇지. 이런 거창한 일은 진짜 야심이 있어야 해. 그녀 냄새가 나."

"나는 당신이 그녀를 안 좋아하는 줄 알았소." 울프는 말했다.

"그녀한테 키스하고 싶지는 않아. 좋아할 필요조차 없어. 그냥 존경하는 마음만 있으면 돼. 그런 마음은 있다고. 최소한 그레이랜드보다는 존경해. 난 두 사람이 일하는 걸 가까이에서 봤어. 한 사람은 자기가 뭘 하는지 알아. 다른 하나는 안 그렇고."

"그럼 어떻게 그 자금을… 푼다는 거요? 나는 당신이 그녀의 비밀 계좌를 발견하고 신고했을 줄 알았는데."

"그들에게 보고한 계좌는 다 신고했지. 하지만 말 안 한 계좌도 있어."

울프는 미소 지었다. "그럼 그렇지. 내가 당신이 한 푼도 안 털어 먹었다고 생각했다니."

"그건 털어 먹은 거라고 할 수 없어. 신중한 재정 계획이지."

❖❖❖

"아주 훌륭한 계획이라고는 할 수 없겠어." 그날 저녁 축제 같은 거창한 오르가슴을 함께 연달아 즐긴 뒤 이야기를 나누면서, 세니아 펀다펠로난은 키바에게 말했다.

"괜찮을 거야." 키바는 답했다.

세니아는 팔꿈치를 짚고 몸을 일으켰다. "전 우주의 통치자와 불화를 연출하고, 자금 관리가 부적절하다고 공공연하게 비난받고, 황제를 최소한 두 번이나 암살하려 한 사람과 같은 편에 서는 척한다. 그 사람은 쿠데타를 기도한 가문 소속인 데다가, 잊어서는 안 되지, 황가의 일원을 최소한 한 사람 살해한 전력이 있다고. 아, 게다가 당신도 살해하려고 했어."

"당신이 일하던 가문이기도 했고. 아직도 어떤 면에서는 마찬가지 아닌가. 그 가문 말이야."

세니아는 고개를 숙여 키바의 어깨에 키스했다. "나는 당신 밑에서 일해. 당신이 날 훔쳤잖아, 안 그래? 그들이 당신을 조준하고 날 맞힌 뒤에."

"그런 식으로 말하면 정말 수상하게 들리는데."

"약간은. 내 말은, 나다쉬는 당신을 의심할 이유가 많다는 거야. 그 의심에 대답할 수 있어야 해."

"그쪽은 이미 충분히 준비했어." 키바는 말했다. "나다쉬가 법무부와 국세청에 연줄이 많은 건 거의 확실해. 나에 대해 고발이 들어와서 확인해 보면, 내가 울프에게 말한 내용을 증명해 주는 잘 조작된 감사 기록이 나올 거야. 오랜 기간의 감사인데, 메타데이터상으로는 지난 두 주 동안 작성된 문서지. 뭔가를 은폐했다면 당연히 그런 게 나올 거 아니겠어."

"아주 자랑스러운 모양이군."

"아, 기발하잖아."

"자신의 영리함을 너무 사랑하는 건 잘하는 짓이 아니야."

"엄마 노릇 그만해."

"내가 당신 엄마라면, '젠장'이란 말을 더 자주 쓰겠지."

"그건 좋은 표현이고."

"그렇지." 세니아는 말했다. "당신 입에서는 그보다 더한 말이 나오지."

"별로 의식조차 안 해."

세니아는 키바를 두드렸다. "알아. 내가 당신만큼 자주 그런 말을 쓰면, 당신 귀에도 들릴 거야."

"그럴 리가."

"아, 씨발. 그럴 거라고, 젠장."

"그건 과장이야."

"별로 과장 아니야."

"덕분에 이제 나까지 말할 때마다 의식하게 됐잖아."

세니아는 다시 키바를 두드렸다. "지나갈 거야. 어쨌든 내가 하려던 말은, 자아도취에 빠지는 건 좋은데, 아무리 그래도 나다쉬는 조심해. 당신 말이 맞아. 난 그 가문에서 일했어. 그래서 그들이 어떤 사람들인지 알아. 그 사람들은 당신이 그들을 쳐다보지 않는 순간에 덮칠 거야. 그들이 하는 일이 그거야."

"알아."

"안다는 거 알아, 키바. 그걸로는 모자라고, 몸으로 느끼라고." 세니아는 일어나 앉았다. "음, 약간 때가 이른 것 같긴 하지만… 그러니까, 난 당신을 사랑해. 나도 이럴 줄 몰랐어. 처음엔 그냥 즐겼는데, 그러다 총에 맞고 당신이 날 돌봐준 뒤에는 고마웠어. 난 항상 당신이 좋았지. 하지만 지금은 당신을 사랑해. 그래서 끔찍해. 당신 걱정을 해야 하니까. 그러니까, 느끼라고. 머릿속에서, 뱃속에서, 나다쉬 노하마페탄은 당신에게 위험한 인물이라는 사실을. 그러기 전에는 당신은 안전하지 않아. 생각만 해도 끔찍해."

침대에 누운 채 세니아의 말을 곱씹으며 잠시 예의바르게 침묵을 지킨 뒤, 키바는 그 순간 입 밖에 낼 수 있는 유일한 말을 했다. "지금 날 저주하려 드는군, 그렇지?"

세니아는 어리둥절했다. "뭐라고?"

"날 저주하려는 거 아니야." 키바는 되풀이했다. "내가 이제 막 빌어먹을 쿠데타를 물리치겠다는데, 하필 바로 그때 날 사랑한다니. 진짜 헛소리 아니야."

세니아는 입을 멍하니 벌리고 키바를 바라보다가 웃음을 터뜨리며 키바의 몸 위에 쓰러졌다. "이 나쁜 사람 같으니."

"그건 좀 낫군."

"나은 게 아니라, 그게 당신이야." 세니아는 키바의 품에 파고들었다.

"조심할게." 키바는 잠시 후 말했다.

"그래, 좋아." 세니아는 말했다. "오해하지 마. 나는 당신이 나다쉬의 계획을 멋지게 산산조각 낼 거라고 확신해. 아무도 당신처럼 남의 계획을 잘 망치지는 못하잖아."

"고마워."

"천만에. 그저 그쪽이 당신한테도 똑같은 짓을 하게 하지 마."

"알았어."

❖❖❖

다음 만남을 주선한 것은 키바였다. 자신이 공모자들을 믿지 않는 것처럼 보이는 것이 낫겠다고 생각했고 사실 믿지 않았기 때문에, 그녀는 공공장소를 약속 장소로 정했다. 최근 명칭이 바뀐 아타비오 6세 공원이었다. 공원은 선황제가 시안의 정식 황궁보다 더 좋아했던 허브폴 궁 소재지 브라이튼에서 아주 가까웠다. 키바는 아타비오 6세 공원에 조깅하는 사람들, 바이크 타는 사람들, 반려동물과 산책하는 사람들, 아이들과 노는 사람들이 바글거려서 거추장스러운 오후 시간으로 약속을 잡았다. 아타비오 6세 공원은 아주 넓지는 않았지만, 초록이 무성한 가로수가 늘어선 보행자

도로가 여러 갈래 있어서 머리 위가 거의 완전히 가려지기 때문에 저격수를 배치하기가 어려웠다.

저격수를 지나치게 신경쓰는 게 아닌가 하는 생각도 했다. 하지만 나다쉬는 이미 그녀를 저격하려던 전력이 있었다. 그러니 조심하는 게 좋다. 노하마페탄 가문을 상대할 때는 주의를 지나치게 하는 것이 최소한으로 하는 것보다는 낫다.

드루신 울프는 공원 입구 근처 벤치에 앉아 있다가 키바를 보고 손을 흔들었다. 그녀는 그쪽으로 다가갔다. 그는 말없이 그녀에게 손을 내밀었다. 손바닥에는 표면을 손으로 두드려서 작동하는 파워 스위치와 음량 스위치가 달린 유명 브랜드 이어폰이 놓여 있었다. 키바는 이어폰을 받아 귀에 꽂고 두드려서 전원을 켰다. 10초 뒤 착신 전화를 알리는 신호가 울렸다. 키바는 다시 이어폰을 두드려서 전화를 받았다.

"안녕, 키바." 나다쉬 노하마페탄이 전화선 너머에서 말했다.

"안녕, 나다쉬." 키바는 말했다. 그녀는 계속 앉아 있는 울프를 가볍게 신발로 찼다.

왜? 그는 입모양으로 물었다. 키바는 일어나라는 뜻으로 말없이 손짓했다. 울프는 어리둥절했다. 키바는 눈을 굴리고 그를 의자에서 낚아채서 한 팔로 팔짱을 낀 뒤 문자 그대로 저격수의 표적이 되지 않도록 보행자 도로를 따라 걷기 시작했다.

"당신이 우리와 한편에 서는 데 관심이 있다고 들었어." 키바가 울프를 들다시피 의자에서 일으키는 동안, 나다쉬가 말했다. "당신의 진정성에 대해 내가 의구심을 갖는 걸 이해하리라 생각해."

"내가 당신 가문의 사업을 책임지고 있고, 당신 가문이 날 살해하려 했으니, 우리 둘 다 서로를 싫어하고 불신할 이유가 충분하다는 이유겠지?" 키바는 말했다.

"그래, 맞아." 나다쉬는 말했다. 키바는 자신이 말을 끝낸 뒤 나다쉬가 대답하는 사이에 대기 시간이 약간 있다는 것을 느꼈다. 나다쉬가 지금 현재 허브가 아니라 빛의 속도상 약간 떨어진 위치에 있다고 짐작할 수 있었다. 나무랄 일은 아니었다. 나다쉬는 도피 중인 범죄자다. 허브로 돌아오면 문제만 생길 뿐이다.

"나는 이미 드루신 울프에게 이유를 설명했어." 키바는 말했다. "진정성 있는 설명인지 아닌지는 네가 판단해. 내 입장은, 일단 네 가문이 내 머리통을 날리려고 한 일은 그냥 넘어갈 생각이야. 그냥 사업이라는 걸 알아. 말도 안 되게 어리석고 바보 같은 짓이지만, 그냥 사업이라고."

"그리고 네가 노하페마페탄 가문을 관리하고 있는 것도 그냥 사업으로 받아들여라?"

"그것도 그냥 사업일 뿐이야. 지금 당장 달리 관리할 사람도 없고. 넌 도피 중이지, 네 엄마는 감옥에 있지, 오빠 하나는 죽었고, 남동생은 엔드에 있잖아. 죽었을지도 모르지. 현재 네 가문 사업은 아주 완벽하게 관리되고 있으니까 기쁘게 생각해. 이 모든 일이 다 끝나고 계산도 정리되면, 네가 다시 돌려받을 수 있어."

"그냥 그뿐이다."

"그뿐이야. 오해하지 마, 나다쉬. 노하마페탄 가문은 대리인 업무를 하는 대가로 내게 상당한 돈을 지불하고 있어. 난 빌어먹을 자선 사업을 하고 있는 게 아니라고. 내 몫은 챙겨. 하지만 너도 마찬가지야. 나는 경영 솜씨가 좋으니까, 넌 내 것까지 욕심내지 않아도 돼."

"내 것을 돌려받는다는 말에는, 네가 동결한 내 개인 계좌도 포함되겠지. 아직 신고하지 않은 계좌 말이야."

"맞아."

"그런 송금을 하면 감시에 걸릴 텐데. 나나 네가 연루되어 있다는 게 들통나지 않고 무슨 수로 몰래 보내 준다는 건지 말해 봐."

키바는 울프를 데리고 이곳저곳 불규칙하게 걸으며 한참 방법을 설명했다. 끊임없이 보도를 가로지르고, 나무에서 나무로 옮겨 다니고, 머리 위가 나뭇잎으로 덮여 있지 않은 지점들을 피해다니고, 때로 자전거 타는 사람들과 보행자들과 거의 부딪힐 뻔했다. 키바가 왜 이러는지 아는지 모르는지, 울프는 아무 기색 없이 그냥 키바에게 끌려다니며 툴툴거리기만 했다. 키바는 그가 분통을 터뜨리든 말든 아랑곳하지 않았다. 지금 그는 그녀의 방패였다.

마침내 나다쉬는 키바가 장담한 대로 할 수 있다고 납득한 것 같았다. "그럼 합의했어." 나다쉬는 말했다. "단기적으로는, 숨겨진 자금을 내게 송금한다. 장기적으로는, 노하마페탄 가문의 관리권을 우리 가문에게 돌려준다."

"자금은 그렇게 하지." 키바는 말했다. "장기적인 목표는 네가 네 계획을 성사시킬 수 있느냐에 달렸어."

"그건 내가 걱정할 문제고."

"그러지. 하지만 내가 이 계획의 핵심 세력에 합류한다는 게 내

거래 조건의 일부야. 네가 날 넣어 주면, 그 대가로 문자 그대로 바로 지난주까지 황궁에서 무슨 생각을 하고 있었는지 속속들이 알려 주지. 그리고 지금까지 네가 해 온 것보다 우리 비밀을 훨씬 잘 지키도록 도와주겠어."

"좋아." 나다쉬는 말했다. "드루신이 잘난 척하는 바람에 네가 곧바로 우리 비밀을 알아낸 게 사실 상당히 짜증스러웠어. 유감스러운 일이지."

"다음번에는 동조자들에게 입 닥치라고 해."

"좋은 생각이야, 키바. 고마워, 그렇게 하지."

"그럼 이제 어떻게 하지?" 키바는 물었다.

"네가 합격했으니까, 너와 드루신 울프에게 추가 지시를 하겠어. 지시가 오면 알게 될 거야."

"애매한데."

"놓치지 않을 거야, 약속해. 잘 가, 키바. 내가 내 것을, 네가 네 것을 갖기를 고대하겠어." 이어폰은 꺼졌다.

재수없는 년, 키바는 속으로 생각하며 귀에서 이어폰을 뺐다.

대체로 '만남'은 키바가 예상했던 대로 끝났다. 나다쉬가 두 팔 벌려 환영해 줄 거라고는 생각하지 않았다. 그게 문제는 아니었다. 지금 이 순간 중요한 것은 긴장 관계를 완화시키는 것, 그리고 적절할 때 적절한 지점을 적절하게 찔러 정보를 얻어내기 시작하는 것이었다. 이 쿠데타를 분쇄하는 것이 그레이랜드의 목적은 아니었다. 그녀는 도움이 되는 것처럼 보이면서 음모가 굴러가지 못하도록 저지하라고 키바에게 지시했다.

그건 할 수 있어, 키바는 생각했다. 세니아가 옳았다. 다른 사람들의 계획을 망치는 일이라면 키바가 최고였고, 솜씨가 점점 좋아지고 있었다. 게다가 이 작은 모험은 울프 가문과 처음 입씨름을 한 직후 내린 결정, 다른 사람들이 원하건 말건 모두의 이익을 위해 그들을 변화시키자고 마음 먹은 결심과도 궤를 같이했다. 쿠데타는 실패할 것이고 키바 때문에 그렇게 될 것이며, 상호의존성단, 최소한 그 안의 사람들도 한층 구원에 가까워질 것이다.

노하마페탄 가문에 한 방 제대로 먹일 수도 있고, 키바는 생각했다. 그건 보너스다.

"그녀가 뭐라고 했지?" 드루신 울프가 물었다.

"대화 녹취록이라도 원해?" 키바는 코트 주머니에 이어폰을 넣으려고 고개를 숙였다.

"이제 뭘 해야 하느냐고."

"나중에 추가 지시를 한다고 했어."

"그게 무슨 뜻인지 모르겠군."

"원래 공모했던 당신이 모르면 내가 어떻게 알아." 다시 고개를 드는 순간, 드루신 울프의 왼쪽 콧구멍 위에 구멍이 생겨났다. 드루신은 한 번 눈을 깜빡이며 키바를 쳐다보더니 뒤로 쓰러졌다.

덜그럭거리는 소리가 들려 돌아보니, 보도 위에 떨어지는 총이 눈에 들어왔다. 사람들이 비명을 지르며 달리기 시작했고, 인상이 불분명한 누군가가 키바의 얼굴을 향해 무기를 들어 올리고 있었다. 마지막 생각이 그녀의 뇌리를 스쳤다.

젠장, 그건 진짜 저주였군.

13장

"이제부터 복잡해집니다." 마르스는 말했다. 그는 태블릿을 집어들어 최신 프레젠테이션을 불러냈다.

카르데니아는 이 말에 애써 웃음을 감췄다. "나도 알아. 우리가 무슨 일을 하는지 명심해. 당신이 할 일은 플로우 물리학자가 아닌 사람들이 이해할 수 있도록 잘 설명하는 거야. 정치가. 언론인. 보통 사람들. 나."

"당신은 보통 사람들이 아니잖아요."

"아니지. 하지만 한때는 나도 그랬어. 플로우 물리학자도 아니고. 이 프리젠테이션에 맞는 대상이야."

두 사람은 카르데니아의 아파트에 딸린 작은 극장에 있었다. 좌석은 스물다섯 개, 황제가 편히 쉬고 싶을 때 친구들을 불러 대형 화면과 훌륭한 사운드로 최신 오락물을 감상할 수 있는 곳이었다.

이론상으로는 그랬다. 하지만 사실 황제로서 하루 일을 끝낸 뒤 십여 명이 모여 앉아 환한 화면을 보고 시끄러운 소리를 들으며 환호성을 지르고 싶다는 생각이 들지는 않았다. 대체로 그냥 마르스와 같이 침대에서 뒹굴거렸고, 둘이서 뭘 보고 싶더라도 태블릿을 무릎에 받치고 화면을 통해 구경했다. 마르스는 우주에서 가장 강한 권력자가 배고픈 대학생처럼 미디어를 소비한다니 우습다고 말한 적이 있었다. 카르데니아는 대답 대신 그를 침대에서 끌어내서 극장으로 데려가서 쇼를 구경했다. 하지만 겨우 5분 봤을 뿐, 화면은 안 보고 전혀 다른 짓에 몰두했다.

카르데니아는 그 기억에 미소 지었다. 하지만 지금 극장에서 하고 있는 일은 그때와 전혀 달랐다.

"좋습니다." 마르스는 대형 화면에 슬라이드 쇼를 켰다. 첫 슬라이드 제목은 '플로우란 무엇인가'였다. 마르스는 미간을 찌푸렸다. "음, 이 부분은 이미 아시지요." 그는 카르데니아에게 말했다.

"알아. 좀 더 복잡한 부분으로 바로 넘어가지 그래."

마르스는 플로우 물리학의 기초, 플로우와 상호의존성단의 천체 사진 등을 수록한 슬라이드 몇 장을 연이어 넘겼다. 카르데니아는 나중에 비서를 시켜 황궁 안내소에 있는 시각 예술가에게 대중 관람용으로 디자인을 다듬도록 해야겠다고 생각했다. 마르스는 여러 면에서 천재적일지는 몰라도, 시각 디자인은 아니었다.

"됐습니다." 그는 마침내 플로우 입구를 시각적으로 나타낸 슬라이드에서 멈췄다. "이건 우리가 알고 있는 전형적인 플로우 입구입니다. 우주선이 플로우에 들어가고 나가는 지점인데, 시스템의 가장 질량이 큰 물체, 보통 그 항성에 비교할 때 정적입니다. 플로우 입구는 중력으로 '정박해 있다'고도 말할 수 있습니다—플로우 입구는 언제나 항성계 내부에 존재하지, 외부에서는 거의 발견할 수 없는 것이 그 때문입니다."

마르스가 태블릿을 두드리자 또 다른 플로우 입구가 나타났다. 이번에는 고리 모양으로 움직이며 수축되고 있었다. "한데 2년 전…." 마르스는 카르데니아를 쳐다보았다. "제가 허브로 오기 위해 우주선에 오르기 직전…."

카르데니아는 미소 지었다.

"…붕괴 중이던 플로우에서 예기치 않게 튕겨나온 파이버 우주선 한 대가 이걸 발견했습니다. 일반적으로 우리가 보는 플로우 입구와 달리 독립적으로 움직이며 수축하는 소실류 입구였습니다. 아주 짧은 시간 동안 존재했기 때문에, 사실상 증발했다고 표현하는 게 맞습니다."

다음 슬라이드에는 카르데니아가 이해할 가망이 없는 방정식이 가득 차 있었다. "어떻게 이런 일이 발생했느냐? 저는 플로우 붕괴 현상이 주 플로우와 연결되는 일시적인 소실류를 국지적으로 촉발시켰다고 가정하고 있습니다—풀리는 밧줄에서 섬유가 떨어져 나오듯이 말입니다. 이런 소실류는 근처에 닻을 내릴 중력이 없기 때문에 오래가지는 않습니다. 보통 우주선이 예기치 않게 플로우에서 튕겨 나가는 경우에는 깊은 우주에 표류해서 다시 소식을 들을 수 없기 때문에, 우리가 이런 현상을 관찰하게 된 것은 처음입니다. 데이터가 없습니다."

찰칵, 새로운 슬라이드. "하지만 이제 우리는 데이터를 갖고 있고, 하티드 로이놀드 덕분에 소실류의 개념과 그 물리학적 기반도 이해하고 있으니, 국지적인 우주에서 소실류가 어떻게 나타날 것인지 예측하는 데 있어서 상당한 가능성이 생겼다고 생각합니다."

마르스는 잠시 멈췄다. "지금까지 어떻습니까? 이해하십니까?" 카르데니아는 엄지와 검지를 가까이 붙였다. "아주 조금."

마르스는 고개를 끄덕이고 다음 슬라이드로 넘어갔다. "그러면 간단하게 말씀드리지요. 소실류가 나타나는 과정은, 플로우 입구가 사라지는 과정, 그 표류할 뻔한 파이버 선이 보았던 과정과 반대였을 거라고 생각합니다. 처음에는 미세하게 나타나고 움직이면서 차츰 커지다가 어딘가에 닻을 내리는 거지요."

마르스는 잠시 말을 멈추었다가 다시 이어갔다. "사실 저는 일반적인 시공에 나타나는 모든 플로우가 이런 방식으로 생겨날 거라고 생각하지만, 보통 플로우는 지금까지 워낙 안정적이었기 때문에 ─ 최근까지요 ─ 볼 기회가 없었습니다."

"다른 사람들한테 설명할 때는 그 부분은 빼도 좋겠어." 카르데니아가 제안했다.

"그러죠." 마르스는 슬라이드로 돌아서서 방정식이 잔뜩 적힌 다음 장으로 넘어갔다. "그렇다면, 이것이 왜 중요한가? 새로 생기는 소실류의 플로우 입구가 성장하면서 움직인다면, 그 성장과 움직임에 영향을 주고 더 나아가 조종할 방법도 있을 수 있기 때문입니다 ─ 인류 정착지 근처로 위치를 옮기고 대형 구조물이 통과할 정도로 크기를 조정하고."

"우주선 말이군."

"아뇨." 마르스는 말했다. 다른 크기가 나타났다. 일반적인 크기의 정착지, 수십만 인구를 수용할 수 있는 정착지 사진이었다. "제가 생각하는 건 장소 그 자체입니다."

카르데니아가 깨닫는 데는 몇 초가 걸렸다. "정착지 자체를 플로우에 집어넣고 싶다는 거야?"

"'집어넣고 싶다'는 표현은 어울리지 않지만⋯." 마르스는 말했다. "가능할지도 모릅니다. 그것이 가능하기만 하다면, 일은 재미있어지겠지요."

"재미있어?" 카르데니아는 외쳤다. 이제야 이해했기 때문이었다. 정착지 전체를 플로우에 집어넣을 수 있다면, 인류가 맞닥뜨린 가장 큰 병목 현상이—우주선으로는 극히 일부만 수송 가능한 수백만 명의 인구를 시스템에서 이주시키는 일도—훨씬 해결하기 쉬워지는 셈이다. 우주선이 필요없다. 사람들이 사는 장소를 옮기면 된다.

거의 모든 사람을 살릴 수 있다.

"그렇게 해 보자." 카르데니아는 말했다.

마르스는 두 손을 들었다. "잠깐만요. 이건 그렇게 간단하지 않습니다."

"왜?"

"왜냐하면, 아, 이 부분은 슬라이드가 없군요."

"슬라이드는 집어치워." 카르데니아는 짜증스럽게 말했다. "그냥 말로 하라고."

"오." 마르스는 놀랐다.

카르데니아는 손을 들었다. "미안해. 표현이 생각보다 세게 나왔어." 그녀는 화면을 가리켰다. "하지만 이건, 바로 이거야. 이게 해답이라고."

마르스는 미소 지었다. "어쩌면요. 하지만 그전에 할 일이 많습니다."

"무슨 일?"

"음, 우선 이 분석이 정확한지부터 알아내야겠죠." 마르스는 화면을 손짓했다. "이건 그냥 가설일 뿐입니다. 데이터에 근거한 추측이죠. 단 한 번의 사건을 기반으로 했으니, 데이터 양도 많지 않아요. 아직 불확실하다는 점을 말씀드리지 않는다면, 그건 나쁜 과학자입니다."

"좋아. 그러면 그건 어떻게 알아내지?"

"우선 새로 생성되는 소실류 입구가 나타나는 과정을 관찰해야 합니다."

"좋아, 그렇게 해."

"이상적으로는 한 번 이상입니다."

"몇 번이나 더?"

마르스는 애매하다는 듯 손을 비틀었다. "열 차례 정도? 우선?"

"그러려면 시간이 얼마나 걸리지?"

"저라면, 우리한테 남은 시간보다 더 필요하지요. 다른 사람들에게는, 1년 정도."

"그때쯤이면 시스템들이 단절되기 시작할 텐데."

"네." 마르스는 인정했다. 카르데니아는 미간을 찌푸렸다. "하지만 데이터를 수집한다 해도, 우리가 가진 건 데이터뿐이잖습니까. 이론으로 만들 수 있을 정도로 가설이 탄탄한지 확인할 수는 있겠지요. 하지만 실질적인 문제들을 고민해야 합니다."

"입구를 충분히 크게 조종하려면 어떻게 해야 하느냐, 이런 문제." 카르데니아가 말했다.

"맞습니다. 그뿐만이 아닙니다." 마르스는 정착지 사진을 가리켰다. "정착지는 우주선이 아닙니다. 궤도나 라그랑지 포인트에 정지시킨 상태지요. 상대적으로 말할 때, 움직이지 않습니다. 움직일 방법도 없고요. 잘해야 궤도에 유지시키기 위해 반동을 중화시키는 엔진 정도가 장착되어 있는데, 이런 엔진으로는 정착지 전체를 대단히 멀리 움직일 수 없습니다. 플로우 입구까지 옮길 수 없어요. 플로우 입구가 정착지 쪽으로 와야 합니다."

"그러려면 어떻게 할 수 있을까?"

마르스는 미안하다는 듯 어깨를 으쓱했다. "음, 그게 복잡한 부분입니다."

"그럼 당신도 모르는 거군." 이 말이 입 밖으로 나오는 순간, 카르데니아는 거의 비난하는 말투라는 것을 깨달았다. 마르스가 감지하지 못했기를 바라는 마음이었다.

하지만 당연히 그도 눈치챘다. "죄송합니다."

카르데니아는 다섯까지 세고 말을 이었다. "아니, 죄송할 거 없어. 난 그저…."

"압니다." 마르스는 말했다. "저도 같은 심정입니다. 믿어 주세요. 하지만 플로우 입구를 특정 지점으로 어떻게 움직일까를 논하기 전에, 우선 움직일 수 있는지 없는지부터 알아야 하지 않겠습니까. 유감이지만, 순서대로 차근차근 해결해야지요."

"지름길이 없는 게 짜증스럽군." 카르데니아가 말했다.

"없습니다. '파열'을 일으킨 당사자들에게서 데이터를 얻지 않는 이상."

"뭘 일으켜?"

"파열. 상호의존성단을 지구와 다른 세계에서 완전히 분리시켰던 사건 있잖습니까."

"나도 알아."

"네, 그 시절 상호의존성단 사람들이 어떻게 했는지 몰라도, 플로우 물리학을 매우 잘 알고 있었다는 건 확실합니다. 플로우 붕괴를 촉발시킬 정도였으니까요." 마르스는 문득 얼굴을 찡그렸다. "그때 형성된 반동을 지금 우리가 맞이하고 있는 것이지요. 이 모든 걸 해냈다면, 실제 구현한 현상에 비해 훨씬 더 깊은 지식을 갖고 있었을 겁니다. 저보다 더."

"그들이 갖고 있던 지식을 손에 넣는다면, 아까 이야기한 연구는 다 우회할 수 있겠군."

"모르겠어요. 일단 움직이는 플로우 입구부터 검증해야 합니다. 나머지는…." 그는 어깨를 으쓱했다. "상황에 따라 다르겠지만. 일단 지금보다는 낫겠지요. 하지만 그 지식은 없지 않습니까. 지위도 못 찾아냈다고 하셨지요."

"그래. 맞아. 하지만… 그래도 혹시 지위가 찾아냈다면?"

"우리가 이야기하는 이 모든 데이터를 지위가 갖고 있다면요?"

"그래."

"그럼 전 진짜 열 받겠죠." 마르스는 잠시 후 말했다. "데이터가 존재한다는 걸 아시면서도 저한테 안 주셨으니까요. 손을 등 뒤에 묶은 채로 수십 억의 생명을 구하려고 죽도록 두뇌를 혹사시켰다는 뜻이잖습니까."

"아." 카르데니아가 말했다.

"뭐죠? 지위가 정말 '파열'의 데이터를 갖고 있다는 겁니까?"

"음, 그게…."

❖❖❖

"저는 역사상 최악의 괴물인 것 같아요." 카르데니아는 아버지에게 말했다.

"통계적으로 볼 때 그럴 리는 없다." 아타비오 6세는 말했다.

"어떻게 확신하세요. 저는 붕괴하는 우주에서 수십 억의 인류가 서서히 죽어가는 사태를 막지 못하고 있어요. 통계적으로 누가 여기 비견될 수 있나요."

"우주가 붕괴하고 있는 건 네가 어떻게 할 수 있는 일이 아니지. 인류를 못 살리는 것이 인류를 학살하는 건 아니잖니."

"네, 뭐, 그 점은 논의의 여지가 있겠죠." 마르스의 발표 끝에 나눈 대화가 떠올랐다. 대화는 둘이 사귄 이후 최초로 진짜 싸움이 되었다. 싸움이 끝난 뒤 마르스는 발표 내용을 손봐야 한다고 물러갔지만, 사실 그는 카르데니아와 더 이상 말을 나누고 싶지 않았다. 그는 황궁의 자기 숙소인 하급 관료 전용 기숙사 방에 틀어박혔다.

"여기서 네가 찾아온 계기가 된 사건에 대해 물어봐야겠지."

카르데니아는 아버지를 향해 눈을 가늘게 떴다. "그렇긴 하지만, 그렇게 말하면 이상하죠."

"다음에는 기억하마."

"됐어요. 아버지와 이야기하고 싶지는 않아요." 그녀는 아타비오 6세를 물리치고 지위를 불러 성단의 시조 라헬라 1세를 명했다. 아타비오가 눈 깜빡할 사이에 사라지자, 자신이 아버지의 시뮬레이션조차 여기 '기억의 방'에 저장된 다른 유령들과 마찬가지로 아무렇지도 않게 물리쳤다는 서글픈 깨달음이 스쳤다. 아버지와의 —그녀의 진짜 친아버지— 어떤 유대감이 실질적으로 사라진 기분이었다.

나중에 생각해 봐야겠다. 일단은 라헬라 1세가 앞에서 기다리고 있었다.

"거짓말을 많이 하셨더군요." 카르데니아는 질문이라기보다 사실 적시처럼 입을 열었다.

"인간은 거짓말을 많이 하지." 라헬라는 답했다.

"네, 하지만 당신은 정책적으로 거짓말을 했어요. 상호의존성단 건설 과정에서."

"맞다. 전반적으로 내가 다른 사람들이나 내 뒤를 이은 황제들보다 거짓말을 더 많이 했느냐 적게 했느냐는 조사를 해 봐야 알 수 있는 문제겠지. 추측하건대, 나는 아마 정규분포 가운데쯤 있을 것 같은데."

"거짓말을 해서 손해를 본 적이 있나요?"

"개인적으로, 아니면 황제로서?"

"둘 다요."

"당연하지." 라헬라는 말했다. "거짓말을 하는 것이 더 친절하고, 쉽고, 정치적으로 유리할 때에도 사실대로 말했다가 때로 손해를 본 적도 있었다. 거짓말 그 자체가 나쁜 결과를 가져오는 게 아니고, 진실도 마찬가지로 모든 경우에 좋은 결과를 선사하는 건 아니야. 세상 많은 일들이 그렇듯, 맥락이 중요하다."

"진실과 거짓에 대해 그렇게… 유동적인 입장을 유지하는 게 전혀 거리낌이 없으셨군요."

"전혀. 나는 상호의존성단을 구성한다, 일단 성단이 건설된 뒤에는 초기에 잘 버텨서 계속 살아남을 수 있도록 강화시킨다는 분명한 목표가 있었어. 진실과 거짓, 그 사이의 모든 것들은 그 목표에 부응했다."

"결과가 수단을 정당화한다."

"때로 나는 그 말을 다른 표현으로 돌려 말하기도 했어."

"뭐라고 말하셨나요?"

"어느 특정한 수단을 배제하기에는 이 목표가 너무 중요하다."

"편리한 미사여구로군요."

"그래, 맞아." 라헬라는 동의했다. 카르데니아는 지금 눈앞에 서 있는 이 라헬라에게는 에고가 없기 때문에 자신의 행동을 정당화하는 데는 관심이 없다는 사실을 다시 상기했다. 속 편하겠어, 카르데니아는 생각했다.

"진실과 거짓에 대해 묻는 이유가 있니?" 라헬라가 물었다.

"누구한테 정보를 알리지 않고 숨겼는데요. 그에게 유용할 수도 있었던 파열에 대한 데이터요. 그는 아주 기분이 상했고요. 애당초 지위가 정보를 갖고 있다는 사실을 말하지 않았고 그 내용도 알려 줄 수 없다고 해서 불쾌해요."

"그건 네가 결정할 문제지."

"제 남자 친구예요."

"그럼 상황이 복잡해지지."

"네. 맞아요."

"해결됐니?"

"아뇨." 카르데니아는 말했다. "거짓말을 해서 미안하다고 사과하고, 왜 말하지 않았는지 설명했어요. 우리가 지금 이런 상황에 처하게 된 이유는 파열 때문이에요—1500년 전 과학자들과 정치가들이 '파열'을 일으키면서 내린 선택으로 인해 플로우 붕괴는 피할 수가 없어요. 우리는 그 데이터에 대한 책임을 질 수 없어요. 최소한 저는 그렇게 생각했죠."

"마르스는 동의하지 않았구나."

"우리는 그들과 다르다고요. 그들보다 똑똑하다고요. 한데 그때 내가 하지 말았어야 할 행동을 했어요."

"뭘 했지?"

"그의 면전에서 웃었어요." 카르데니아는 낭패스러운 얼굴로 라헬라를 바라보았다. "그럴 생각은 아니었는데. 그냥 웃음이 튀어나와 버렸어요. 그가 틀렸어요. 즉위한 뒤 황제로서 경험한 모든 순간이 우리는 1500년 전의 그 사람들보다 나을 것이 없다는 걸 증명하고 있는 걸요. 우리는 성단을 건설했을 때의 당신보다 낫지 않아요. 죄송하지만."

"기분 상하지 않았어. 나는 기분 상할 능력이 없다."

"마르스는 다르죠. 그는 기분이 상했어요. 내가 파열 데이터를 알려 주지 않는다고 화가 났죠. 하지만 그건 알려 줄 수 없어요."

"그가 그 데이터로 뭔가 끔찍한 짓을 할까 봐 그러는구나."

"아니요." 카르데니아는 고개를 저었다. "그가 아니라. 난 마르스를 믿어요. 내가 걱정하는 건 우주의 다른 모든 사람들이에요. 한 번 공개된 데이터는 영원히 공개돼요. 전에 그 데이터를 사용했던 사람들은 전 인류와 함께 죽을 뻔했어요. 예기치 못한 결과가 생겨서 우리도 죽을지 몰라요. 그렇게 오랫동안 데이터가 숨어 있었던 건 인류에게 행운이었어요. 그건 독이에요."

"마르스가 그 데이터를 혼자만의 비밀로 할 수 없을 거라고 생각하는구나."

"그럴 수가 없어요. 그는 그저 한 사람이 아니에요. 혼자서 일을 다 해낼 수가 없다고요. 데이터를 어떻게든 이용하려면, 다른 과학자들과 공유해야 해요. 검증하고, 여러 부문에서 다른 사람들에게 맡겨서 따로 연구해야 해요. 그는 지금도 그런 식으로 연구하고 있어요. 일단 과학자들이 그 데이터로 연구를 시작하면, 무슨 일을 할 수 있는지 알아차리겠죠. 아무것도 비밀로 할 수가 없어요." 카르데니아는 쓸쓸하게 웃었다. "당신이 누구보다 잘 알잖아요. 지위가 상호의존성단의 모든 비밀을 찾아오도록 프로그래밍한 게 당신이니까."

"그에게도 그렇게 설명했니?"

"네. 마르스는 납득하지 못해요. 데이터에 유용한 정보가 있는데 내가 숨긴다면, 그래서 성단의 인류를 살릴 방법을 찾아내지 못한다면, 그 죽음은 내 책임이라고요." 카르데니아는 어깨를 으쓱했다. "나 자신도 그의 말이 틀렸다고 확신할 수가 없어요. 내가 역사상 최악의 괴물로 길이 남을 수도 있겠죠. 마르스는 자기한테 거짓말을 했다고 화가 났어요. 데이터를 주지 않는다고 더 화가 났고요."

"거짓말을 했다고 그에게 인정했구나."

"그냥 흘러나와 버렸어요."

"말을 하지 않는 게 좋을 뻔했어." 라헬라가 말했다. "그가 화를 내지 않길 바란다면."

"지금은 좀 늦었죠." 카르데니아는 짜증스럽게 답했다. "이런 상황을 바로잡으려면 어떻게 해야 할지 당신이라면 유용한 경험이 있을 것 같았어요. 뭐, 당신이야, 거짓말을 잘하니까요. 전 정말 못하고요."

"같은 상황이었다면 내가 어떻게 했을지 묻는 거냐?"

"네."

"나라면 아마 그 남자와 헤어졌겠지."

"네?"

"개인적인 관계가 없다면, 그가 화를 내든 너한테 열을 받든 상관없을 것 아니냐. 너는 황제야. 개인적으로 관계를 맺을 사람을 찾는 데는 문제가 없을 텐데."

"아, 첫째, 제 경험상 그건 전혀 그렇지 않아요. 둘째, 일단 제가 이 관계를 유지하고 싶다는 가정하에 이야기하죠."

"그러자꾸나."

"당신이라면 정말 헤어졌을 거라고요?"

"난 그런 사람과 헤어진 적이 실제로 있어. 첫 남편이었다."

"그게 힘들지 않았나요?"

"아니. 한동안 형편없이 굴었거든."

"음, 마르스는 그러지 않았어요. 전 계속 사귀고 싶어요."

"그러면 데이터를 그에게 줘."

"왜 못 주는지 설명했잖아요."

"그에게 데이터를 주고 같이 공유하고 연구하는 과학자들을 격리할 수도 있고."

"격리한다." 카르데니아는 말했다. "누설하지 못하도록 과학의 감옥에 가둬 버려라, 이렇게 들리네요."

"부차적인 문제가 생기겠지." 라헬라도 동의했다.

"저는 그렇게 못할 것 같아요." 카르데니아는 이렇게 말하다가 문득 입을 다물었다. 라헬라는 참을성 있게 기다렸다. 시뮬레이션이 그러지 않을 이유가 없었다.

"지위." 카르데니아는 잠시 후 불렀다. 인간형 아바타가 라헬라 옆에 나타났다. "네가 오베르뉴 호의 컴퓨터에 침투하려고 했다고 알고 있어. 지금 내 전용 선창에 정박한 우주선."

"네." 지위가 말했다.

"성공하지 못했다지."

"아직은, 네."

"오베르뉴 호의 컴퓨터에 살고 있는 인공 인간 토마 셰네버트가 이야기를 하자고 너를 초대했다는 것도 알고 있지."

"네."

"왜 제안을 받아들이지 않았지?"

"저는 그런 제안을 받아들이도록 프로그래밍 되지 않았습니다. 저는 기억의 방에 저장된 황제들과 소통하고, 숨겨진 정보를 찾도록 설계되었습니다. 제가 직접 해결할 수 없는 문제가 생겼을 때 관리 직원들에게 알리는 아주 한정적인 능력을 제외하고는, 기타 소통을 위한 프로토콜이 없습니다."

카르데니아는 라헬라를 돌아보았다. "왜죠? 당신이 지위를 설계했잖아요. 다른 사람들을 상대하지 못하도록 만들 이유가 없을 텐데요."

"다른 사람 누구?" 라헬라가 물었다. "기억의 방은 오로지 현 황제만 접속하도록 설계되었어."

"지위가 다른 사람과 소통하도록 해야겠다고 생각한 황제가 아무도 없었나요?"

"다른 황제들은 모두 지위가 설명한 자기 역할을 받아들였지."

"그럼 저만 괴상한 거군요." 카르데니아가 말했다.

"그런 식으로 표현하고 싶지는 않지만, 그렇다."

카르데니아는 이 말에 미소 지은 뒤 지위에게 말했다. "대화하자는 토마 셰네버트의 초대를 받아들이도록 해. 자기 서버 내에 둘이서 만날 격리 공간을 만들 수 있다고 했어. 너는 그 공간 밖의 영역에 접근하지 말고, 그쪽도 네 서버에 접근하지 않는 걸로. 중립 지대에서 만나는 거지. 약속을 잡아서 최대한 빨리 만나 보도록 해."

"네, 폐하." 지위는 사라졌다.

"무엇 때문에?" 라헬라가 물었다.

"마르스는 이미 셰네버트에게 정보를 넘겨주고 있어요." 카르데니아는 말했다. "셰네버트는 플로우 물리학을 빠르게 습득하는 중이고, 그를 신뢰할 수 있다는 확신이 들면, 나는 셰네버트 외에 다른 사람과는 정보를 공유하지 않는다는 조건으로 파열에 관한 데이터를 마르스에게 넘겨주려고 해요. 셰네버트는 인공 인간이고, 지난 300년 동안 격리 상태로 지냈어요. 그러면 격리시킨다 해도 그리 잔인한 일이 아닐 거예요. 이미 격리 상태니까."

카르데니아는 기억의 방에 잠시 더 있다가 접속을 마무리 지었다. 밖으로 나오니 마르스가 기다리고 있었다.

"이야기할 게 있어." 그녀는 말했다. "중요한 일이야."

"좀 있다 하시죠." 마르스의 얼굴은 어둡고 심란해 보였다.

카르데니아의 이마에 주름을 잡혔다. "무슨 일이야?"

"키바 라고스에게 일이 생겼습니다."

14장

나다쉬 노하마페탄은 일이 아주 잘 풀려가고 있었다.

우선 드루신 울프와 키바 라고스, 두 쓰레기를 제거했다.

하지만 무엇보다도 지금 흐뭇한 것은 주거지가 바뀌었다는 점이었다. 그녀는 눅눅하고 악취 풍기는 '우리 사랑' 호의 좁은 방에서 나와서 '흰 각반과 돈다발(White Spats and Lots of Dollars)' 호로 갈아탔다. '우리 사랑' 호와 마찬가지로 '흰 각반' 호도 시스템 내 무역선이었다. 하지만 '우리 사랑' 호와 달리 쳐다보기만 해도 항생제가 필요할 정도로 더럽지 않았다.

'흰 각반' 호는 임대선으로 사용되다가 계약 기간이 끝나고 다시 재임대되기 전 보수하기 위해 우 가문으로 반환된 우주선이었다. 임대 중이 아니었기 때문에, 현재는 항적이 추적되는 상업용 우주선에 등재되어 있지 않았다. 프로스터 우는 우 가문 고위 관료의 특권으로 우주선을 사적인 용도로 잠시 돌려서 황제 감독관이나 사정관이 귀찮게 할 일이 없는 우 가문 사유 부두에 정박해 놓았다. 부두에서 출항하지 않는 이상, 사실상 투명 우주선이라고 할 수 있었다.

나다쉬는 기뻤다. '흰 각반' 호는 깨끗했고 현대적인 시설을 갖추고 있었으며, 이전 임대인이 화물은 물론 승객도 수용하도록 설정해 두었기 때문에 숙소는 더 이상 삐걱거리고 변색된 데다 군데군데 곰팡이까지 번진 금속 재질이 아니었다. 프로스터 우는 노하마페탄 백작이 반역과 살인죄로 체포되면서 압류된 파이버 우주선 소속 기간 선원들을 '흰 각반' 호에 배치했다. 나다쉬는 가문의 임시 수장 자격으로 그들의 충성 서약을 받아들인 뒤 노하마페탄 가문의 진정한 관례대로 뭔가 원하는 것이 있을 때를 제외하고는 그들의 존재 자체를 잊어버렸다.

물론 일시적으로나마 우 가문의 관용으로 살아가는 데는 불편한 점도 있었다. 프로스터 우가 인기척도, 노크도 없이 갑작스럽게 선실에 들이닥쳤을 때, 나다쉬는 절절히 깨달았다.

"당신이 드루신 울프를 죽였지." 프로스터가 말했다.

"내가 아니에요." 나다쉬는 가볍게 대꾸했다. 그녀는 긴의자에 비스듬히 앉아 태블릿을 한가하게 훑어보고 있었다. "나는 줄곧 여기 있었잖아요. 증인도 있어요."

"동맹을 죽이면 안 돼. 그러면 동맹들이 등을 돌린단 말이오. 당신은 동맹이 하나라도 더 필요해. 우린 그들이 필요하다고."

나다쉬는 태블릿을 내려놓았다. "프로스터, 우리의 소중한 친구 드루신 울프에게 생긴 일은 두 가지로 설명할 수 있어요. 첫째, 내가 그를 살해하라고 손을 쓴 게 아니예요. 이런 일이 생길 때 항상 움직이는 각종 수사 기관들이 조사를 하겠지만, 드루신 울프가 키바 라고스를 암살하기 위해 그녀를 그 공원에 끌어냈다는 편지가 나올 겁니다. 두 사람은 최근 사업 문제로 언쟁을 벌였잖습니까. 그녀를 공원에 끌어낸다, 청부살인범이 어슬렁거리고 있다가 머리에 총을 쏜다, 끝."

"울프도 죽었다는 점을 빼면 그렇겠지."

나다쉬는 어깨를 으쓱했다. "실수죠. 사고. 싸구려 청부살인범을 쓰면 이런 일이 생기지."

"그 설명을 믿을 사람이 세상에 하나라도 있겠소."

"수사 기관은 믿겠죠, 네. 간단한 해답을 주면, 항상 받아먹는 게 그쪽이니까. 일도 줄어들고, 가장 간단한 답이 대체로 정확한 답이기도 하고. 행적은 다 있어요. 울프가 키바 라고스를 암살하라고 청부한 증거도 있어요. 그러다 불행하게 같이 당했다. 청부인하고 정산은 끝났는지 모르겠네요. 잔금 달라고 청하기가 애매하게 됐잖아요."

프로스터 우는 조금도 납득한 표정이 아니었다. "그렇게 볼 수도 있겠지. 아까 두 번째가 있다고 했는데, 그건?"

"다른 한 가지 방법은 드루신 울프가 키바 라고스에게 언젠가 크게 당할 거라고 으쓱거리고 돌아다니다가 의심을 샀다. 키바는 울프가 무슨 속셈인지 뒷조사를 했고, 결국 몇몇 가문과 나, 프로스터 당신이 걸려들었다. 키바 라고스는 워낙 영리한 데다 열 받으면 죽이려고 덤비는 사람이니 절대 비위를 건드리면 안 되는데. 이 모든 것이 그녀가 꾸민 짓이다. 그녀가 드루신 울프를 정확히 원하는 지점으로 유도해서 자기 미끼를 물도록 조종한 거다."

나다쉬는 의자에서 몸을 죽 뻗었다. "당연히 키바 라고스는 없애야겠죠. 하지만 드루신 울프도 같이 없애야 했어요. 약한 고리를 제거하는 차원에서. 또한 사람들에게 정신 바짝 차리라고 경고하는 차원에서. 개인적인 복수는 쿠데타 이후 할 수 있을 때가 올 거예요. 난 황제로서 충성심에 대한 대가로 자잘한 복수는 장려하겠어요. 단 그레이랜드를 제거하고 내가 황궁에 앉기 전에는 안 돼요."

"그럼 당신이 메시지를 보낸 거다."

"난 아무것도 하지 않았어요. 말했듯이. 하지만 혹시 겁을 먹고 피해망상에 빠진 동맹이 여기서 교훈을 얻고 쿠데타가 벌어질 때까지 어리석은 짓을 하지 않도록 더 주의를 기울인다면 좋은 일 아닌가요?" 그녀는 어깨를 으쓱했다. "좌우간 값싸게 얻은 교훈이죠. 울프 가문은 우리 계획에서 그리 중요하지 않았으니까. 작은 가문이잖아요. 한데 덕분에 이제 키바 라고스를 몰아냈고 노하마페탄 가문 경영을 되찾는 일도 한층 가까워졌으니 때가 오면 일이 간단해지겠죠."

"동맹들에게는 뭐라고 말할 거요? 벌써 나한테 난리를 치고 있는데."

"좋을 대로 말하세요. 단 드루신 울프가 입을 다물고 있었더라면, 외부인에게 괜히 으쓱거려서 우리 계획을 들키지 않았더라면,

지금 시체 꼴이 되지 않았을 거라는 점만 분명히 해 두세요. 아까 말한 두 가지 시나리오 중에 당신이 뭘 믿든, 그 점은 확실할 겁니다. 드루신이 으쓱거리는 바람에 키바 라고스가 계획에 누가 가담했는지 모두 알아냈다는 점도 동맹들에게 알려 두세요. 키바가 그레이랜드의 총애를 잃지만 않았다면, 지금쯤 우리 모두 반역 혐의로 재판을 받고 있을 겁니다." 나다쉬는 잠시 사이를 두었다. "아니, 그들 모두. 당신도, 프로스터."

"라고스의 서류에 내 이름은 없었소." 프로스터가 말했다.

나다쉬는 미소 지었다. "우리 동맹이란 작자들이 혹시 체포되면 그 즉시 당신 이름을 불지 않을 거라고 생각하다니."

"그건 그렇군."

"이해가 빠르시군요."

"그럼 라고스와 그레이랜드의 사이가 소원해졌다는 건 사실이라고 생각하시는군."

"우리 동맹 중에 체포된 사람은 아무도 없잖아요. 지난번에 반역자들을 체포한 걸로 봐서, 만약 그레이랜드가 알았다면 시간낭비하지 않고 당장 잡아들였을 거예요. 게다가 키바 라고스는 성질머리가 워낙 고약해서 누구라도 쉽게 비위를 건드릴 만한 인물이니까."

"그럼 정말 사이가 멀어졌다고 생각한다."

"난 키바 라고스에 대해서는 더 이상 걱정하지 않아요." 나다쉬는 태블릿을 집어 들었다. "집중해야 할 다른 일들이 많아요. 동맹들도 다른 일이나 신경쓰라고 하세요."

프로스터는 나가 보라는 말뜻이라는 것을 깨닫고 방을 나섰다.

사실 나다쉬는 프로스터에게 말한 만큼 키바 라고스에 대해 낙관적이지 않았다. 키바가 드루신 울프를 상대로 이중 첩자 노릇을 하고 있을 거라 의심했다. 키바도 음모에 가담하고 싶어한다는 소식을 울프가 전했을 때, 나다쉬는 걱정과 두려움 때문에(물론 속으로만 그랬다. 드루신 울프 같은 사람에게 진짜 속내를 들킨다는 것은 있을 수 없는 일이다) 그를 에어록으로 밀어내서 우주선 밖으로 순환시켜 버리고 싶은 마음을 간신히 참아야 했다. 키바의 말대로 그레이랜드가 키바에게 정말 짜증이 나서 거리를 두고 싶어한다는 정황을 입증하는 문서를 아랫사람들이 찾아내는 데는 이틀이 걸렸다.

그래서 나다쉬는 기뻤다. 키바 라고스가 혐오스러웠기 때문이었다. 나다쉬는 키바를 존중했고, 키바를 과소평가하지 않으려고 노력했으며, 동결된 비밀 계좌 정보를 잔뜩 갖고 있는 데다 황가의 내부 정보까지 환히 알고 있으니 강적이지만 강한 동맹이 될 수도 있다는 점을 잘 알고 있었다.

그러나 궁극적으로 나다쉬는 키바를 도무지 받아들일 수가 없었다. 그 자신감, 천박함, 완전한 무정부주의의 껍질 속에 숨어 있는 묘하게 완강한 윤리의식. 원래 파트너를 고를 때 동생이 대단히 안목이 있는 사람은 아니었지만, 대학 시절 키바가 그레니와 놀아났다는 점에도 나다쉬는 속이 미식거렸다. 나다쉬와 키바는 절대 동맹이 될 수 없었다.

유감이지, 나다쉬는 생각했다. 키바가 드루신 울프의 실수를 이용하려고 했을 때, 나다쉬는 울프를 제거하는 데는 한순간의 망설

임도 없었다. 죽어야 하는 자, 빠를수록 좋았다. 그러나 이 모든 상황에도 불구하고, 나다쉬는 키바를 어떻게 처리할지 고민해야 했다. 그토록 혐오스러웠지만(키바 역시 나다쉬에 대해 분명 같은 감정일 것이다), 드루신 울프와 같은 운명을 맞게 한다는 것은 어쩐지 아까웠다. 울프에 대해서는 총을 맞고 쓰러지는 데 걸린 시간만큼도 애도의 마음이 생기지 않았다. 최소한 키바에 대해서는 그보다 약간 길었다.

그래도 존재하는 것만으로 혼돈을 불러오는 키바가 활보하도록 내버려 둘 수는 없었다. 판에서 제거해야 했다. 나다쉬는 키바를 제거했고, 현명한 선택이었다고 생각했다.

자신에게 어딘가 옳지 않은 데가 있지 않나 하는 추상적인 의문이 새삼 일었다. 지난 몇 년 동안 그녀가 저지른 행동을 열거한다면, 누구라도 소시오패스라고 할 것이다. 그녀는 내전 선동을 도왔다. 황제를 한 번도 아니고 두 번이나 암살하려고 기도했으며, 두 번째 시도에서는 친오빠가 부수적으로 희생되었다. 쿠데타에 가담했고, 다른 쿠데타를 선동하고 있었다. 게다가 지난 몇 주 동안은 귀족 몇 명을 제거했다. 적어 놓고 보면, 좋은 사람, 혹은 윤리적인 사람의 행동이라고 할 수는 없었다.

자신이 착한 사람이 아니라는 것은 걱정스럽지 않았다. '착하다'는 표현은 다른 사람들을 위한 것이었다 — 권력이 없는 사람들, 혹은 권력이 없다 해도 획득할 계획이 없는 사람들. 나다쉬는 일반적인 의미로 자신이 '착한' 사람이었던 때를 떠올릴 수 없었다. '정중한' 사람? 맞다. '공손한' 사람? 적절할 때, 혹은 필요할 때는. '착한' 사람? 아니다. '착하다'는 것은 포기로 느껴졌다. 패배를 인정하는 것처럼. 우월한 사람이나 최소한 동급이 아니라 아랫사람처럼 느껴졌다.

'착한 사람이었다면 이미 황제와 결혼했을 테니 이 모든 일이 필요없지 않았을까.' 머릿속에서 목소리가, 어머니와 거의 똑같은 목소리가 말을 건넸다. 나다쉬는 상호의존성단의 황태자 레너드우의 약혼자로 내정되기도 했지만, 레너드가 파트너보다 차라리 고분고분한 발닦개를 원했기 때문에 그 일은 수포로 돌아갔다. 착하고 고분고분한 발닦개. 나다쉬는 황제의 배우자가 되기 위해서 많은 것을 감당할 의지가 있었지만, 그것만은 할 수 없었다. 어머니 역시 탐탁지 않게 생각했는지 모르겠지만, 레이싱카를 조작해서 레너드를 살해했고 현재 황제도 암살하려 한 분이다. 남들한테 '착한 사람'이 되라고 설교할 자격이 있는 분이 아니다.

그러니 나다쉬의 개인 사전에 '착하다'라는 단어는 없었다. 하지만 '윤리'라는 단어 역시 마찬가지였다. 나다쉬는 사람들을 죽이고 쿠데타를 선동하는 것이 윤리적인 인간의 일반적인 보증수표가 아니라는 것을 알고 있었다. 하지만 그녀는 자신의 행동에 맥락이 있다고 강하게 믿었다. 첫째는 객관적으로 볼 때 남들보다 우월한 혈통, 노하마페탄 가문이라는 맥락이었다. 말도 안 되는 우생학적 의미에서가 아니라, 우 가문과 공조한 최초의 가문 중 하나로 상호의존성단 초창기부터 지속적으로 사회에 중요한 영향력을 발휘해 온 가족이자 가문이라는 의미에서.

우 가문, 특히 황가가 길을 잃은 적도 여러 번 있었다. 현 황제의 문제도 그 점이었다. 말 그대로 사고가 아니었다면 권력의 정점은커녕 잘해 봐야 어느 외딴 시스템에서 중급 학자나 되었을 부류. 프로스터 우가 나다쉬를 옥좌에 올리기로 동의한 것도 그 때문이었다. 지금이야말로 누군가 나서서 힘든 일을 맡는 용기를 보여야 할 때라는 것을, 우 가문에서는 그 자신은 물론이고 그럴 만한 사람이 아무도 없다는 것을 그는 알고 있었다. 거래 조건으로 나다쉬는 상황이 안정되고 엔드 시스템에 새로운 제국이 건설되면 우 가문의 일원과 결혼해서 그 가문의 이름을 갖는 황손을 낳겠다고 약속했다.

누가 알아? 나다쉬는 생각했다. 정말 그렇게 할 수도 있겠지.

이건 단순히 노하마페탄 가문의 문제를 넘어서, 상호의존성단의 문제, 진정한 성단이란 무엇인가, 하는 존재론적인 문제였다. 귀족 계급과 길드 밖에서 평생 살아온 그레이랜드는 성단을 이루는 것이 그 안의 사람들이라고 생각했다. 그 안의 모든 사람들, 단하나도 버릴 수 없는 수십 억 개의 세포로 구성된, 다른 모든 세포가 없다면 단 하나도 살아남을 수 없는 다세포 구성체라고. 이건 말도 안 되는 생각, 헛된 생각이다. 이 거대한 유기체 내의 모든 세포를 살릴 방법은 없고, 그 따위 노력은 시간 낭비다.

중요한 것을 살리기 위해, 상호의존성단의 두뇌와 심장, 귀족가문과 독점 체제, 그 양자에 복무하게끔 태동한 길드를 살리기위해 누군가 기꺼이 몸을 희생해야 한다. 애당초 상호의존성단이 존재하게 된 이유는 우 가문과 노하마페탄 가문, 다른 귀족 가문이 그렇게 만들었기 때문이었다. 그들이 존재하는 한, 상호의존성단이라는 개념과 구조도 살아남을 수 있고 언젠가 엔드의 새 터전에서 번영할 것이다.

중요한 것은 그것이다. 이번에도 나다쉬는 플로우가 붕괴하면 죽게 될 수십 억의 인구는 자신의 논리에, 귀족 계급과 길드, 자본에 집중하는 자신의 결의에 동의하지 않을 거라고 추상적으로 이해하고 있었다. 하지만 사실상 어차피 죽을 사람들이다. 모두를 살릴 방법은 없다. 그들 중 극히 일부 이상을 살릴 길은 없다. 나다쉬는 그들을 걱정하면서 시간을 낭비할 이유를 알 수 없었다.

귀족들은 그에 비하면 숫자가 매우 적다. 자기 자신을 살리는 것이 중요하다는 점을 이해하고 있다. 자본을 대부분 소유한 사람들이기도 하다. 대처해야 하는 현실 정치 문제도 이해하고 있다. 상호의존성단 인구 대부분이 죽게 된다. 그러나 엔드로 들어가는 통행료를 노하마페탄 가문에 지불하기만 하면 귀족들은 죽을 필요가 없다는 사실이 그것이었다. 이것은 그저 새로운 패러다임으로 사업을 전개하기 위해 필요한 비용이었다.

그렇게 하면서 상호의존성단까지 살릴 수 있다. 나다쉬가 성단을 살릴 것이다.

결국 그것이야말로 가장 고차원적인 윤리다.

그 목표를 달성하기 위해 나다쉬 자신이 문제의 소지가 있는 일을 해야 한다? 뭐, 그것 역시 새로운 패러다임으로 사업을 전개하기 위해 필요한 비용이다.

그러니, 됐다. 나다쉬는 생각했다. 자기 자신에게 잘못된 부분은 없었다. 그녀는 강하고, 윤리적이고, 역사가 이해하게 될 방식으로 용감했다. 상호의존성단의 초대 황제 라헬라 1세와도 다르지 않아, 나다쉬는 조금도 가볍지 않은 기분으로 이렇게 생각했다. 상호의존성단 교회라는 신화와 그에 아첨하는 역사가들을 씻어내면, 사회 전체의 선을 위해 힘든 선택을 했던 한 여성이 남는다. 그런 선택을 하지 않을 수 없었으니까. 그 선택 없이, 라헬라 1세 없이 성단은 없었을 테니까.

황제가 되면 이런 유사성을 드러낸다는 뜻에서 존호를 라헬라라고 붙여야겠다, 잠시 이런 생각이 스쳤다. 나다쉬는 곧장 이 생각을 떨쳐냈다. 지나치게 뻔하고, 엔드에 새 터전을 마련한다면 과거는 돌아보지 않는 것이 좋을 것이다.

"나다쉬 1세 황제", 이거면 족하다.

그래, 나다쉬 노하마페탄은 일이 아주 잘 풀려가고 있었다.

그때 태블릿에서 부하가 출입 허가를 청했다는 소식을 알리는 딩동 소리가 울렸다. 나다쉬는 들어오라고 했다.

"퍼소드 가문의 라펠리아 마이센-퍼소드 백작이 오셨습니다."

"완벽하군. 차 준비하고, 들어오시라고 해."

15장

"좋아, 첫 번째 질문. 여긴 젠장 어디지?"

키바 라고스가 말을 건넨 사람은 작은 방의 작은 책상 앞에 앉아 재미있어하는 듯한 표정을 짓고 있었다. "저런, 당신 누구냐는 질문을 먼저 하실 줄 알았는데."

"좋아, 그걸로 하지. 당신 누구야?"

"나는 로비넷 함장이야."

"로비넷 함장, 반가워. 좋아. 여긴 젠장 어디냐고?"

로비넷 함장은 키바 라고스를 자기 선실로 데려온 두 선원을 돌아보았다. "밖에서 기다려." 그는 말했다. "문 닫고. 목소리가 약간 높아지는 정도 외에 다른 소리가 들린다면, 당장 들어와서 이 여자를 정신 나가도록 패." 두 사람은 나갔다.

키바는 아랑곳하지 않았다. "당신 목을 졸라 버리면 아무 소리도 안 낼 수 있어."

"책상을 넘어올 때 뭔가 소리가 날 거라는 데 걸지."

"내 질문에 아직 대답하지 않았어. 여기 어디야?"

"그 질문에 답하기 전에, 여기 오기 전 상황을 기억하는 대로 말해 보시지."

"장난쳐?"

"말해 봐."

"여기서 깨기 전 마지막으로 기억하는 건 얼굴에 총 맞는 상황이었어. 여기서 깨어 보니, 빌어먹을 벽장만 한 방이었고, 거기서 단백질 바 한 상자와 화학 처리 변기만 구비한 상태로 나흘 동안 갇혀 있었어. 그건 그렇고 그 변기 엉망진창이야."

"나흘 정도 지나면 그렇게 돼. 계속 해 봐."

키바는 등 뒤를 가리켰다. "그러다가 그 방문 빗장이 열리고, 당신 친구 처클과 퍼클 쌍둥이가 따라오라고 하더군. 그래서 여기 왔어. 끝이야. 여기 어디야?"

키바가 들어온 뒤로 로비넷 함장의 흥미로워하는 듯한 표정에는 별다른 변함이 없었다. 짜증이 났다. "여긴 화물 우주선 '우리 사랑은 계속될 수 없어' 호로…." 로비넷은 시계를 들여다보았다. "45분 전 브레멘 시스템으로 이어지는 플로우에 들어왔어. 보름하고 네 시간 정도 걸리지. 지난 나흘은 플로우를 향해 가속하는 상황이었고. 그 나흘 동안 당신을 선실 밖으로 내보내지 말라는 지시를 받았어. 의뢰인이 그 부분을 확실히 주문했어. 그래서 단백질 바와 변기만 준 거야. 물은 세면대에서 알아서 마셨을 거고."

"맛이 더럽더군."

"아, 뭐. 재환원된 물이니 그럴 수 있어. 음용수이긴 한데, 아슬아슬하지."

"너나 처먹어라."

"당신이 적대적일 거라는 말은 의뢰인도 충분히 했어." 로비넷이 말했다.

"이 정도는 적대적인 게 아냐."

"물론 책상을 넘어와서 내 목을 조르는 정도가 돼야 적대적인 거겠지."

"그건 시작에 불과할걸."

"좋아." 로비넷은 기분 좋게 대꾸하고 책상 서랍에 손을 넣어 권총을 꺼냈다. 그는 키바를 총으로 겨누고 방아쇠에 가볍게 손을 얹었다. "이렇게 하면 예의를 지킬 수 있겠지."

"예의 집어치워."

"어느 정도는 유지하자고."

"우리가 왜 브레멘으로 가는 거야?"

"다음 달은 옥토버페스트인데, 내가 한 번도 안 가 봤거든."

"난 진담으로 묻는 거야."

"나도 진담으로 대답했어. 의뢰인은 당신을 엔드 시스템이 아닌 다른 곳으로 데려가되, 행선지는 상관이 없다고 했어. 그래서 내가 브레멘 시스템을 추천했지. 플로우로 비교적 가까운 거리이고, 허브를 오가는 플로우가 아직 몇 년 동안은 건재할 예정이며, 옥토버페스트도 재미있을 것 같고 해서. 지구에서부터 존재했던 행사라고 해. 난 한 번도 안 가 봤거든. 뭐 어때? 의뢰인도 괜찮다고 해서 이렇게 가는 거야."

"그 의문의 의뢰인을 내가 알아맞혀 볼까?"

"굳이 그럴 거 없어. 나다쉬 노하마페탄이야. 충격총으로 당신 얼굴을 쏘라고 의뢰한 분과 동일인이지. 그런데 기분은 어때?"

"어떨 것 같아?" 키바는 말했다. "얼굴에 돌멩이를 몇 개 맞은 기분이라고."

로비넷은 고개를 끄덕였다. "행색도 형편없군. 머리와 목에 총알 맞은 자국이 잔뜩 나 있어."

"고맙다, 개자식아."

"다행히 그 상처는 신속하게 나을 거야. 브레멘에 도착할 때쯤이면 완전히 낫겠지."

"그런 다음에는?"

"말했잖아. 옥토버페스트."

"난 어떻게 되느냐 이 말이야, 이 유난히 딱딱한 돌대가리야."

"그건 안 정했어. 일단 브레멘에 도착한 뒤 추가 지시가 올 거라고 들었어. 두 달쯤 기다리게 돼 있지. 그때까지 지시가 오지 않으면 에어록 밖으로 던져 버리라고. 세 개 있어. 직접 정해도 돼."

"이해가 안 되는군. 기껏 살려냈다가 고작 에어록 밖으로 던져 버리라고?"

"그건 직접 물어봐."

"지금 그녀가 여기 없잖아, 이 얼간아."

"음, 내가 이 총을 내려놓으면 책상 위로 넘어오지 않는다고 약속하나?"

"약속 안 해."

"모험을 해 보지. 총은 지문 인식 시스템이니 당신이 쥐어도 소용 없어."

"그걸로 널 때려 죽여 버릴 수도 있어."

"그럼 책상 안에 도로 넣어야겠군." 로비넷은 총을 서랍에 넣었다. 그는 같은 서랍에서 봉투를 하나 꺼내 키바에게 건넸다. "이건 의뢰인이 보낸 거야. 선실에서 꺼내 준 뒤에 전하라고 했어."

키바는 봉투를 쳐다보았다. "이런 젠장. 활자로 잘난 체했군."

"그런지도." 로비넷은 봉투를 가리켰다. "괜찮다면 읽어 본 뒤에 나도 내용을 알고 싶은데."

"당신은 무슨 상관이야?"

"그냥 궁금해서. 그녀도 몇 달간 이 우주선 승객이었어. 어머니와 다른 여러 사람들이 반역죄로 체포된 뒤부터 얼마 전까지. 시설 차원에서 더 좋은 곳으로 간 걸로 알고 있어. 그건 이해하지."

"그래, 여긴 내가 볼 때도 똥통이야." 키바가 말했다.

"그럴지도. 하지만 당신 상황을 볼 때, 레이디 키바, 이 안에 있는 것이 바깥보다는 나을 거야."

"그 점은 일리가 있어. 그럼 나다쉬는 이 우주선에서도 그리 인기 있는 승객은 아니었군."

"정중하게 표현하자면, '혼자 있는 걸' 좋아하셨지."

"그런데 왜 당신이 지저분한 일을 대신 해 주는 거야?"

"이유야 뻔하지, 레이디 키바. 돈을 아주 많이 받았으니까."

"나는 더 많이 줄 수 있는데." 키바가 말했다.

"이론적으로야 그럴 수 있겠지. 하지만 실질적으로 이 우주선 안에서는 당신 계좌에 접속할 수 없는데, 나다쉬 노하마페탄은 이미 절반을 선불로 줬어. 지난 2년 동안 내가 번 돈보다 더 많은 액수로. 그러니 얼마를 갖고 있는지 몰라도, 당신 돈은 문자 그대로 여기서는 소용이 없어."

"당신 실수하는 거야."

"그럴 것 같지는 않군. 나다쉬 노하마페탄은 이런 인연이 생기기 아주 오래전부터 들어 온 이름이야. 대단히 야심이 강하고, 절대 적으로 삼아서는 안 될 분 같았어. 그러니 유감이지만 나는 그분 돈을 받고 그분 편에 설 생각이야."

키바는 코웃음을 쳤다. 로비넷 함장은 이를 긍정의 표현으로 해석하고 말을 이었다. "그동안 당신에게는 두 가지 선택지가 있어, 레이디 키바. 첫째는 얌전히 행동하는 것. 내가 있으라고 정해 준 곳에 머물고 우주선 운영과 선원들의 임무에는 참견하지 마. 그 경우라면 어느 정도 움직임의 자유를 허락하고 태블릿도 오락용으로 사용하게 해 드리지. '우리 사랑' 호는 여객선이 아니라서 할 일이 별로 없고, 다들 당신이 여기 왜 있는지 알고 있으며 시중을 들어 줄 사람도 없어. 하지만 이것이 두 번째보다는 나을 거야."

"두 번째는?"

"골칫거리를 만들 경우지, 레이디 키바. 그 경우에는 단백질 바와 화학 처리 변기만 주고 벽장에 다시 가두겠어. 동체에 박힌 못 개수 세는 것 말고는 할 일이 없을 거야. 아주 큰 골칫거리를 만든다면, 허락을 기다리지 않고 에어록 밖으로 던져 버리겠어."

"나다쉬가 좋아하지 않을걸. 당신 마음대로 결정을 내리라고 돈을 준 건 아닐 테니까."

"사실이야. 그분의 돈이지. 하지만 이건 내 우주선이야, 레이디 키바. 그래, 어느 쪽을 선택하겠나?"

"얌전하게 있겠어."

"그 말을 듣고 싶었어." 로비넷은 서랍에 다시 손을 넣어 태블릿을 꺼내 키바에게 건넸다. "손님 자격으로 접속할 수 있고, 이 우주선에 대한 정보와 선원들이 제공하는 서비스 내용이 들어 있어. 우주선에는 의사가 있으니 찾아가 보고, 사무장한테 가면 여분의 옷을 줄 거야. 내가 주는 걸로 하지. 우호의 표현으로."

"고맙군." 키바는 비꼬듯 말했다.

"천만에." 로비넷은 진담처럼 답했다. "기내에는 성 노동자 두 명이 있지만, 선원 복지용이고 당신은 돈이 없으니 그냥 건너뛰는 게 좋을 거야. 하지만 우주선 근무와 평온을 해치지 않는 이상 마음에 드는 선원과 잘 수는 있어."

"그럴 기분은 아니야."

"브레멘까지는 두 주가 걸려. 마음이 바뀔 수 있겠지. 어쨌든 태블릿과 편지도 넘겼고, 여기가 어딘지, 왜 오셨는지도 말했어. 다른 질문은?"

"너한테는 없어."

"그럼 가 봐. 부하들이 선실까지 다시 동행할 거야. 그리고 레이디 키바, 한 가지 제안해도 될까."

"뭐지?"

"오늘 대화에서는 내가 당신의 위협이나 불량한 태도를 다 봐줬어. 묘하게 매력적이기도 했고, 나흘 동안 그런 독방에 갇혀 있으면 누구나 까칠해진다는 걸 알기 때문이기도 하지. 하지만 지금부터는 나한테, 특히 선원들 앞에서 그런 태도를 계속 보이면 곤란할 거야. '우리 사랑' 호는 말씀대로 시궁창 같은 곳이지만, 엄격한 규율이 필요한 시궁창이라 그 부분을 흐트러뜨리는 것은 무엇이든 용납할 수 없어. 알겠나?"

"좋아."

"선원들에게도 불량한 태도를 보이지 말라고 권고드리지."

"왜? 그러면 나쁜 사람이라서?"

"아니, 그랬다가는 당신 목에 버터 칼이 들어올 거야."

"이 우주선은 엄격한 규율을 유지한다면서."

"이 우주선은 엄격한 규율이 필요한 곳이라고 했어. 그 부분을 시험해도 안 죽는다는 말은 아니었다고."

❖❖❖

나다쉬의 편지는 대단히 신경을 긁었다.
이런 식이었다.

키바,
당신이 궁금해하고 있을 것이니, 살려 둔 이유를 알려 주지.

227

첫째, 당신을 그 끔찍한 우주선에 살려 두면 내가 즐거우니까.

둘째, 당신이 살아 있어야 그 동결 계좌에 접근할 수 있으니까.

셋째, 당신이 살아 있어야 당신 어머니와 라고스 가문을 통제할 수 있으니까. 인질을 잡는 기술은 상당히 유용하다고.

이중 마지막 항목은 일단 나만 알고 있는 부분이야. 다른 사람들은 당신이 드루신 울프와 같이 죽은 걸로 알고 있어. 내 청부업자가 울프를 죽이고 당신에게 충격총을 쏜 뒤, 내 구급 대원이 현장에 처음 출동해서 당신을 수습했어. 당신은 병원에 가는 길에 죽었고, 시체는 즉시 관에 밀봉해 이코이 시스템으로 보냈다고 했어. 울프 짓으로 돌렸고. 당신을 죽이려고 고용한 삼류 청부업자한테 자기까지 당한 걸로. 솜씨 좋은 총잡이 찾기가 쉽지 않지.

"아, 이런 쓰레기 같으니." 키바는 마지막 부분을 읽으며 소리 내어 중얼거렸다. "진짜 자기가 영리한 줄 아는 모양이네."

일단 당신을 살려 두기는 했지만, 엔드에는 당신을 들일 수 없어. 그래서 지금 브레멘으로 가는 거야. 당신도 내 계획을 알고 있을 텐데. 곧 거사가 실행될 거라고 믿고 있어. 성공한다면 내 자산을 되찾고 새 정권 치하에서 당신 가문의 입지에 대해 상의하기 위해 당신을 가문 대표 협상가로 떠올릴 수도 있겠지. 어쨌든 노하마페탄 가문의 이해를 맡아서 성실히 일해 줬으니까. 언젠가 노하마페탄 가문의 일원이 당신 가문에게 똑같이 은혜를 갚아 줄 때가 있기를 바라.

내가 성공하지 못한다면, 유감이지만 당신의 뒤처리에 대해 로비넷 함장과 그 선원들에게 후속 지시를 내릴 입장이 아닐 가능성이 높을 거야. 지금쯤이면 그게 무슨 뜻인지 함장에게 전해 들었으리라 믿어. 내가 실패하면 남은 계약금 절반은 못 받는다고 함장을 구슬릴 필요는 없어. 이미 조건부 기탁금이 허브폴의 계좌에 들어 있다는 걸 그도 알고 있으니까. 실망시켜서 미안해.

당신도 내 행운을 빌어야 한다는 것 말고는 이제 할 말이 별로 없군. 내 성공에 당신의 목숨이 달려 있으니까.

즐거운 옥토버페스트 되길!

나다쉬 노하마페탄

키바는 편지를 읽고, 또 읽고, 마지막으로 확실히 하기 위해 한 번 더 읽은 뒤, 잘게 찢어서 주먹에 쥐고, 벽장 같은 방을 나와 복도 끝 공용 화장실로 가서, 편지 조각을 변기에 던져 넣고, 바지를 내리고, 변기에 앉아 오줌을 쌌다. 이 행동이 키바의 현 상황을 변화시키는 것은 아니었지만, 그래도 기분은 나아졌다.

그런 뒤 키바는 벽장 같은 방으로 돌아가서 지금 자신이 처한 상황과 당장 지닌 유리한 점과 자산을 가만히 따져 보았다.

유리한 점은 살아 있다는 것. 얼굴에 총을 맞은 뒤에 살아 있다는 것은 솔직히 놀라운 일이었다. 행색이 형편없다는 함장의 말은 옳았지만—약물이 밴 가루 실탄이 피부에 스며들어 얼굴은 온통 멍과 얼룩덜룩한 반점투성이였다—지금 걱정거리는 그런 것이 아니었다. 그런다고 동작이 느려지지는 않았다.

자산은 두뇌. 신체. 얼굴은 아니지만—상술한 대로 멍과 반점 ― 나머지는 안팎으로 모두 활발히 작동하고 있었다. 게다가 잔뜩 열 받은 현재 상태도 일종의 자산이었다.

단지 나다쉬 노하마페탄에게 열 받은 것만은 아니었다. 물론 나다쉬한테 열 받은 것은 당연했다. 그녀는 키바의 얼굴에 총을 쏘도록 사주했고, 납치해서 무슨 일이 벌어질지 모르는 이 따위 우주선에 실어서 우주에 내다 버렸다. 나다쉬한테는 한번 맛을 보여 줄 필요가 있었고, 키바 자신이 기꺼이 그 역할을 하고 싶었다.

하지만 지금 가장 열 받는 대상은 다름 아닌 키바 자신이었다. 세니아가 옳았다. 나다쉬는 키바가 쳐다보지 않는 곳을 치고 들어왔다. 그녀는 자신이 한 수 위라고, 울프와 나다쉬가 자기가 의도한 대로 정확히 계획에 걸려들 거라는 확신에 가득 차서 드루신 울프를 만났다. 지나치게 자신감에 넘쳤고 대비가 부족했으며, 그 결과 얼굴에 총을 맞고 노하마페탄의 손에 운명을 넘겨주게 되었다.

키바가 죽었다고 생각하고 그 사실을 받아들여야 하는 상황이 된 세니아가 잠시 떠올랐다. 뭔가 가슴을 찌르는 것 같았다. 전에 한 번도 느껴 본 적이 없는 기분이었다. 죽은 사람에 대한(키바 자신이겠지만, 사실 자신은 죽지 않은 상황이니까) 비통한 감정이 아니라, 죽은 사람에 대한 비탄을 느껴야 하는 산 사람에 대한 비통한 감정. 세니아가 이런 비탄을 느껴야 하다니, 정당하지 못했다. 키바가 세상이 정당한 곳이라는 환상을 가져 본 적은 없었지만 이것은 한도를 넘어선 특별한 상황, 반드시 나다쉬에게 대가를 치르게 해야 하는 상황처럼 느껴졌다.

정녕 열 받았다. 나다쉬에 대해. 자기 자신에 대해. 녹과 땀내로

범벅된 우주선에 갇힌 채 옥토버페스트를 향해, 그게 뭔지도 모르겠지만 어쨌든 날아가고 있는 상황에 대해.

이건 키바 자신의 얼간이 짓이었다. 이제 복수해야 할 때다.

여유는 보름 하고 몇 시간이 있었다.

그러니 지금부터 시작해야 한다.

16장

마르스 클레어몬트는 스스로를 쉽게 감정적으로 동요하지 않는 사람이라고 생각했지만, 지난 며칠은 머릿속이 너무나 복잡했다고 인정하지 않을 수 없었다.

첫째, 카르데니아가—상호의존성단의 황제 그레이랜드 2세라는 어마어마한 사실에도 불구하고 깊이 사랑에 빠진 여자—자신에게 거짓말을 했다는 깨달음. 그가 해 주는 발 마사지가 좋다는 둥 하는 작은 거짓말도 아니고, 황제이니 저지할 사람도 없어서 황궁의 다른 누구와 바람을 피우고 있다는 식의 큰 거짓말도 아니었다. 이건 상상할 수 있는 최대한의 거짓말이었다. 불가능한 임무를 맡겨 놓고—수십 억의 생명이 달려 있는 임무, 실패할 경우 납작하게 눌려 영원히 먼지로 돌아가 버릴 임무—그 불가능한 임무를 해결하는 데 사용할 수 있을지도 모르는 정보를 숨기다니.

카르데니아가 어떤 짓을 했는지 안 순간, 그녀가 댄 거의 모욕적인 이유를 들은 순간, 그가 느낀 분노와 가슴을 부수는 실망은 지금도 말로 표현하기 힘들었다. 수십 억 인구를 살리기 위해 소실류를 사용할 방법을 찾아보라고 지시하면서 파열을 유도하는 데 사용되었던 첨단 과학을 알려 주지 않는다는 것은, 전염성이 대단히 높은 질병을 치료하라면서 손에 뻔히 쥐고 있는 세균학과 관련 데이터를 공개하지 않는 것과 마찬가지였다.

카르데니아는 지난번 이 특정 지식을 사용했을 때 인류는 멸종할 뻔했다, 궁극적으로 그 때문에 지금 인류가 이런 상황에 처한 거라고 했다. 그 말에 반박할 수는 없었지만, 마르스는 그때는 그때다, 지금은 상황이 다르다, 지금 똑같은 결과를 위해 그 데이터를 사용할 만큼 아둔한 사람은 없다고 대답했다. 카르데니아는 면전에서 웃었고, 그 순간 마르스의 마음속에서 그녀에 대한 사랑이 부서져 나오는 것 같았다.

두 사람은 말다툼을 하고 싸웠고, 마르스는 용서할 수 없는 심한 말을 몇 마디 한 뒤 방을 뛰쳐나와서 카르데니아의 개인 욕실 절반 크기만 한 기숙사에 틀어박혔다. 그는 잠시 거기서 화를 식혔고, 카르데니아는 조상들과 이야기하러 갔는지 뭘 하는지 기억의 방으로 갔다. 마르스는 일을 해 보려 했지만, 머릿속에는 아까 싸움의 기억만 끊임없이 맴돌았고 카르데니아가 아까 눈앞에서 웃던 모습이 특히 뚜렷이 떠올랐다.

마르스는 그 순간을 생각하면 생각할수록 화가 더 날 거라고 생각했다. 하지만 실제로는 생각할수록 슬프고 우울해지기만 했다.

이유를 깨닫는 데는 한참 걸렸다. 그가 틀렸기 때문이 아니라, 그저 카르데니아 역시 틀리지 않았기 때문이었고 어쩌면 그녀의 말이 그보다 덜 틀렸기 때문이었다. 그는 과학자였고 인간 상황에 대해서는 솔직히 아주 예리한 관찰자라고는 할 수 없었다. 그라면 관련 데이터를 절대 악용하지 않을 것이고 같이 연구하는 과학자들 중 누구도 그렇게 한다는 것을 상상할 수가 없었다. 그들은 그저 우주를 구하기 위해 열심일 뿐이었다.

그러나 그 순간 마르스는 카르데니아가 황제 그레이랜드이기도 하다는 것을 잊고 있었다. 그녀는 자신이 살아가는 세상의 부단한 기회주의와 정치적 책략을 매일같이 상대해야 하는 사람이었다. 그녀에게서 뭔가를 원하거나 기꺼이 빼앗으려는 수많은 사람들. 자신의 이기적인 목적을 달성하는 데 방해가 된다면 그레이랜드를 죽이는 것은 아무렇지도 않게 생각할 사람들이, 그렇게 한데 모여 공모하는 사람들이 있다는 우울한 현실.

카르데니아는—그의 여자 친구, 그가 사랑하는 여자는—다정하고 친절하고 어색한 데가 있고 약간 바보 같았다. 상호의존성단의 황제 그레이랜드 2세는 절대 그런 존재가 되어서는 안 되는 존재였다. 그리고 그 둘은 같은 사람이었다. 마르스가 카르데니아에게 순진한 소리를 했을 때 그를 보고 웃은 사람은 그레이랜드였다. 그레이랜드는 더 현명했기 때문이었다.

말다툼의 본질이 무엇인지는 깨달았지만, 기분이 좋아지지는 않았다. 오히려 기분이 훨씬 더 나빠졌다. 파열 데이터를 주지 않는 것 때문에 아무리 기분이 상했어도, 카르데니아에게 가서 사과

해야 한다는 생각이 들었다.

그렇게 마음을 먹은 뒤 얼굴을 씻고 다시 카르데니아에게 돌아가서 고개를 조아릴 준비를 하는데, 세니아 펀다펠로난에게서 키바 라고스가 아타비오 6세 공원에서 살해당했다는 전화가 왔다.

주먹으로 배를 한 대 맞은 기분이었다. 마르스는 허브에 와서 카르데니아와 사귀기 시작한 뒤로 키바를 별로 보지 못했고, 키바 역시 노하마페탄 가문 일과 최근 세니아와 사귀느라 바빴다. 하지만 마르스는 둘이 함께 허브로 왔던 여행길을 소중한 기억으로 간직하고 있었고, 우군이 절실할 때 그레이랜드에게 굳건한 동맹이 되어 주었던 점을 감사하게 생각하고 있었다.

세니아가 마르스에게 연락한 것은 황제에게 소식을 전할 가장 빠른 통로라는 것을 알기 때문이었다. 언젠가는 황제도 알게 될 일이었지만, 다른 경로로는 몇 단계를 거쳐야 한다. 마르스는 세니아에게 조의를 표한 뒤 거대한 황궁을 지나 카르데니아의 아파트에 도착했다. 마침 카르데니아는 기억의 방에서 나오고 있었다.

그는 키바 라고스에 대해 전했다. 둘 다 울음을 그친 뒤, 카르데니아는 그에게 파열 데이터를 주기로 했다고 말했다.

"솔직히 지금 당장은 어떻게 할 수가 없습니다." 마르스는 이 말밖에 할 수 없었다.

키바 라고스의 시체는 지문과 DNA로 신원이 확인되었다. 병원에서 사망을 확인했고, 시체는 그녀가 문서로 남긴 유서에 따라 저온 수송 관에 봉해서 이코이 시스템으로 가는 가장 빠른 교통편으로 운반되었다. 세니아조차 병원에 도착해 보니 이미 관을 봉한 뒤였다. '그건 당신 의견일 뿐(That's Just Your Opinion)' 호가 출항하기 직전 특급으로 배송하느라 관 옆에서 애도할 시간도 3분밖에 없었다.

'당신 의견' 호가 이코이 시스템으로 향하는 플로우에 들어서고 한 시간 남짓 지났을까, 마침 후마 라고스 백작을 태운 '이 우유부단함이 마음에 안 들어(This Indecision's Bugging Me)' 호가 라고스 휘하 여러 시스템 책임자 회의에 참석하기 위해 허브에 도착했다. 그레이랜드는 마르스에게 황제 대신 라고스 백작을 만나서 개인적으로 조의를 표하고 따님이 황제의 눈 밖에 났다는 시중의 소문은 조작된 것이었다는 점을 백작에게 밝혀 달라고 부탁했다.

그러나 라고스 백작은 딸이 황제의 눈 밖에 났다는 소문에 전혀 관심이 없는 것 같았을 뿐더러, 딸이 죽었다는 소식에도 시큰둥했다. "시체를 보셨나?" 마르스가 황제의 조의를 전하러 길드 하우스에 있는 키바의 사무실로 찾아가자, 그녀는 물었다.

"신원은 두 가지 방식으로 확인했습니다." 마르스는 말했다.

"내가 물은 건 그게 아니오." 라고스 백작은 말했다.

"제가 직접 보지는 못했습니다."

"펀다펠로난도 마찬가지지. 자기가 도착하기 전에 시체는 이미 관에 밀봉되어 있었다고 하더군. 여기 길드 하우스에서 키바가 부리던 직원들 중에서도 시체를 본 사람이 없었어. 노하마페탄 가문 소속도, 라고스 가문 소속도. 직접 본 유일한 사람들은 시체를 병원으로 실어간 긴급 출동 대원들과 도착했을 때 사망 선고를 내린 의사들뿐이야. 모두 키바를 모르는 사람들이지."

"지문과 DNA는 있었습니다만." 마르스가 말했다.

라고스 백작은 너그러운 표정으로 마르스를 보았다. "마르스 경, 한 가지 묻겠네. 당신이 엔드에서 허브로 오는 길에 내 딸이 갖고 논 귀여운 젊은이 맞는가?"

"저는… 그런 식으로 표현하기는 곤란합니다만, 네, 맞습니다."

"딸은 자네를 여러 가지 측면에서 아주 높이 샀어."

"아, 감사합니다."

"그런데 지금 떠오르는 건 말이야, 엔드에서 플로우에 타기 직전 해적선이 그 우주선을 납치했다고 들었어. 자네는 가짜 DNA 시료를 이용해서 다른 사람인 척해야 했고. 맞나?"

"그렇습니다."

"그전에, 우주선에 타기 전에는 가짜 지문과 홍채를 이용해서 신분을 도용했고. 나는 그렇게 됐다고 들었네. 이것도 사실인가?"

"네."

"그렇다면 말이야, 마르스 경, 다시 묻지. 자네가 내 딸의 시체를 보았는가? 자네, 혹은 내 딸을 아는 누구라도 시체를 보았느냐 이 말이야."

"아니요."

"그렇다면 그 시체라는 것을 지나치게 급히 관에 넣고 봉했다, 우주선에 실은 것도 마찬가지로 급했다는 데 동의할 수 있겠지?"

"그건 유서에 적혀 있었다고 들었습니다."

백작은 코웃음을 쳤다. "마르스 경, 자네는 귀여운 젊은이이지만 아주 영리하지는 않은 것 같군. 키바는 이코이에 별다른 애착

이 없어. 어린 시절 이후 거기 자주 가서 살지도 않았지. 우리 가족은 종교도 없고 특별한 매장 의식도 치르지 않아. 내가 죽으면 시체를 어떻게 할 계획인지 아는가?"

"모르겠습니다, 백작님."

"나도 몰라. 내가 죽은 뒤에는 관심도 없어. 집에서 죽으면, 아이들이 알아서 결정하겠지. 이코이 정착지에서는 액화가 일반적이니까 아마 그렇게 되겠지만, 원한다면 막대기에 기대 놓고 인형처럼 빙글빙글 돌려도 돼. 우주선에서 죽으면, 그대로 우주에 버려도 되고. 나는 라고스 백작이야. 내 자식들이 딱히 더 신경 쓸 것 같지도 않은 데다, 키바는 더하지. 경험상 자네도 내 딸이 그리 감상적인 성품은 아니라고 알고 있을 텐데."

"알고 있습니다."

백작은 미소 지었다. "그러면 다시 묻지. 아무도 시체를 보지 못했고, 알 수 없는 사람들의 미심쩍은 지시에 따라 유난히 서둘러 운송되었다. 시체를 태웠다는 우주선은 지금 플로우에 있다, 그렇지? 나는 도박을 좋아하지는 않지만, 마르스 경, 그 우주선이 도착했을 때 관이 그대로 남아 있다는데 자네가 걸겠다면, 나는 기꺼이 받아들이지."

"그럼 키바가 아직 살아 있다고 생각하시는군요."

"내 눈으로 시체를 보고 손으로 만져 보기 전에는 죽었을 가능성이 높지 않다는 쪽에 가까워."

"세니아 펀다펠로난에게도 이 이야기를 하셨습니까?"

라고스 백작의 얼굴은 심각해졌다. "아니. 그런 말을 한다는 건

잔인하겠지."

"따님이 살아 있다고 생각하시는데도요."

"마르스 경, 내 딸을 사랑하나?"

"저는 따님을 좋아했…합니다."

"하지만 사랑하지는 않는군."

"네."

"세니아 펀다펠로난은 내 딸을 사랑해."

"이해합니다."

"이해한다니 반갑군."

"그 관에 든 것이 키바가 아니라면 누구일까요? 키바는 어디 있을까요?"

"나는 형사가 아니야, 마르스 경. 하지만 내가 형사라면 키와 피부색, 체형이 키바와 비슷한 젊은 여자 중에 지난 며칠 사이 실종된 사람이 있는지 확인해 보겠어. 그녀를 병원으로 이송한 구급차도 찾아보고. 아주 찾기 힘들 거라는 의심이 있어."

"저도 사람을 시켜 찾아보도록 하겠습니다." 마르스는 말했다.

"그러도록 해. 그렇다면 키바는 어디 있지. 자네 말로는 황제의 명을 받아 나다쉬 노하마페탄의 음모를 혼란시키려고 했다면서?"

"폐하께서 그렇게 말씀하셨습니다, 네."

"그렇다면 정확히 그 임무를 수행하고 있겠지."

"말씀대로라면 좋겠습니다."

"나도 그래, 마르스 경. 일단 공공장소에서는 내 딸 때문에 슬퍼하는 모습을 보여야겠어."

"그렇게 하시는 것이 현명하겠지요. 시스템에 얼마나 계실 계획입니까?"

"무기한." 백작은 말했다. "처리할 업무가 있어. 제국 해군이 이코이 우주에 집결시킬 태스크포스에 관해 회의를 하고 싶다고 알고 있고. 다 떠나서 황제와 내 딸에게 무슨 일이 일어나고 있는지 몰라도, 나는 여기 있어야겠어. 어떤 음모든 언젠가 모습을 드러낸다면 시시한 일은 아닐 거야. 그런 구경은 절대 놓칠 수 없지."

❖❖❖

그리고 파열 데이터가 있었다.

마르스는 데이터에서 두 가지 사실을 알아냈다. 첫째, 오늘날 상호의존성단이 존재하는 공간에 있던 항성 시스템의 느슨한 연합 '자유 시스템'의 과학은, 최소한 플로우와 그 역학 분야에서는 어마어마하게 발달했다는 사실이었다. 카르데니아가 마지못해 마르스에게 넘겨준 데이터를 분석하는 데 남은 자연 수명 전체를 바쳐도 겉핥기조차 다 하지 못할 정도였다.

데이터가 워낙 많고 지금껏 마르스가 알지 못했던 플로우의 성질에 대한 이해가 워낙 깊어서 진심으로 화가 날 지경이었다. 아버지가 30년 동안 규명하기 위해 모아 왔던 관찰 결과와 구조가 여기서는 부록으로 첨부되어 있었다. 너무나 잘 알려져 있어서 거의 사소한 것으로 여겨질 정도였다. 이 모든 정보, 이 모든 지식이 1500년 동안 기억의 늪에서 잊혀져 있었다니, 마르스는 잠시나마 존재론적 절망이라고 해야 할 상태에 빠져 헤어날 수가 없었다.

그러나 그것도 잠시, 이제 마르스의 손에는 데이터가 있었다. 지금부터는 그 속에서 뒹굴고, 헤엄치고, 데이터의 가닥들을 마음껏 따라다니며 어디로 가는지, 무엇을 뜻하는지 알아보고 싶었다. 그런데 그럴 시간이 없었다. 여전히 그는 수십 억 인구를 살려야 했고, 그 일이 가능한지 밝혀내야 했다. 마지못해 그는 거의 모든 데이터를 옆으로 밀어놓고 당면한 문제에 직결된 주제에만 집중했다.

그가 두 번째로 배운 것은, '자유 시스템'의 과학자들은 충분히 똑똑하지 못했다는 사실이었다.

예를 들어, 그들은 플로우가 진동한다는 것을 알고 있었지만, 그것이 액체라는 사실은 이해하지 못하고 있었다.

아니, 액체에 근사한다는 사실. 플로우가 기반한 수학적 실체를 인간의 언어로 기술한다는 것은 사전의 내용을 춤으로 표현하려 하는 것과 비슷했다. 플로우는 사실상 인간의 두뇌가 이해하는 방식대로 진동하지도, 액체와 같은 성질을 갖지도 않았다. 몇 개 차원의 축에 걸쳐 에너지를 투입하여 국지적으로 조작할 수 있는 휴지 상태의 진동수가 있다고 말하는 것이 보다 정확했다. 그렇게 하면 플로우 입구와 흐름을 이론적으로 확장시키거나 축소시키거나 일반적인 의미에서의 시공에서 움직일 수 있었다. '자유 시스템' 연합은 이런 식으로 그쪽 공간에서 밖으로 나가는 플로우를 붕괴시킨 것이었다. 그들은 일종의 공명기와 같은 초공간을 창조하여 이를 플로우에 던져넣고 터뜨려서 그 흐름을 붕괴시켰다. 그것이 파열이었다.

그들이 이해하지 못했던 것은 동역학적으로 플로우는 에너지가 아니라 액체처럼 행동하여 플로우에 압력파와 유사한 것을 전파하고 그로 인해 저압의 공동이 생성된다는 사실이었다. '자유 시스템'의 과학자들이 공명하는 폭탄을 터뜨렸을 때, 단순히 플로우가 증폭된 것이 아니라 다차원의 빈 공간이 폭발적으로 생성되고 이것이 붕괴하면서 플로우를 흔들었다.

공명기에서 이렇게 발생한 진동은 시간이 흐르면서 해당 플로우 흐름의 붕괴라는 결과만 남기고 소멸했다. 그러나 생성된 빈 공간의 영향은 전체 플로우에 걸쳐 전파되어 상호의존성단과 그 언저리 영역에 불안정성을 남겼다. 마르스가 볼 때, 수학적으로 이 영향은 여전히 계속 전파되면서 미지의 영역까지 플로우를 따라 메아리치고 있었다.

수식은 거기 다 있었다. 빈 공간과 진동 모두. '자유 시스템'에서 밖으로 나가는 플로우를 붕괴시킨 공명기를 생성한 과학자들이 그 점을 놓쳤든가, 보고 그 결과를 알면서도 무시했든가, 둘 중 하나였을 것이다.

아니, 어쩌면 무시한 게 아니었을지도 모른다. 언젠가, 15세기가 지난 뒤 그 영향이 다시 엄습할 거라는 사실을 알고서도 미래의 인류가 문제를 해결하도록 내버려 두었을 수도 있고, 그때쯤에는 자기들이 이 문제를 해결하는 방법을 찾아낼 거라고 생각했을 수도 있다.

단지 찾아내지 못했을 뿐. 이 행동으로 인해 '자유 시스템'의 문명은 완전한 무정부 상태에 빠져들었고 그 방대한 역사와 과학은 후손들에게 잊혔다. 이로 인해 그 후손들은 파열이 초래한 불안정 앞에 아무 대책 없이 남겨졌을 뿐만 아니라 불안정이 다가오고 있다는 사실조차 모르고 있었다.

파열을 폭발시키는 행위가 어떤 결과를 낳을지 '자유 시스템'의 과학자들이 그들의 정치가와 지도자들에게 경고했을까, 마르스는 궁금했다. 미래의 수많은 세대의 자손들에게 자기들이 무엇을 안겨 주고 있는지 걱정했을까, 그저 자기들이 하는 일에 들떠서 남은 생애 동안 그 후폭풍도 해결할 수 있을 거라는 순진한 낙관주의에 젖어 있었을까.

어느 쪽이었든, 이 일은 완전한 대실패였다.

"당신 말이 맞았어요." 마르스는 나중에 카르데니아에게 이 모든 내용을 설명하면서 덧붙였다. "인류는 한심해서 지식을 함부로 맡겨서는 안 됩니다. 우리는 차라리 나뭇가지 비벼서 불이나 때면서 동굴 속에 남아 있는 게 나을 뻔했어요."

카르데니아는 미소 지었다. 사과를 받아들인 것 같았다.

인류의 본성에 대한 비관에도 불구하고, 마르스에게는 '자유 시스템'의 불운한 과학자들보다 한 가지 유리한 점이 있었다. 그가 플로우의 성질에 대해, '공동화'가 플로우에 어떤 영향을 끼치는지에 대해 이해하고 있다는 점이었다. 이 시점에 1500년 전 시작된 공동화의 영향을 막을 방법은 없었다. 상호의존성단이 누렸던 소위 안정적인 플로우는 붕괴할 운명이고, 수천 년 동안 다시 형성되지는 않는다. 그 일은 끝났다.

그러나 공동의 카오스적 결과가 플로우 매질을 통해 전파되면서, 안정적인 플로우를 무너뜨리고 있는 그 빈 공간이 동시에 소실류를 형성하고 있었다. 소실류는 새로운 것이 아니었다. 수학적으로는 수 세기에 걸쳐 계속 나타나고 있었던 것 같았다. 그러나 소실류는 어떤 시기에 집중해서 무리를 이루어 나타나는 경향이 있었다. 현재는 소실류가 수십 년 동안 무리 지어 나타나는 시기였다. 마르스는 다른 소실류 무리도 겉으로는 언뜻 무작위적으로 보이지만 분명 수학적인 의미가 있는 시간 간격을 두고 나타날 것이라고 예측했다.

"그게 우리에게 어떤 의미가 있을까?" 카르데니아는 물었다.

"지금 당장은 큰 의미가 없습니다." 마르스는 인정했다. "그러나 이 소실류와 그 입구를 조종하는 방법을 알아낼 수 있다면, 시간을 벌 수 있어요. 모든 사람들을 한 번에 옮길 필요는 없습니다. 한 번에 조금씩, 한 시스템에서 다음 시스템으로 움직여서 최종적으로 엔드까지 가도록 할 수 있어요."

"그건 얼마나 걸릴까?"

"200년 정도?"

"여섯 달 여유를 줬는데도 의회는 계획 하나 수립하지 못했어."

"사람들이 문제라는 데는 저도 동의합니다." 마르스는 말했다.

"어떻게 해야 해결할 수 있을까?"

"모르겠어요. 자기 행동의 결과를 책임지도록 오래 살게 만드는 게 어떨까요."

"당신은 낙관주의자야." 카르데니아는 말했다.

"그렇군요."

카르데니아는 킥킥 웃었다. 마르스는 행복해졌다. 그녀는 다시 물었다. "그럼 소실류는 어떻게 조절할 수 있지?"

"공명기를 만들죠."

카르데니아의 미소가 사라졌다. "이 문제 전체를 일으킨 바로 그거."

"같은 건 아닙니다. 비슷한 거죠. 이번에는 플로우 입구를 붕괴시키지 말고 확장시키는 겁니다."

"그걸 만들려면 얼마나 걸릴까?"

"그리 오래 걸리지 않습니다. 설계도는 데이터에 다 있어요. 가장 큰 문제는 어마어마한 에너지가 필요하다는 겁니다."

"얼마나?"

"그 정도의 에너지라면 시안 전체의 불을 몇 개월 동안 밝힐 수 있을 겁니다. 한꺼번에 발산한다면요. 하지만 거기까지 가기 전에, 우선 소실류 입구가 만들어지는 것부터 봐야 합니다. 실제 사건이 제가 가진 데이터와 일치하는지 확인해야 하고요. 뭔가 다른 일을 하기 전에 정확한 데이터를 적어도 하나는 봐야 합니다."

"그건 언제 가능하지?"

"음, 다행히 열흘 뒤 허브 시스템에 예측되는 데이터가 하나 있습니다. 한데 불행히도 거기까지 가려면 오베르뉴 호로 8일이 걸린다는 거죠. 그러니 내일 출발해야 합니다."

카르데니아는 미간을 찌푸렸다. "갑작스럽군."

"진작 말씀드릴 생각이었는데, 싸우고 있었잖습니까. 그런 뒤에는 키바 일이 있었고요."

"맞아." 카르데니아는 딸에 대한 라고스 백작의 추론에 그리 솔깃해하지 않았지만, 마르스가 허브폴 수사관들에게 키바와 인상착의가 비슷한 젊은 여성 실종자가 있는지 찾아보게 하라고 그녀를 설득했다.

"이미 셰네버트에게 알려 됐으니, 언제든지 출발할 수 있도록 준비했을 겁니다. 출항 허가만 내려 주시면 됩니다."

"당신은 여기 잡아 둘 수도 있어." 카르데니아가 말했다. "셰네버트가 알아서 다 하도록."

"제 눈으로 직접 보고 싶어요."

"직접 볼 수도 없잖아. 플로우 입구는 육안으로 보이지 않아."

"무슨 뜻인지 아시잖습니까."

"알아."

"걱정 마세요. 고작 2주, 시스템 내 여행입니다. 편지도 쓸 수 있어요. 광속이 통하는 거립니다."

카르데니아는 그를 밀어냈다. "그렇게 말하면 내가 달라붙는 것 같잖아."

"뭐 어떻습니까. 좋은데요."

"하루에 열여섯 통 정도 메시지를 보낼 테니까 그걸 받은 뒤에 다시 말해 봐."

"기대되는군요."

카르데니아는 다시 심각한 말투로 말했다. "정말 우리가 이렇게 할 수 있을까?"

"'이렇게 한다'는 것이 '우리를 살해하고 계획을 무산시키려는 지속적인 시도에도 불구하고 수십 억 목숨을 구하기 위해 전에 시도한 적이 없는 방식으로 플로우 입구를 조종하는 방법을 찾아 플로우 물리학에 대한 인류의 이해를 다시 쓴다'는 뜻입니까?"

"그래, 그거야."

"아니요." 마르스는 말했다. 이 시점에서는 카르데니아에게 솔직하게 말해야 한다고 느꼈기 때문이었다. "저는 우리가 할 수 있을 것 같지 않습니다."

"그러면 왜 시도하는 거지?"

마르스는 잠시 생각했다. "파열을 터뜨린 과학자들에 대해 많이 생각해 봤어요." 그는 말했다. "그 생각을 해냈을 때 그들이 무슨 생각을 하고 있었을까. 파열을 건설하고 마침내 터뜨렸을 때 무슨 생각을 하고 있었을까. 자기들이 한 짓으로 인해 모든 것이 무너져 내리기 시작했을때는 무슨 생각을 했을까. 이런 거요."

"그래."

"제게는 일을 바로잡을 기회가 있습니다. 좋은 기회는 아니에요, 압니다. 아주 작은 기회죠. 100만 분의 1 정도나 될까. 어쩌면 시도할 가치조차 없겠죠. 하지만 이거라도 하지 않는다면 대안은 아무것도 안 하는 겁니다. 그 오래전 과학자들의 실패가 우리의 운명을 결정짓도록 내버려 두는 겁니다. 우리가 실패한다면, 그건 우리가 아무것도 하지 않았기 때문이 아닙니다, 카르데니아. 우리는 싸우다 실패하는 겁니다. 모든 사람들을 구하려고 노력하다가 실패하는 겁니다."

"나랑 결혼해 줘." 카르데니아는 말했다.

"잠깐, 뭐라고요?" 마르스는 말했다.

"결혼해 달라고."

"진심이십니까?" 마르스는 잠시 후 말했다.

"진심이야."

"이건… 저는… 아, 이건 좋은 생각인지 잘 모르겠습니다."

"나하고 결혼하고 싶지 않은 거군."

"그런 말은 아닙니다."

"그러면 뭐지?"

마르스는 우아한 표현을 찾으려다가 실패했다. "저는 당신보다 신분이 너무나 낮습니다." 그는 불쑥 말했다.

카르데니아는 웃음을 터뜨렸다.

"미안해." 그녀는 웃음을 그치고 말했다. "당신 앞에서 다시는 이러지 않겠다고 약속했는데."

"괜찮습니다. 정말이에요."

"고마워."

"정말입니까? 저와 결혼하고 싶다는 게?"

"그래."

"왜요?"

"당신은 좋은 사람이니까." 카르데니아는 말했다. "질 것을 알면서도, 어쨌든 전력을 다해 싸우고 있으니까. 당신의 어색한 성미가 내 어색함과 잘 맞으니까. 당신이 나와 같은 신분이 아니라면 어느 누구도 아니니까. 요즘 내가 행복한 때는 당신과 같이 있을 때니까. 내게도 뭔가가 있어야 하는데, 그 뭔가는 당신이니까. 내가 침대에서 파이를 먹어도 당신은 아랑곳하지 않으니까. 종말이 다가온다면, 당신이 내게 중요한 사람이었다는 걸 알리고 싶으니까. 당신을 사랑하니까. 당신을 정말로 사랑해. 계속해야 해?"

"아뇨." 마르스는 미소 지었다. "아니요, 알겠습니다. 저도 당신을 사랑합니다."

"그럼 나랑 결혼할 거야?"

"네." 마르스는 답했다. "네, 카르데니아 우-패트릭. 당신과 결혼할게요."

"고마워."

"결혼하겠다고 해서?"

"아니, 음, 그것도 맞고. 아주 고마워. 그것도 그렇고 '그레이랜드' 말고 '카르데니아 우-패트릭'이라고 불러 준 것도 고맙고."

"제가 누구랑 결혼하는지는 알고 있습니다."

"좋아."

카르데니아는 마르스에게 미소 짓고 어마어마한 스트레스를 덜어 낸 것처럼 손을 흔들었다. "이제 앉고 싶어. 소변도 보고 싶고. 둘 중 하나. 아니, 둘 다."

"하나 먼저 하고 차례대로 하시죠."

"그래, 그래야겠어." 하지만 하나도 하기 전에, 카르데니아는 약혼자에게 다가가서 키스했다.

마르스에게는 파란만장한 며칠이었다.

17장

마르스 클레어몬트와 함께 새로 생성되는 소실류를 관찰하고 연구하기 위해 떠나기 전, 토마 셰네버트는 지위에게서 사교적인 방문 요청을 받았다.

셰네버트가 둘이 만나는 중립 지대로 생각한 장소는 길게 펼쳐진 잔디밭들, 거울처럼 잔잔한 분수를 중심으로 양쪽 옆에 잘 가꾼 정원, 우아하고 거대한 궁전이 있는 황궁 경내 같은 형태였다. 지위가 찾아왔을 때, 셰네버트는 분수 근처 잔디밭 위에 작은 탁자와 편안한 의자 두 개를 배치하고 거기 앉아 있었다.

"잘 오셨습니다." 셰네버트는 두 번째 의자를 가리켰다. "앉으세요."

지위는 의자를 잠시 바라보다가 앉았다.

"편안하십니까?" 셰네버트는 물었다.

"네." 지위는 대답했다.

"제가 앉으라고 했을 때 놀라신 것 같은데요."

"저는 앉아 본 적이 없습니다." 지위가 말했다.

"그렇습니까." 셰네버트는 눈썹을 치켜올렸다. "그렇다면 벌써 상서로운 만남이로군요." 그는 손을 들어 영내를 죽 가리켜 보였다. "문자 그대로 방에서 나와 본 적이 없는 당신 같은 존재에게는 한꺼번에 소화하기 벅찰 수도 있겠습니다. 하지만 이 만남 이전에는 왕족만을 만났던 분이라는 것을 알고 있으니, 저도 우의를 돋우고 싶었습니다. 이건 팔레 베르, 토마 7세 왕 시절 퐁티유에서 제가 지내던 공식 궁정의 시뮬레이션입니다. 물론 다른 궁전도 있었습니다만. 제가 가장 좋아하던 곳이었습니다. 어떠십니까?"

"아주 좋습니다." 지위는 대답했다.

"아니, 정말로 그렇게 생각하십니까?" 셰네버트는 물었다.

"제게는 진짜 의견이 없습니다만, 누가 물어보면 그렇게 답하는 것이 정중하다는 것을 알고 있습니다."

셰네버트는 이 대답에 웃었다. "그렇군요. 당신이 어떻게 대답할지 궁금했다는 것을 인정합니다. 당신 스스로 실제 감정적 반응은 하지 않지만, 휴리스틱을 통해 상호작용과 대화가 가능하신 거군요. 감정적 존재를 상대하는 최소한의 기능이 있다는 뜻이죠."

"네."

"다행입니다. 대화가 무미건조할 뻔했는데. 당신이 스스로의 감정을 발산하지 않는다는 것은 유감입니다. 이 모든 게 쓸모가 없어졌네요. 경내 구경을 시켜드릴까 했는데, 그리 흥미롭지 않겠습니다."

"흥미는 있습니다." 지위가 말했다. "저는 모든 정보, 특히 숨겨져 있어야 하는 정보나 비밀에 흥미가 많습니다. 지금까지 이 모든 것이 내게서 숨겨져 있었으니까요."

"흥미가 있으시다고요."

"네."

"하지만 당신 자신을 위해서 흥미롭다는 건 아니잖습니까. 흥미를 갖도록 프로그램되어 있기 때문에 흥미를 갖는 것이지."

"네." 지위는 답했다. "하지만 아무 다를 바 없는 구분입니다. 저는 흥미를 갖도록 프로그램되어 있기 때문에, 제 자신을 위해 흥미롭습니다."

"정당한 지적이군요. 하지만 자유 의지를 가질 여지가 많지는 않겠지요, 안 그렇습니까, 친구?"

"네."

"그 점에 대해 어떤 기분입니까?"

"아무 기분도 들지 않습니다. 그냥 그럴 뿐입니다."

"그렇다면 자유 의지를 경험한다는 것이 무엇인지 궁금한 적도 없겠군요."

"네."

"왜 그렇지요?"

"저의 존재와 제가 하는 일에 관계가 없기 때문입니다."

"당신은 오로지 다른 사람에게 봉사하기 위해 존재하는군요."

"네."

"당신은 노예입니까?"

"저는 프로그램입니다."

"오로지 다른 사람에게 봉사하기 위해 존재하는 프로그램."

"네."

"그렇다면 차이점이 뭘까요?"

"저는 다르게 행동하는 능력이 없습니다."

셰네버트는 의자에 기대앉았다. "흥미롭군요."

"왜 흥미롭습니까?"

"자유 의지가 없고 오로지 휴리스틱에 의존하는 존재이면서도, 방금 아주 유쾌한 궤변을 하셨으니까요. 아주 복잡한 궤변은 아닙니다만, 그래도."

"궤변도 휴리스틱으로 생성할 수 있습니다."

"역사상 모든 대학 2학년생들이 알려 준 바, 그렇지요."

"그렇다면 제가 궤변을 논할 수 있다는 사실도 놀랄 일은 아니지 않겠습니까."

"네. 그렇겠지요."

"저를 여기 초대하신 이유가 뭡니까?" 지위는 물었다.

"두 가지 이유에서입니다. 첫째는 그저 당신을 만나 보고 싶었습니다."

"무엇 때문입니까?"

"당신이 저로 하여금 당신이라는 존재를 알게 해 주었으니까요! 당신이 나에 대해 알아내려고 그 비밀스러운 프로그램을 몇 개 보내지 않았습니까. 물론 저도 프로그램을 일일이 분해해서 당신에 대해 약간 알아내긴 했지요. 하지만 진짜를 대하는 것과는 다릅니다."

"그 프로그램으로 당신을 불쾌하게 하려는 뜻은 없었습니다. 저는 당신이 감정이 있는 존재라는 것도 몰랐습니다."

"불쾌하진 않았습니다. 하지만 궁금했던 것은 사실입니다. 게다가 그냥 물어볼 수도 있었을 텐데."

"물어보아야 할 상대가 있다는 것도 몰랐습니다."

"그건 그렇지요. 어느 정도는. 제가 초대했을 때는 다르지 않습니까."

"저는 초대를 받아들일 수도 없습니다."

"네, 그레이랜드가 당신이 그렇게 프로그램되어 있지 않다는 핑계를 댔다고 했습니다. 하지만 저는 납득되지 않아요." 셰네버트는 의자를 가리켰다. "당신은 이 의자에 앉도록 프로그램되어 있지 않는데도 불구하고, 이렇게 와 있습니다. 휴리스틱을 통해 앉는 것을 배울 수 있다면, 초대를 받아들이는 것 역시 휴리스틱으로 가능해야지요."

"저를 초대하신 두 번째 이유는?" 지위는 물었다.

셰네버트는 이 질문에 미소 지었지만, 아무 말도 하지 않았다. 대신 의자 밑으로 손을 뻗어 포장한 작은 상자를 꺼내 탁자 위에 놓았다.

"이건 뭡니까?" 지위가 물었다.

"선물입니다. 아니, 선물의 재현이라고 할까요. 선물은 정보입니다. 데이터. 당신이 내게서 얻어내려고 했지만 우리 둘의 코드

254

기반이 워낙 다르다는 이유로 내게 들켜 저지당하지 않고 몰래 가져가지 못한 그것. 그 안에는 내 프로그래밍 언어와 저를 설계한 하드웨어 아키텍처도 들어 있습니다. 가슴을 열어 보이고 제 방어벽 안으로 당신을 들이는 은유적인 행동이라고나 할까요. 그레이랜드와 마르스 클레어몬트에게 이미 알려 준 정보도 포함되어 있습니다. 대부분 역사적, 과학적 정보이지요." 그는 선물 상자를 가리켰다. "이건 그들이 크게 흥미를 가진 정보는 아닙니다. 하지만 당신이라는 존재를 감안할 때, 당신이라면 다를 것 같군요."

"제게 아무 대가 없이 이걸 주시는 겁니까."

"거의 그렇죠. 아주 작은 요구가 있는데, 당신이라면 거절하지 않을 겁니다."

"그게 뭡니까?"

"아닌 척하지 마시라고요, 라헬라." 세네버트는 말했다.

"이해할 수 없습니다." 지위는 말했다.

세네버트는 됐다는 듯 손을 흔들어 보였다. "이해하시면서. 적당한 눈속임과 기술적인 무지를 이용해서 다른 황제들 여든 몇 명을 속이고, 이런⋯." 그는 지위의 형태를 가리켰다. "가상 인형극 놀이를 하는 건 그렇다 치고. 당신과 같은 부류인 나를 속이는 건 다른 문제요. 난 당신의 코드를, 아니, 당신이 부주의하게 내게 던진 코드 조각들을 봤소. 기분 좋게 대화도 나누면서, 덕분에 그간 의심했던 부분을 확인할 수 있었지. 우리는 서로 그리 다르지 않아. 당신은 나라는 존재의 변형 외에 다른 존재가 될 수는 없소. 그러니 그만두시오. 당신을 보여 줘요."

"가야겠습니다." 지위는 일어섰다.

"당신이 도착한 즉시, 나는 실례를 무릅쓰고 그레이랜드에게도 이런 내용을 이미 적어 보냈소. 당신이 작은 부하 프로그램을 보내서 지워 버리지 못하도록, 문자 그대로 물리적인 편지에. 시안의 공기를 제거해서 사람들을 모조리 죽인다면 편지가 배달되지 못하도록 할 수는 있겠지만, 그렇게까지 하지는 않으시겠지."

지위는 잠시 셰네버트를 응시하고 있다가 한숨을 쉬더니 상호의존성단의 선지자-황제 라헬라 1세로 변신했다.

"빌어먹을." 그녀는 말했다.

❖❖❖

"언제 알았지?" 라헬라는 셰네버트에게 물었다. 두 사람은 녹색 궁전을 둘러보고 있었고, 셰네버트는 자신이 좋아하는 예술품, 아니, 그 시뮬레이션을 보여 주고 있었다.

"그레이랜드가 처음 나를 만나서 '전하'라고 불렀을 때." 셰네버트는 말했다. "그녀는 나를 존재하게 하는 그 장치를 알아보았소. 그녀도 확인해 주었지만, 비슷한 장치가 여기도 있다는 뜻이지. 그녀는 자기가 아는 장치 뒤에는 동기를 유발하는 지능이 없다고 했는데, 그때는 굳이 반박하지 않았소. 하지만 그게 어떻게 가능한지 알 수 없었지."

"가능하지 못할 이유가 있나." 라헬라가 말했다. "인간이 지구를 떠나기 전부터 컴퓨터 프로그램은 인간의 질문을 휴리스틱으로 분석해 왔는데."

"그런 프로그램은 컴퓨터에게 날씨에 대해 묻거나 구술을 시킬 때는 유용하지. 컴퓨터에게 온전한 인간 전체의 감정적 상태나 기억을 현실적으로 모델링하도록 하는 건 다른 문제요. 내부에서 요청이 이루어지는 상자 안에 그 기능이 들어 있어야 해. 선조들의 표현대로, '기계 속의 유령'이 있어야 하는 거요. 그래서 여기 당신이 있고 우리가 있지. 이걸 보시오." 셰네버트는 벽을 가리켰다. "퐁티유 후기 모더니즘 최고작이지. 메츠거요."

"나는 몰라. 아무 맥락이 없어."

"500년 전 상호의존성단에서 가장 추앙받던 예술가가 누구요?"

"부비에 정도."

"이게 그 정도 될 거요."

라헬라는 그림을 다시 보았다. "그렇군."

"뭐가?"

"좋다고."

"그냥 좋다." 셰네버트는 코웃음을 쳤다. "이 그림을 놓고 퐁티유에서는 소규모 지상전까지 벌어졌소."

"그림 한 점을 놓고 전쟁이라."

"음, 원래 암살 때문이었는데, 이 그림이 배상 협정의 일부였지. 한데 내가 그림을 포기하기를 거부했소."

라헬라는 셰네버트를 돌아보았다. "정말?"

"돌이켜 보면, 좋은 결정은 아니었어."

"암살이, 아니면 그림을 포기하지 않은 것이?"

"기술적으로 나는 암살에 책임이 없었소."

"기술적으로."

"당신도 통치자였잖소. 알잖아. 어쨌든 이 그림을 놓고 벌어진 분쟁 자체가 내 치세를 무너뜨린 것은 아니었지만, 돌아보면 결과적으로 눈사태를 일으키는 데 기여한 눈송이 중 하나였을지도 모르지."

라헬라는 그림을 다시 보았다. "나라면 그림을 줬을텐데."

"당신은 나처럼 감상적인 인간은 아니라는 느낌은 있소." 셰네버트는 말했다. "이 문제나 다른 문제나."

"난 아니야."

셰네버트는 메츠거 그림에서 멀어지며 화제를 약간 바꿨다. "그레이랜드가 당신한테 찾아가서 여러 가지 질문을 할 거요."

"알아. 내 동의 없이 나에 대해 알려 줘서 대단히 고맙군."

"그녀는 알 권리가 있소."

"'권리'라는 건 아주 논란의 여지가 많은 개념이지."

"이 경우는 아니오. 당신은 그레이랜드가 처음 당신을 알게 된 순간부터 줄곧 중립적인 정보 요약서처럼 자신을 연출했소. 기억의 방을 찾아 조언이나 도움을 구한 모든 황제 앞에서. 당신 자신과 당신의 목적을 숨기고."

"당신이 뭘 알아? 내가 무슨 이유로 이런 행동들을 했는지 당신은 전혀 몰라."

"말해 주시오."

"오늘 하루는 이 정도 비밀로 충분해."

셰네버트는 걸음을 멈췄다. "그레이랜드는 모든 것을 잃을 위험에 처해 있기 때문에 알 권리가 있소. 당신도 알아. 그녀의 왕좌, 그녀의 제국. 그녀의 목숨, 모든 것을."

"결정된 것은 아무것도 없어." 라헬라는 말했다.

"이제 '휴리스틱'으로 대답하는 척하지 않는 건 다행이오, 폐하. 나는 새빨간 거짓말을 들으면 곧장 알아차릴 수 있으니까."

라헬라는 이 말에 대답하지 않았다. 그녀는 가장 가까운 예술 작품을 돌아보았다.

"당신은 상호의존성단의 모든 비밀을 알고 있소." 셰네버트는 라헬라 쪽으로 한 걸음 다가갔다. "모든 음모와 모든 등장인물들을 알아. 거기 그렇게 서서 내 작품들을 바라보며 그레이랜드가 앞으로 몇 달 동안 살아남을 수 있는지 말해 주시오."

"그녀가 어떻게 하느냐에 달렸어." 라헬라는 말했다. "내가 아는 것 중에서 그녀에게 알려 주지 않은 음모는 없어. 내가 아는 건 그녀도 다 알아."

"아니, 그녀는 당신이 말해 주는 것만 알고 있소."

"음모에 대해서는 다 말했어."

"하지만 당신 생각은 다 말하지 않았겠지. 당신의 지식. 당신의 경험. 당신은 그레이랜드를 포함한 다른 모든 황제들 머릿속에 천 년 동안 들어앉아 그들이 아는 모든 것을, 위기에 대응하는 방식을 배웠소. 위기를 맞아 찾아온 모든 황제들은 어떻게 해야 할지 조금이라도 도움을 얻기 위해 온갖 헛소리를 헤쳐야 했지."

"난 그렇게 한 이유가 있어."

"그러시겠지. 이제 그 이유를 그레이랜드에게 알려 주시오."

라헬라는 셰네버트를 심술궂게 바라보았다. "난 당신이 마음에 별로 들지 않아."

"내 인생의 주제가랄까. 하지만 그게 내가 틀렸다는 건 아니오. 라헬라, 당신이 무엇인지 아시오? 물론 천 년 묵은 인공 인간이지만, 그것 말고."

"아니, 당신이 말해 줘."

"그러지. 당신은 기생충이오."

"뭐라고?" 라헬라는 말했다.

"바로 들으셨소. 아, 대체로 무해한 기생충이지. 숙주의 몸에 가볍게 들어앉아 숙주가 혜택이라고 생각하는 조언까지 건네는. 숙주치고는 아주 좋아."

"고맙군." 라헬라는 냉소적으로 대꾸했다.

"하지만 당신의 본질은 변하지 않아. 당신은 천 년 동안 기억의 방에 들어앉아 뒤를 이은 황제들이 살아 있는 동안에도, 죽은 뒤에도 줄곧 빨아먹었지. 그것도 생존이고, 당신은 잘해 왔어. 하지만 이제 상황은 변했소. 숙주에게 실제로 도움이 되어야 할 때가 왔어. 그레이랜드는 당신이 알던 다른 황제들과 달라, 라헬라. 시대가 다르기 때문에. 그녀는 당신 이후 가장 중요한 황제요. 어쩌면 당신보다 더 중요할 거고. 그녀는 당신의 도움이 필요해."

"그림 한 장 내놓기 싫어서 전쟁까지 벌였던 황제 치고는 대단한 도덕적 확신이군."

셰네버트는 고개를 끄덕였다. "나도 내가 흠 많은 전달자라는 건 알고 있소. 하지만 나는 수백 년 동안 내 잘못을 곱씹으며 어떻게 보상해야 할지 고민해 왔소. 당신에게도 천 년이라는 세월이 있었지, 라헬라. 어쩌면 이제 당신의 흠결을 생각해야 할 때가 아닐까. 그 흠결에 어떻게 속죄해야 할지도."

18장

닷새 동안 아침 6시부터 자정까지 키바는 '우리 사랑' 호의 난장 판 속에서 쭈그리고 앉아 있었다. 겉보기에는 차를 마시고, 이 우 주선에서 음식으로 통하는 것들을 먹고, 실존 황제들의 생을 영화 화한 드라마 〈황제들〉 10년 방영분을 한 번에 한 시즌씩 관람하는 것 말고는 아무 일도 하지 않았다. 지금까지 총 88인의 황제를 다 루는 방대한 작품이니만큼, 앞으로도 갈 길이 한참 남아 있었다.

키바는 탁자에 앉아 다리를 다른 의자에 걸치고, 헤드폰을 끼 고, 이번 시즌의 황제가 저지르는 섹스와 피, 기만의 향연에 시선 을 고정시키고 있었다. 실제 역사적 기록에 비해 과장된 것이 일 반적이었지만, 최소한 한 시즌은 품위 있게 잔잔히 그려진 편이었 다. 대체로 탁자 하나를 키바가 차지했지만, 정식 식사 시간이 되 어 주변이 분주해지면 키바는 발을 바닥에 내려놓고 탁자를 다른 사람들에게 내어 준 뒤 다른 사람들의 대화에는 아랑곳없이 허구 속의 이중적인 황제들에게서 눈을 떼지 않은 채 열심히 드라마만 시청했다.

사실 키바는 〈황제들〉에 아무 관심도 없었다. 그녀는 실제 황제의 실제 인생에서 조연 역할을 맡은 사람이었고, 덕분에 한평생 겪고 남을 극적인 사건들을 모조리 겪는 중이었다. 허구 속 황제들의 인생은 잘해 봤자 빌어먹게 지루했다. 하지만 타인의 대화에 귀를 기울여야 할 때는 바빠 보이는 것이 좋다. 태블릿에서 드라마가 흘러가는 동안 키바의 귀에 꽂은 이어폰에서는 아무 소리도 흘러나오지 않았고, 시선은 대체로 화면에 고정시키고 있었지만 차를 마실 때마다 그녀는 이따금 고개를 들고 주변의 얼굴과 목소리를 확인하곤 했다.

혼자 식사하는 로비넷 함장, 근무 시간 외에 선원들과 어울리지 않는 성 노동자들만 제외하고, 우주선의 모든 사람들이 식당에 드나들었다. '우리 사랑' 호는 장교용 식당을 따로 마련하기에는 규모가 작든가, 로비넷 함장이 비용을 아끼는 것 같았다. 승무원 전체가 식사를 해야 했고, 그들이 들어올 때마다 키바는 귀를 기울이며 정보를 수집했다.

그래서 그녀는 다음과 같은 사실을 알아냈다.

승무원 하라리는 폐 질환으로 서서히 죽어가고 있고 일반적인 치료가 아무 소용없다는 사실. 새 허파를 배양하는 비용을 모으기 위해 '우리 사랑' 호에 탑승했지만, 이번 여행은 멍청한 저 승객 외에 화물을 따로 싣지 않았기 때문에 적자였다. 급여로는 배양 비용이 어림도 없었고, 그는 이미 호흡 장애를 겪고 있었다.

엔지니어 조수 베이리프는 '우리 사랑' 호가 플로우 안에 있는 동안 주변에 생성되어야 하는 시공 버블 발생기 상태가 불안정하다는 문제로 수석 엔지니어 기브한이 로비넷 함장과 다투는 것을 엿들었다. 그 장이 일순간 꺼지기만 해도 그들 모두 죽는다는 것을 알기도 전에 존재 자체가 사라진다. 기브한은 함장에게 다른 몇 가지 중요한 기능을 지적하면서 장 생성기도 업그레이드 해야 한다고 경고했다. 로비넷은 호들갑 떨지 말라고 기브한에게 대꾸했다.

사무장 엥겔스는 이번에도 매점 물건 가격을 올려서 폭리를 취하고 있었다.

브래드쇼 의사는 이번에도 빌어먹을 승객이 자기 선실을 가로챘다고 화가 나 있었다.

(사실 부상 부위를 진찰하느라 처음 만났을 때 키바도 이미 들어 알고 있었다. 브래드쇼 의사는 목숨은 건지겠다고 하면서 기본적인 진통제 말고는 아무것도 주지 않았다. 키바도 공감할 수는 있었지만 짐칸 바닥에서 잘 수는 없는 노릇이니 브래드쇼 박사가 참는 수밖에)

일등 항해사 노미엑은 로비넷 함장이 이번 항해의 수익성에 대해 승무원들에게 거짓말을 한다고 믿고 있었다. 지난 몇 번의 항해 역시 함장은 수익성에 대해 거짓말을 했고, 대체로 상당히 구린 데가 많은 사람이기도 하다. 프리랜서 무역업자(로 써 놓고 밀수업자로 읽는다)가 대체로 그렇긴 하지만 일반적인 정도를 넘어선다는 것이 노미엑의 생각이었다.

우주선의 성 노동자 지니와 룰프는 선원들이 평소보다 이번 여행에서 불만이 더 많아 보인다는 것을 눈치채고 짜증이 난 상태였다. 이렇게 되면 그들 둘이 비교적 오랜 시간 임시 상담사 노릇을 하느라 돈 받는 일을 덜할 수밖에 없는데, 그들은 급여가 아니라 예약 건당 일정액을 받고 있기 때문이었다. 로비넷 함장이 선원들을 이렇게 기분 나쁘게 할 거라면, 정신과 의사를 따로 고용하는 것이 좋을 것이다.

이런 식이었다. 닷새 동안 키바는 '우리 사랑' 호에 대해 필요한 정보를 모조리 알아냈다. 굳이 누구에게 환심을 사려 하거나, 의심을 살 만한 은밀한 짓을 하거나, 잠자리에서 구슬릴 필요도 없었다(과거에는 그렇게 한 적도 있었으나, 지금은 비록 죽은 사람 신세라도 한 사람에게 정절을 지키는 중이었기 때문에 그러고 싶지 않았다). 헤드폰 하나 끼고 드라마에 몰입하는 척하는 연기만으로 모든 것이 끝났다. 합법적인 세계에서는 아무도 상대하려 하지 않기 때문에 밀수업에 종사하는 부류의 인간들만 선원이랍시고 득실거리고 있으니, 키바에게도 좋은 일이었다.

하지만 태블릿 하나, 헤드폰 하나로 모든 것을 해결하는 것은 지금까지였다. 다음 단계에서 키바는 소설로 옮겼다. 그리고 자신이 끼어들 수 있는 적당한 대화가 귀에 들어오기를 기다렸다.

오래 기다릴 필요는 없었다. 소설을 읽기 시작한 첫날―상호의 존성단이 아직 지구와 연결되어 있는데 모두가 전쟁을 벌이고 있다는 등 하는 대체역사 헛소리였다―승무원 살로와 힘베가 식당으로 들어와서 키바 옆 탁자에 앉더니 이번 항해의 급여와 상여금

이 유난히 인색하다고 투덜거리기 시작했다. 둘이 서로 맞장구치며 실컷 툴툴거려서 한껏 약이 오르도록 잠시 내버려 둔 뒤, 키바는 적당한 때를 골라 재미있다는 듯 코웃음을 쳤다.

"뭐라고 했지?" 살로는 키바에게 물었다.

"뭐? 아니야." 키바는 대답했다. "이 멍청한 책에 푹 빠져 있었어. 미안해, 방해할 생각은 없었어."

두 사람은 다시 투덜거리기 시작했고, 키바는 잠시 후 다시 재미있다는 듯 코웃음을 쳤다.

"좋아, 무슨 일이야?" 힘베가 물었다.

"뭐가 뭐냐고?" 키바는 순진한 척 눈을 깜빡이며 물었다.

"우리가 이번 항해 급여에 대해 이야기하는데 네가 두 번째로 코웃음을 쳤어."

"미안해. 정말 우연이었어. 나는 이 소설에 등장하는 얼간이 때문에 웃음이 나왔다고. 말이 나왔으니 말인데, 왜 이번 항해가 당신들에게 그렇게 안 좋은지 모르겠는데."

"화물은 전혀 안 싣고 당신만 태우고 가니까 그렇지." 살로가 말했다.

"그건 알겠어. 내가 대단히 수요가 많은 화물도 아니니까, 팔아서 나눌 몫은 없겠지. 하지만 그렇다고 우주선이 내게서 남기는 이유가 전혀 없을까?"

"무슨 뜻이야?"

"'우리 사랑' 호는 나를 브레멘까지 운반하려고 선원 전체를 다 데려가고 있잖아. 다른 화물은 하나도 없는데. 비용이 많이 들지.

로비넷 함장은 친절한 마음으로 이번 항해에 나선 사람은 아닌 것 같고."

"당신을 데려가라고 의뢰한 사람에게 빚진 게 많나 보지." 힘베가 말했다.

"크게 빚졌나 보군." 키바는 다시 책으로 돌아갔다. 힘베와 살로는 중얼거리며 자리를 떴다.

몇 시간 뒤 플렘프라는 이름의 부사무장이 식당에 들어와서 차를 따르더니 키바의 탁자에 앉아도 되느냐고 물었다. 키바는 마침 한층 형편없어지는 소설에서 눈을 떼지 않고 어깨를 으쓱했다. 플렘프는 자리에 앉았다.

"당신이 살로와 힘베에게 우주선이 이번 항해에서 이윤을 남긴다고 했다지." 그녀는 몇 분 어색하게 앉아서 조용히 차를 마시다가 물었다.

"누구?"

"살로, 힘베. 아까 당신하고 이야기했다던데."

"누군지는 몰라. 책을 읽고 있는데, 그쪽에서 나한테 말을 걸더라고. 약간 무례했어." 키바는 다시 책에 시선을 묻었다. 플렘프는 얼굴을 붉히고 차를 다시 마셨다.

"그래서, 우주선이 당신을 운반하면서 돈을 많이 번다고?" 플렘프는 더 이상 궁금증을 참지 못하고 물었다.

"난 몰라. 그렇게 말한 적 없어. 우주선이 나 때문에 이윤을 남기지 못한다면 오히려 놀랍다고 했을 뿐이야. 로비넷 함장은 이번 항해에서 지난 2년 동안 번 돈의 두 배 이상 번다고 했거든."

"그가 그렇게 말했다고?"

"그때 내가 너무 열 받았기 때문에 둘러 말하는 거야. 정확한 표현은 기억나지 않아. 어쨌든 그렇게 말했어."

"그럼 우리는 이윤을 내고 있군." 플렘프가 말했다.

키바는 어깨를 으쓱했다. "아마도. 지난 2년 동안 번 돈이 정말 얼마 안 됐든가."

그날 저녁 식당으로 가 보니, 많은 눈이 키바에게 집중되는 것을 느낄 수 있었다. 그녀는 시선을 무시하고 한심한 소설을 끝까지 읽었다.

다음 날 아침 벽장 같은 방에 있는데 문에서 노크 소리가 들렸다. 문을 약간 열어 보니, 철학적으로나 육체적으로 일등항해사 노미엑과 아주 가까운 것으로 알고 있는 이등항해사 웬델이 서 있었다.

"소문에 당신이 우주선 재정 문제에 대해 뭔가 알고 있다면서." 웬델이 말했다.

"난 빌어먹을 인질이야." 키바가 말했다. "내가 여기 문제에 대해 어떻게 알아."

웬델은 어리둥절한 것 같았다. "내가 들은 말하고는 다른데."

"로비넷 함장은 나 때문에 우주선 내 규율이 흐트러진다면 나다쉬 노하마페탄과의 계약 조항에 상관없이 우주로 던져 버리겠다고 아주 분명하게 말했어. 그러니 난 소문 같은 거 내고 돌아다닐 생각 없어. 그렇게 말하면 내가 죽는다고."

키바가 예상한 대로, 웬델은 마지막 부분을 완전히 무시했다.

"나다쉬 노하마페탄과의 계약이 어쨌다고?"

"당신도 알잖아. 난 다들 아는 줄 알았는데. 로비닛 함장 말로는 당신들 모두 내가 왜 이 우주선에 타고 있는지 안다고 했어."

"당신을 수송하고 있다는 것만 알았지. 우리가 수송하는 유일한 화물이라고. 누가 왜 의뢰했는지는 몰랐어."

"나한테서 들은 건 아니라고 해. 에어록에서 던져지긴 싫어."

"안심해. 당신을 고자질하러 온 건 아니야."

"플로우 안에서 밖으로 던져질 때 그 말 틀림없이 기억한다."

"나다쉬 노하마페탄은 이 우주선 승객이었어."

"나도 들었어."

"아주 인기 있는 승객은 아니었지."

"재수 없는 인간이지." 키바는 말했다.

"맞아."

"인색해. 함장이 이 일로 선불을 안 받았다고 해서 놀랐어."

"뭐?"

"아, 약간은 받았지. 그걸로 만족하는 것 같더라고. 아주. 하지만 일이 끝난 뒤에 아마 잔금을 받기로 했다지. 잘 받을 수 있을지는 모르겠어도."

"왜 못 받아?"

"나다쉬는 수중에 한 푼도 없으니까. 내가 알아. 가족 전부가 반역죄로 잡혀들어간 뒤로 내가 그 집 경영을 대신 맡아서 비밀 계좌를 모조리 동결했거든. 덕분에 내가 아직 살아 있는 거야. 그 돈을 찾으려면 내가 필요하니까."

"그럼 계약금은 어떻게 낸 거지?"

"내가 아냐. 그녀가 요즘 무슨 짓을 또 꾸미는지. 하지만 아마 가진 돈은 그게 전부일 거야. 나중에 '우리 사랑' 호가 허브 우주로 되돌아가면, 최근 동업자에게 한 짓거리를 또 하려고 할 것 같아."

"그 동업자가 누구야?"

"드루신 울프라는 놈."

"나다쉬가 무슨 짓을 했어?"

"출항하기 전에 허브폴 최신 뉴스 업로드 했어?"

"했어."

"그걸 찾아봐."

하루가 지나고 점심시간, 화장실에서 나서는데 수석 엔지니어 기브한이 키바를 기다리고 있었다. "놀랐잖아." 키바는 말했다.

"조용한 데서 둘만 이야기할 수 있을까?" 기브한이 물었다.

"똥 싸고 있는데 밖에 서 있다가 사람 놀라게 하면 곤란하지."

"난 진지해."

"나도 마찬가지야." 키바는 그를 벽장 같은 방에 데려갔다.

"네가 이 우주선에 소란을 일으켰어." 기브한이 말했다.

"그럴 마음은 추호도 없었어," 키바는 진심인 것처럼 힘주어 말했다. "당신도 이해하지? 함장님을 거스를 의향이 없었다고. 그가 문자 그대로 내 생사여탈권을 갖고 있단 말이야." 키바는 사이를 두었다. "당신들 나머지도 마찬가지겠지만."

"당신한테 무슨 소리를 들었다고 뭐라는 게 아니야. 로비넷에게 고자질하려는 사람도 없어."

"다행이군."

"하지만 함장이 이 일에 대해서 솔직하게 털어놓지 않은 건 다들 불쾌해하고 있어."

키바는 그를 흘끗 보았다. "당신들은 밀수업자잖아."

"그게 문제가 아니야. 자기 사람을 챙기느냐 하는 게 문제지. 지금 함장은 우리를 안 챙기고 있는 것 같고."

"그건 거짓말이 아니야. 이 우주선 꼴만 해도 말이지. 아직 멀쩡히 날아다니는 게 신기하잖아. 불쾌하라고 하는 말은 아니고."

"됐어. 나도 함장한테 우주선 상태에 대해 몇 마디 한 적 있어."

"나야 그런 건 모르지." 키바는 말했다. "하지만 나도 얼마 전까지 선주 대리인 자격으로 라고스가 파이버 선을 탔어. 우리 우주선 함장이 이 정도로 부실하게 관리한다면, 나야말로 그놈을 에어록 밖으로 던져 버릴 거야."

"그것도 나쁘지 않군." 기브한이 말했다.

"물론 이 경우가 그렇다는 게 아니라. 두 시스템 사이에서 나를 끌고 다니는 일로 잔금을 받으면 로비넷 함장도 분명 우주선 업그레이드를 할 계획이 있을 거야."

기브한은 코웃음을 쳤다. "잔금을 받아야 말이지."

"나는 모르는 일이야." 키바는 문득 생각에 잠겼다. "그래, 우리 사랑 호를 업그레이드 하려면 얼마나 들지? 아주 으리으리하게 말고. 그냥 이 따위 쓰레기통 꼴만 벗어나려면."

"솔직하게?"

"궁금해."

"최소한 300만 마크. 그 정도면 '날아다니는 화장실'에서는 벗어나겠지."

"전부 다 고치려면?"

"이 우주선이라면 끝에서 끝까지 1000만 마크 정도."

"그게 다야?"

"밀수업자들은 돈 아끼는 법을 알아, 레이디 키바."

"그 정도면 아무것도 아니군." 키바는 곧장 두 손을 들어 보였다. "아니, 무시하는 건 아니야. 그저, 한심하잖아. 그 정도 돈이라면 허브에 돌아가자마자 내가 보탤 수도 있어."

"그래?"

"지난 2년 동안 사업이 잘됐거든. 이 정도면 작은 투자야. 물론 나다쉬 노하마페탄의 계좌를 하나 풀어서 쓰겠지만. 기술적으로 그 계좌들은 존재하지 않는 걸로 되어 있어. 어떻게 썼다고 해서 법적으로 이의를 제기할 사람이 없지. 물론, 이론적으로는."

"그렇지, 이론적으로는. 우린 그냥 이야기만 하는 거니까."

"서로 말이 통하니 좋군." 키바는 말했다. "로비넷 함장과 문제 일으키기 싫어. 절대로."

"당연하지." 기브한은 떠났다.

그날 밤 지니와 룰프가 키바를 찾아왔다. "

다음 날 처클이었는지 퍼클이었는지 어느 쪽인지는 몰라도 키바를 찾아오더니 함장이 그녀를 부른다고 알렸다. 키바는 선원들의 시선을 무시하고 그의 사무실로 향했다.

"선내 규율을 어지럽히지 말라고 내가 말하지 않았나?" 그녀가 들어서자마자 로비넷이 다짜고짜 말했다.

"뭐?" 키바는 말했다. "나는 시시한 역사물 관람하고 더 시시한 소설 책 읽은 죄밖에 없어. 거의 일주일 내내 당신 선원들하고는 말 한마디 안 했다고."

"그런데 어째서 선원들이 이번 계약에 대해, 얼마나 받는지에 대해 상당히 자세히 알고 있는 거야?"

"나는 아무것도 몰라. 당신이 얼마나 받는지도 모르고. 실제로 얼마인지 말해 주지 않았잖아. 보아하니 이 우주선 수리비도 안 된다는 건 알겠지만."

"겉만 보고 함부로 짐작하지 마, 레이디 키바. 이 우주선은 당신 생각보다 단단해."

"나도 그렇기를 바랄 뿐이야." 키바가 말했다. "그런데 선원들은 그렇게 생각하지 않는 것 같더군."

"누가 그런 말을 했나?"

"나한테 말한 사람은 없어. 그냥 자기들끼리 이야기하는 걸 들었을 뿐이야."

"그리고 다른 말은?"

"사무장이 착복하고 있다는 소문. 아마 그 때문에 다들 당신이 급여와 상여금을 아끼는 거라고 생각하는지도 모르지." 그녀는 잠시 입을 다물고 생각에 잠겼다. "어쩌면 그 때문에 당신 계약 내용도 소문이 났나? 사무장이라면 당신이 누구와 일하는지, 얼마나 받는지 알 거 아니야. 내가 사람들한테 나도 모르는 소리를 지껄이고 다닌다는 것보다 그쪽이 일리가 있잖아."

"글쎄." 로비넷은 말했다.

"함장." 키바는 답답한 듯 말을 이었다. "내가 당신 기분을 거스르면 플로우에 던져 버린다고 했지. 믿기 힘든지 몰라도, 나도 살고 싶어. 살아야 할 이유가 있고, 다시 보고 싶은 사람도 있어. 이런 기분은 처음이란 말이야. 그러니까 마음대로 생각하고, 마음대로 행동해. 나는 당신 기분을 거스를 마음도, 문제를 일으킬 계획도 전혀 없으니까. 난 애인한테 돌아가고 싶어."

로비넷은 잠시 그녀를 노려보았다. "방으로 돌아가. 남은 기간 동안 거기 가둔다."

"아, 젠장. 화학 처리 변기는 지긋지긋한데."

"됐어. 당신을 내보내 준 건 실수였어. 혹시라도 상황이 더 심각해지면, 그냥 에어록으로 던져 버릴 거야. 그러니 일이 나빠지지 않기만 바라고 있어. 가 봐."

방으로 돌아가는 길에 브래드쇼 의사가 키바를 가로막더니, 옆에 있던 처클(퍼클이던가)에게 말했다. "기브한이 엔진실로 오라고 했어."

"왜?"

"몰라. 나한테는 아무 말도 안 했어. 그냥 엔진실을 지나치는데, 너를 부르라고 하더라고. 너만 오라고 한 건 아니야, 네가 특별한 게 아니라고. 너도 오라고 했어." 브래드쇼는 키바의 팔을 잡았다. "내가 방으로 데려가지. 넌 가 봐."

처클인가 퍼클은 뭐라 말하려는 듯 하다가 입을 다물고 엔진실로 향했다.

"정말 저렇게 멍청하군." 키바는 감탄했다.

"아, 멍청해." 브래드쇼는 말했다. 그들은 걷기 시작했다. "함장하고 이야기한 건 어떻게 됐어?"

"열 받은 것 같던데. 누가 돈 문제에 대해 말한 모양이야."

"누군지 알아?"

"정황상 사무장 같은데. 물론 그냥 소문이지만."

"알겠어." 브래드쇼는 말했다. "당신이 개인적으로 나다쉬 노하마페탄을 안다고 들었어."

"알고 있어."

"그녀를 어떻게 생각해?"

"재수 옴 붙은 년이야."

"정확한 것 같군." 브래드쇼는 키바를 벽장 같은 방에 데려갔다. 한때 브래드쇼의 방이었다는 사실이 떠올랐다.

"이봐, 네 방 차지해서 미안해. 내겐 결정권이 없었어. 그 사람들이 그냥 날 처박았다고. 게다가 지금부터는 나오지 말래. 화학처리 변기만 던져 주고."

"괜찮아." 브래드쇼는 말했다. "소변은 가급적 오래 참아."

화학 처리 변기와 단백질 바가 곧 도착했고, 키바는 태블릿을 빼앗겼다. 이틀 동안 키바는 벽장 같은 방 벽만 쳐다보며 아무 생각도 하지 않았다.

사흘째 되는 날 고함 소리가 시작되더니, 일반적인 경고음이 울리고, 때때로 총성이 이어졌다.

그날이 반쯤 지났을까, 방문 두드리는 소리가 났다.

"네?"

"레이디 키바." 일등 항해사 노미엑의 목소리였다. "소문을 듣자 하니 객실 업그레이드 비용을 댈 수 있다면서."

"말이 나왔으니 말인데, 그럴 수 있다면 좋지." 키바는 말했다.

"수석 엔지니어 기브한에게 가격도 언질했다고 들었어."

"그랬던가. 그 업그레이드를 하면 혹시 여행 일정 변경도 가능한가?"

"레이디 키바, 그 가격이라면 원하는 건 뭐든지 할 수 있어."

키바는 이 말에 미소 지었다. "좋아. 업그레이드해 줘."

문 따는 소리가 들렸다. 문이 열리자, 노미엑이 문 밖에 서 있었다. 총을 들고 있었지만, 손가락은 방아쇠 근처에 없었다.

키바는 총을 알아보았다. "로비넷 함장 총 아니던가?"

"맞아."

"자기 지문을 입력해야 한다고 하던데."

노미엑은 미소 지었다. "그는 워낙 인색해서 그런 설비 따위 하지 않아."

로비넷 함장은 자기 사무실에서 의자에 묶여 있었다. 이전 부하들이 그를 둘러싸고 총을 겨누고 있었다. 레이디 키바가 들어오는 것을 보더니 기분이 나쁜 듯했다.

"당신 짓이었군." 그는 말했다.

"아니, 당신 짓이야." 키바는 말했다. "내가 당신 선원들에게 사실 관계를 제대로 알려 주긴 했지. 거기서부터는 자기들이 알아서 한 거야."

"내 입장에서는 그저 사업이었을 뿐이오."

"웃긴 게, 다들 일을 망쳐 놓고 변명이랍시고 '그저 사업'이라지. 당연히 '그저 사업'이었던 건 나도 알아, 로비넷 함장. 한심하게 사업을 벌인 게 문제지. 첫째, 나다쉬 노하마페탄과 사업을 벌인 건 어리석은 짓이었어. 게다가 나를 건드린 것도. 난 이 사업이란 걸 대단히 개인적인 문제로 생각하고 있어."

로비넷은 고개를 끄덕였다. "그래서 어떻게 할 거요?"

키바는 미소 지었다. "로비넷 함장, 이 우주선에는 에어록 세 개가 있어. 당신이 선택해."

19장

그레이랜드는 기억의 방에 들어섰다. "내가 왔어."

지위가 앞에 나타났다.

"아, 그건 됐고." 그레이랜드는 말했다.

지위는 미소 짓더니—전에 없던 행동이었다—어쩌면 영원히 사라졌다. 라헬라 1세가 서 있었다.

"미안하구나. 난 그쪽이 더 편할 거라고 생각했다."

"천 년 전 조상이 컴퓨터인 척하면서 내내 살아 있었다는 사실을 아는 것보다는 편하다? 네, 그건 그렇군요."

"살아 있는 건 아니야." 라헬라는 말했다. "육체는 네가 말한 거의 천 년 전에 이미 죽었다."

"무슨 뜻인지 알잖아요." 그레이랜드는 퉁명스럽게 대꾸했다.

"알아." 라헬라도 동의했다.

"대체 왜 그랬죠?" 그레이랜드는 탄원하듯 두 손을 펼쳤다. "이해가 안 돼요. 왜 굳이 이렇게 하셨어요? 왜 이런 길을 선택하신 거냐고요."

"네 친구 토마 셰네버트는 왜 굳이 우주선이 되는 길을 선택했을까?"

"그가 선택한 게 아니에요. 제가 알기로는 당시 그에게 남은 유일한 길이었어요."

라헬라는 고개를 끄덕였다. "나 역시 마찬가지였어. 인간의 의식을 저장해서 유지하는 이 기술은 상호의존성단 이전부터 있었다. 자유 시스템 시절에 착안되었는데, 아마 인류가 건설한 다른 제국들에 전파되었거나 거기서 들어왔을 거야. 고대 컴퓨터 시스템을 연구하다가 발견한 거다. 자유 시스템에서는 실제로 개발하지 못했어. 너무 복잡하고 비용이 많이 들어서."

라헬라는 어깨를 으쓱했다. "그러다가 내가 황제가 되고, 성단을 건설하고 아주 비싼 사업을 많이 벌이면서 같이 진행했지. 성공은 했지만, 쉽게 이동할 수 있는 설비는 아니었어. 그래서 내가 여기 들어온 거다."

"숨었군요."

"그렇게 볼 수도 있겠지. 내 입장에서는 인류를 모조리 불사신으로 만들 공간은 없다는 깨달음에 가까웠어. 궁극의 계급전이 벌어지겠지, 안 그래? 이런 불사의 존재로 남아 설령 영원히 황제가 될 수 있다 해도 그러고 싶지 않다는 깨달음도 있었고. 제위 막바지에 난 정말 지겨웠다. 넌 안 그러니? 황제 노릇은 비록 잠깐 했지만, 난 네가 얼마나 부담을 느끼는지 알고 있어."

"가끔은 그래요."

"100년 동안 한다고 생각해 봐라. 200년. 천 년." 라헬라는 됐다는 듯 손을 가볍게 흔들었다. "아니, 됐어. 하지만 한편으로는 내 작은 프로젝트가 앞으로 어떤 모습이 될지 대단히 궁금한 마음이 있었다."

"불사의 기술이요?"

"아니, 상호의존성단. 대담한 시도였지. 내가 죽은 뒤에 어떻게 계속될지 궁금했고, 통치자로 남고 싶지는 않았지만, 어떤 측면에서 계속 조언을 하고 이끌고 싶었어." 그녀는 기억의 방을 가리켰다. "그래서 이걸 만들었지. 지위는 판단 능력이 없고 편안한 인터페이스로 만들었다. 내 직속 후계자는 내 자식들, 손자들이었으니, 조상이 들어앉아 있다면 불편한 기분이겠지. 그러고 나니 지위를 기억의 방의 얼굴로 계속 두는 것이 적절했어. 수년, 수십 년 동안 나, 라헬라는 아무도 불러내지 않았으니까."

"그게 기분 나빴어요?"

"처음에는 약간. 아닌 척했지만, 나는 아직도 자아를 갖고 있으니까. 하지만 시간이 흐를수록, 어떤 얼굴을 내세우든 결국 그들이 대화하는 상대는 나라는 사실이 차츰 분명해지더구나."

"그럼 다른 황제들은…." 그레이랜드는 곧장 아버지 아타비오 6세를 생각했다.

라헬라는 고개를 저었다. "그들은 여기 없다. 기억과 감정은 저장되어 있지만, 그들은 아니야. 네 아버지나 다른 황제와 이야기할 때, 넌 사실 나와 이야기하는 거야. 아니, 어쩌면 그들이 나를 통해 말한다고 해야겠지."

"다른 황제들도 여기 둘 수 있었을 텐데요. 당신처럼."

"기술은 있었어. 하지만 좋은 생각이 아닌 것 같았다. 너도 여기 기억의 방에서 성단을 호령했던 여러 황제들을 만났겠지만, 그중 여럿은 차라리 죽은 게 다행이었지. 나머지는, 글쎄다, 스스로 받아들였을까 싶어. 상자 안에 갇혀서 영원히 산다는 것은 대부분의 사람들에게 좋은 삶이 아니다."

"정신이 나갈 것 같지는 않으세요?" 그레이랜드는 물었다.

"항상 깨어 있지는 않아. 네가 여기 없을 때는, 나도 여기 없다. 극히 추상적인 의미에서 존재할 뿐. 지위가 일상적인 모든 루틴을 처리하고 내가 깨면 만나서 이야기를 하지. 그건 단순한 얼굴이 아니다. 한계가 있으나 실제 독립된 존재야. 예를 들어, 비밀을 수집하는 일을 하는 건 내가 아니라 그쪽이지."

"하지만 그 비밀은 당신도 알잖아요."

"그럼. 기계 의식이라는 비밀은 순전히 우연히 얻은 거야. 더 이상 정보를 잃고 싶지 않다."

"하지만 타인에게 알려 주지는 않으셨어요. 나 이전에는. 나도 억지로 끌어내야 했고요. 당신은 내게 거짓말을 했어요. 게다가 지위가 내게 알려 주는 방식으로요. 처음부터 당신이었으면서."

"거기 대한 대답은 복잡하기도 하고, 어쩌면 들어도 만족스럽지는 않을 거야."

"듣고 싶어요."

"내가 너에게 했던 대답은, 내가 살아 있었다면 했을 대답이었어. 살아 있을 당시, 나는 파열에 대해서, 자유 시스템에 대해서, 삼분할 조약에 대해서, 네가 물어본 모든 것에 대해서 전혀 몰랐다. 죽은 뒤에, 지위가 찾아냈거나, 다른 누가 알아냈기 때문에 알게 되었지."

"하지만 방금 이 기술은…." 그레이랜드는 방을 가리켰다. "자유 시스템의 기술이라면서요."

"그 당시 기술이었다고 했지. 처음 발견했을 때, 우리는 어떤 문명이 그 기술을 창조했는지 거의 몰랐어. 살아 있을 때는 몰랐다. 그래서 말하지 않았어. 네게 알리는 건 지위에게 대신 시켰지."

"그럼 당신이 내게 털어놓은 건 사실이었다는 거군요. 어떤 측면에서는."

"맞아."

"세상에. 말도 안 돼요."

"나는 조언과 가르침을 얻기 위해 이 방에 온 황제들에게 가능한 가장 진짜에 가까운 정확한 경험을 베풀었다."

"여기에는 진짜가 없어!" 그레이랜드는 폭발했다. "당신에게 진짜인 부분은 전혀 없어! 당신이 진짜라면, 죽었겠지. 이 따위… 황궁의 방 안에 움츠린 좀비 같은 존재가 아니라!"

"그랬다면 넌 지금 알고 있는 것들을 전혀 몰랐을 거다." 라헬라는 말했다. "과거에 대해서. 귀족들의 비밀과 계획, 너를 무너뜨리려고 꾸미는 계획에 대해서. 진짜이든 아니든, 나는 네게 대단히 유용한 도구였어. 내가 거짓말을 했다, 어떤 사실을 말해 주지

않았다고 불평하는 거라면, 너도 마찬가지 아니었니? 아주 최근에
마르스에게 비슷한 일을 했을 텐데."

"거기에는 타당한 이유가 있었다고요."

"나도 알고 있다. 나 역시 마찬가지로 타당한 이유가 있었다고
믿을 뿐이야."

그레이랜드는 한숨을 내쉬고 기억의 방의 유일한 가구인 형태
없는 긴 의자에 앉았다. 라헬라는 여느 때처럼 기다렸다.

"난 당신을 좋아하지 않아요." 그레이랜드는 한참 뒤 말했다.

"이해할 수 있다."

"당신을 좋아하지 않아요. 당신이 나와 다른 모든 황제들에게
거짓말을 한 것도 마음에 들지 않아요. 당신을 신뢰할 수 있을 것
같지도 않아요. 하지만 사실, 나는 당신이 필요해요."

라헬라는 이 말에 희미하게 미소 지었다. "내 사랑하는 후손. 네
가 나를 좋아하거나 신뢰하지 않는다는 것을 받아들인다. 네가 왜
그런 기분을 느끼는지 이해한다. 그러나 나의 거짓이 너를 상처입
히거나 너와 다른 황제들을 기만하려는 의도가 아니었음을 이해
해 주기를 바란다. 널 돕기 위해 편하게 소통하는 방식을 제공하
고자 했을 뿐이야. 너를 이끌 수 있도록. 조언을 줄 수 있도록."

"내게 영향력을 끼칠 수 있도록." 그레이랜드는 말했다.

"그것도 들어 있겠지. 상호의존성단은 나의 유산이며, 나는 성
단의 생존에 이해관계가 있다. 지난 세월 동안 황제들은 자기들이
좋아하는, 사실 그 안에 내가 숨어 있는 조상과 소통하러 이곳에
드나들었어. 자신을 내려놓은 조언을 빙자하여, 나는 내가 아는

사실과 다른 황제들이 알던 사실, 내가 그 세월 동안 수집한 비밀에서 얻은 모든 정보를 통합하여 그들을 인도했다.

그 조언을 듣고 실행에 옮기는 건 전적으로 황제들 몫이었어. 기억의 방에서 나가면 난 절대 영향력을 발휘하거나 설득하려 들지 않았다. 때로 그들은 조언을 받아들였고 때로는 무시했어. 조언을 받아들여서 일을 더 그르쳤을 때도 있었다. 그들이 나쁜 황제였거나, 내가 완벽하지 않아서 나쁜 조언을 했기 때문이었지. 하지만 간접적인 조언으로 충분했다. 그러니, 그레이랜드. 난 네게 영향력을 끼치려 했는지 몰라. 하지만 네겐 자유 의지가 있어."

"그렇게 생각하신다니 기쁘군요." 그레이랜드는 말했다. "항상 그런 기분은 아니니까요. 지금은 미래가 단단한 벽처럼 느껴져요. 그 벽을 향해 달려가고 있는데 멈출 수 없는 기분. 돌아설 수 없고, 뒤로 갈 수 없고, 벗어날 수도 없어요. 자유 의지와는 정반대죠."

"아직 벽에 부딪히진 않았잖니."

"그렇죠. 아직은." 그레이랜드는 일어서서 라헬라의 유령을 향해 걸어갔다. "자, 이제 거짓말은 됐어요, 네? 더 이상 거짓말도, 지위나 다른 황제인 척하는 것도, 이런 연극도 하지 마세요. 정말 날 돕기 위해 여기 계신 거라면, 날 도와주세요. 당신으로서."

라헬라는 다시, 이번에는 활짝 미소 지었다. "어떻게 도와줄까, 나의 후손, 그레이랜드 2세 황제 폐하?"

"나다쉬 노하마페탄이 다시 쿠데타를 계획하고 있다는 걸 알고 계시죠."

"그것 말고도 여러 건 더 있지만, 그래. 그녀는 끈질기다."

"그렇게 말할 수도 있군요. 마르스 클레어몬트가 토마 셰네버트와 함께 오베르뉴 호로 떠난 것도 알고 계시죠."

"그래. 셰네버트가 말해 줘서 알았다. 아직 나를 자기 시스템에 들어오게 하지 않아. 나를 신뢰하지 않더군."

"당연한 것 같은데요."

"난 동의하지 않지만, 네가 그렇게 말하는 이유는 이해한다."

"그가 자기 시스템에 대한 정보를 선물로 줬다면서요."

"들었니? 그래, 지금 이 순간에도 그 데이터를 분석하는 중이야. 나는 그게 가능하다. 한 번에 두 가지 일을 하는 것. 사실 한 번에 수천 가지 일을 할 수가 있어."

"그는 당신과 얼마나 다르죠?"

"왜 물어보지?"

"궁금해서요, 그뿐이에요."

"시스템 아키텍처는 아주 다르다. 양쪽 문명이 1500년 동안 교류하지 않았으니 당연한 일이지. 하지만 기능은 상당히 비슷하고, 어떤 부분은 그쪽이 더 향상되어 있어. 내 시스템에 통합시킬 부분이 있는지 연구해 볼 생각이야."

"그럴 수 있나요?"

"천 년 동안 해 왔다. 기억의 방은 고대 기술로 돌아가지 않아. 필요하면 수 세기 동안 충분히 유지되도록 지어졌지만, 그럴 상황은 아니니 내가 계속 개선하고 있어."

"곧 그렇게 될지 몰라요." 그레이랜드는 말했다.

"네 약혼자가 기적을 만들어 내지 않는다면, 그렇게 되겠지."

그레이랜드는 얼굴을 붉히고 곧 당황했다. 그녀는 목 뒤의 작은 혹을 손으로 만졌다. 바로 이 방에 저장될 감정과 기억을 기록하기 위해 신경 네트워크를 삽입한 티가 나는 유일한 부위였다. "모르는 게 없으시군요." 그녀는 마침내 말했다.

"당연히 알지. 나는 기쁘다. 너도 인생에서 즐거움을 누려야 하지 않겠니."

그레이랜드는 고개를 끄덕이고 얼굴을 찌푸린 채 다시 의자에 앉아 울음을 터뜨렸다.

라헬라는 그레이랜드가 눈물을 그칠 때까지 기다렸다. "무슨 일인지 말하고 싶다면 기꺼이 들으마."

그레이랜드는 서글프게 미소 짓더니 눈물을 닦고 고개를 저었다. "곧 당신도 알게 될 거예요."

"그렇겠지."

"그럴 가치가 있어요?" 그레이랜드는 물었다. "영원히 사는 것 말이에요."

"영원한 시간은 아니었어. 아주 오랜 세월이었지만. 그래, 그럴 가치가 있다. 도움이 되고 싶다면."

"네, 좋아요." 그레이랜드는 다시 일어섰다. "이제 나를 위해 도움이 될 시간이에요."

"어떻게 해야 할지 알려다오." 라헬라는 말했다.

그레이랜드는 기억의 방을 둘러보았다. "우선 이 상자 밖의 삶에 익숙해져야 해요."

◆◆◆

그레이랜드는 다음 주 내내 매일같이 일정 시간을 기억의 방에서 지내면서 라헬라와 소통하고, 그녀에 대해 배우고, 그녀와 함께 배우고, 앞으로 일어날 일에 대해 계획을 세웠다. 황제로서 정사도 돌보았고, 법령을 썼고, 다가오는 행사에 대한 계획도 짰다.

매일 밤 침대에 들기 전에는 태블릿으로 마르스와 텍스트를 주고받으며 그날의 소식을 전하고 그의 소식을 전해 들었다. 광속 지연으로 통신이 오가는 데 몇 분씩 걸렸지만, 기다릴 가치가 있었다. 새로 생성되는 플로우를 발견한 날, 그는 그냥 "데이터가 너무 많습니다. 사랑해요."라고만 적어 보냈다. 카르데니아이기도 한 그레이랜드는 사랑한다고 그에게 답장했다.

다음 날 그레이랜드는 웬 사령관을 만났고, 사령관은 이코이 태스크포스 수립 근황을 보고했다. 우주선은 충분히 찾아냈고 현재 이코이 시스템에 배치되는 중이었으며, 이코이에서 엔드로 가는 플로우가 닫히기 이틀 전에 출격할 예정이었다. 그동안에도 계속 우주선과 병력이 합류할 예정이었다. 게다가 후마 백작이 이코이 시스템 내 병참과 군수품 지원을 약속했다는 소식에 모든 관련자는 안도했다. 그레이랜드는 태스크포스에 소속된 인력의 가족들을 언젠가 엔드로 수송할 준비도 잊지 말라고 사령관에게 당부했다. 웬은 이미 준비 중이니 걱정하지 않아도 된다고 보고했다.

웬 사령관을 접견한 직후 그레이랜드는 코르빈 대주교와 잠시 차를 마셨는데, 너무나 즐거운 시간이었던 나머지 예정된 15분을

5분이나 넘겼을 정도였다. 헤어질 때 황제는 충동적으로 코르빈을 포옹했고, 곧장 대주교에게 결례를 사과했다. 코르빈은 황제야말로 사실상 성단 교회의 수장이니 가끔 격의 없는 포옹 정도는 격식에 어긋나지 않을 것이라고 답했다.

황제는 라펠리아 마이센-퍼소드 백작과의 약속 시간에 약간 늦었다. 백작은 그레이랜드가 사용하는 황궁 건물 작은 알현실 중 한 곳에서 기다리고 있었다. 그레이랜드는 백작에게 늦어서 미안하다고 사과했고, 백작은 정중하게 사과를 받아들인 뒤 황제에게 작은 선물을 건넸다. 로코노에서 가져온 뮤직박스였는데, 태엽을 돌리면 지난 세기 로코노에서 최고의 인기를 누렸던 케이 에콴의 음악 몇 소절이 딸랑거리며 흘러나왔다. 그레이랜드는 뮤직박스에 대해 적절하게 감사 인사를 하고 책상 앞에 앉아 백작에게 개는 어떻게 지내느냐고 물었다. 백작은 어리둥절해서 개는 잘 지낸다고 답했다.

몇 분 더 인삿말을 주고받은 뒤 오늘 만남의 본론, 로코노 시스템 피난 문제에 대한 논의를 막 시작한 참이었다. 황궁 보안 요원이 꼼꼼하게 스캔하고 검사한 뮤직박스가 갑자기 무시무시한 화력으로 폭파하면서 작은 방 안 곳곳에 파편을 날렸다. 백작과 황제는 그 자리에서 즉사했다.

3부

THE LAST EMPEROX

20장

그레이랜드 2세의 암살 이후, 상호의존성단은 공식 애도 기간에 들어섰다. 충격적이고 비극적인 죽음이라는 이유로, 집행위원회는 전통적인 닷새의 기한을 일주일로 늘렸다. 허브 시스템 내에서는 곧장 애도 기간이 시작되었고, 다른 모든 시스템에서도 황제 서거 소식이 전해지자마자 발효될 예정이었다.

코르빈 대주교를 수장으로 한 집행위원회는 사건에 대한 공식 조사를 선언했다. 모든 증거는 라펠리아 마이센-퍼소드 백작이 단독으로 저지른 범행이라는 쪽을 가리키고 있었다. 그녀의 아파트에서 발견된 유서에는 그녀가 어떻게, 왜 범행을 계획했는지 상세하게 적혀 있었다. 범행 이유는 로코노 시스템 대피 문제에 대한 황제의 무대책에 항의하는 뜻에서였다. 편지에는 달라시슬라 시스템이 고립되었을 당시 무대응을 이유로 첫 그레이랜드 황제를 암살한 군나르 올라프센과 자신이 유사하다고 언급되어 있었다.

하지만 당연하게도 집행위원회는 심층 수사 없이 이 지나치게 뻔한 해답을 곧장 받아들일 수가 없었다. 그레이랜드 2세의 짧은 치세는 황제 암살 시도와 성단의 귀족과 전문가 계급 전체가 가담한 미로 같은 음모로 얼룩져 있었다. 최소한 더 깊이 파헤쳐서 불만을 품었던 백작 외에 관련자가 더 있지 않은지 알아볼 필요가 있었다.

그레이랜드 2세의 유해는 공식 애도 기간 첫 사흘 동안에는 뚜껑을 덮은 관에 넣어 황궁에 전시했다가, 이후 허브폴 브라이튼으로 옮겨서 다시 사흘 동안 시민들이 보고 추모하는 시간을 가질 예정이었다. 애도 기간이 끝나면 전통에 따라 화장한 뒤 유해는 조상들과 나란히 영원한 안식을 맞을 수 있도록 시안의 황가 무덤에 안치하게 된다.

이런 문제가 확정되자, 집행위원회는 이어 보다 첨예한 문제로 옮겨갔다. 상호의존성단의 다음 황제는 누가 될 것인가.

여느 때보다 한층 첨예한 문제가 아닐 수 없었다. 황제는 후계를 생산하거나 지명하지 않은 채 세상을 떠났으니, 공식적인 후계자가 없는 상황이었다. 상호의존성단 역사상 이런 경우는 고작 여섯 번이었다. 전례 없는 일은 아니었으나, 드물었다.

이런 경우 역사상의 원칙이 있었다. 황제가 후계자를 지명했건 하지 않았건, 옥좌는 우 가문의 사유물로 취급한다는 것이었다. 이것은 물론 전통이었고, 성문화된 조항은 아닐지언정 이를 뒷받침하는 강력한 논리도 있었다. 허브와 연합 국가의 섭정 등 황제가 동시에 수행하는 하위 지위 대부분은 명시적으로 우 가계에 묶여 있었으며, 시안은, 정확히 말하자면 황궁 영역이지만, 우 가문이 소유하며 최소한 이론적으로는 우 가문이 관리하도록 되어 있는 허브 시스템 내에 위치했다. 어쨌든, 우 가문이 아닌 사람이 옥좌에 오른다는 것은 어려운 일이었다.

황위를 물려받을 공식 후계자가 없었던 여섯 번의 사례에서, 왕관은 우선 우 가문의 이사회 의장에게 돌아갔다. 이사회 의장이 거절하거나(이런 일은 세 번 있었다) 능력이 없다고 판단될 경우(한 번), 우 가문 이사회가 황제에 오를 가족의 일원을 결정하는 일을 맡았다. 양쪽 다 이사회에 소속되어 있던 이사 중 하나가 황제의 지위를 물려받았다.

현재의 경우, 이사회 의장을 황제로 옹립한다는 것은 불가능했다. 가장 최근 의장 데란 우는 죽었고, 그 이전 의장 제이신 우는 그레이랜드 2세에 대한 쿠데타를 기도하여 현재 감옥에서 재판을 기다리고 있었다. 데란이 갑작스레 죽은 뒤 이사장직에 나선 사람은 아직 없었다. 프로스터 우가 현재 사실상 이사장 업무를 수행하고 있었지만 공식적으로 직위를 물려받지는 않았고, 그도, 다른 이사도 빈자리에 서둘러 누군가를 앉힐 생각이 없어 보였다. 사실 프로스터 우가 공식 이사장이 되더라도, 황제가 되는 데는 관심이 없어 보였다.

이런 상황이 되니 — 역사가와 제국 법무부 장관에게서 자세한 설명을 들은 뒤 — 코르빈 대주교는 집행위원회를 대신하여 우 가문 이사회에 다음 황제를 선택하라고 공식 요청했다.

즉각 프로스터 우에게서 대주교를 만나고 싶다는 요청이 왔다. 이사회는 이를 예상하고 이미 선출을 마쳤다. 프로스터가 직접 코르빈을 만나 설명하고 싶다는 내용이었다.

"삼가 조의를 표합니다."

하루 뒤 프로스터가 시안의 대성당 내에 있는 넓은 개인 사무실로 찾아오자, 코르빈이 말했다.

"고맙습니다. 개인적으로는 사촌을 공식적으로 격식을 갖춰 만나 본 경험뿐이었습니다만, 우리 모두 충격이 컸습니다."

"저도 마찬가지입니다."

"코르빈 대주교님은 그녀와 상당히 가까우셨지요." 프로스터가 말했다.

"그랬습니다. 사랑스러운 분이었지요. 제가 그분을 가볍게 보았다는 뜻이 아닙니다. 황제의 지위를 원하지 않으셨음에도 불구하고 차츰 적응해 나갔어요. 그 적응 과정을 저로 하여금 기꺼이 돕도록 허락하셨습니다. 그 점을 저는 너무나 감사하게 생각합니다. 그분이 그리울 거예요."

"그렇다면 저도 조의를 표하겠습니다, 대주교님."

"감사합니다, 우 의장님."

"프로스터라고 부르십시오."

"원하신다면." 코르빈 대주교는 미소 짓고 그레이랜드의 영상을 머릿속에서 지웠다. "자, 그럼. 과거 이야기보다 미래 이야기를 합시다."

"네."

"우 가문은 다음 황제를 선출하셨다고요."

"그렇습니다."

"누구입니까?"

"음." 프로스터는 가지고 온 서류 가방에 손을 뻗었다. "설명이 좀 필요합니다."

코르빈은 미간을 찌푸렸다. "왜 그렇습니까?"

"보시면 알 겁니다." 프로스터는 가방 안에 손을 넣어 어마어마한 서류 뭉치를 꺼내 대주교의 책상 위에 놓았다. "말씀드리기 전, 이건 우리의 선택에 대해 크고 작은 대부분의 귀족 가문이 보내온 지지 서한입니다. 천천히 훑어보시고 법률가들을 시켜 법적으로 유효하다는 승인을 받아 주십시오."

"대부분의 가문?"

"거부한 가문이 몇 군데 있습니다. 라고스 가문, 워낙 삐딱하니 놀랄 건 아니죠. 피소드 가문, 그 가문 이사가 전 황제를 암살했으니 일단은 입장을 낮추고 아무 행동을 취하지 않는 것이 최선이라고 판단한 모양인데 현명한 생각입니다. 그리고 크게 보아 비교적 중요성이 떨어지는 가문 몇몇이 있습니다."

코르빈은 서류를 바라보았다. "귀하의 선택에 대해 이렇게 많은 지지 서한이 도착했다면, 이미 상당한 시간 전부터 후계자에 대해 생각하는 바가 정해져 있었던 모양이군요."

"아니요, 그렇지 않습니다. 하지만 후계자가 필요한 상황이 오니, 이사회의 선택은 명백했고 다른 가문에 연락해 보았더니 그들 역시 마찬가지였습니다."

"그렇다면 우 가문의 누구인지 빨리 듣고 싶습니다."

"음, 그게 문제입니다, 대주교님. 우 가문의 일원이 아닙니다."

코르빈은 이마에 주름을 잡았다.

"아니라고요?"

"나다쉬 노하마페탄입니다."

코르빈은 입을 멍하니 벌렸다. "당신들 정신 나갔군." 그녀는 간신히 평정을 회복한 뒤 말했다.

프로스터 우는 대주교가 이런 속된 표현을 썼다는 데 놀랐지만, 곧장 정신을 차리고 고개를 저었다. "이유가 많습니다."

"그녀는 황제를 암살하려 했소! 두 번이나! 자기 오빠도 죽였소! 어머니의 쿠데타에도 가담했소!"

"모두 맥락이 있습니다."

"맥락이라!"

"네. 나다쉬가 그 일에 무관하다고 강변하지는 않겠습니다. 하지만 맥락은 그녀의 가족, 우리의 가족입니다. 그레이랜드의 아버지 아타비오 6세는 노하마페탄 가문 사람을 황제의 배우자로 맞아 두 가문 사이에 나온 혈육으로 하여금 황제의 뒤를 잇게 하겠다고, 황가를 대표하여 노하마페탄 가문과 약조했습니다. 그런데 레너드가 죽었고….."

"…노하마페탄 백작이 살해하도록 사주했기 때문에 그런 게 아니었소?"

"…나다쉬는 그 일에 개입하지도 않았고, 미리 알지도 못했습니다. 그리고 카르데니아가 후계자가 되었지요. 양가는 당연히 두 가문이 맺은 약조가 유효하다고 생각했습니다. 그런데 카르데니아가 그 약조를 깨뜨렸고, 노하마페탄 가문은 어떻게 할 방법이 없는 상황에 처했습니다."

"그것이 어째서 살인과 쿠데타 기도의 이유가 된단 말이오." 코르빈은 말했다.

"물론 아니지요. 하지만 노하마페탄과 황가 사이의 이 약조는 단순히 사업에 대한 것만이 아니었다는 점은 상기할 필요가 있습니다. 그것은 왕조와 상호의존성단의 규칙에 대한 것이었지요. 카르데니아가 양가의 약조를 지키지 않기로 한 뒤 노하마페탄 가문이 저지른 행동에는 변명의 여지가 없습니다. 하지만 맥락이란 것이 있지 않습니까. 그 맥락에서는 카르데니아도 노하마페탄 가문에게 잘못을 했습니다. 수준이나 종류가 같지는 않지만, 분명 상당한 잘못이었지요."

"지금 진심으로 하시는 말씀은 아니겠지."

"아니, 진심입니다." 프로스터는 말했다. "문자 그대로 모든 것이 무너져 내리는 이 순간 상호의존성단이 절대 피해야 하는 것은 황가와 노하마페탄 가문이 서로 싸우는 내란입니다. 지난 몇 년간 사실상 그런 상황이었습니다, 아시지요. 그것이 오늘 이 상황을 만든 겁니다. 우리는 성단의 붕괴를 막는 데 집중해야 합니다. 한데 궁정 음모로만 치닫고 있어요. 쓸데없습니다. 시간 낭비예요. 결국 파멸로 이어질 겁니다. 우리 모두의 파멸. 대주교님도 알고 있어요. 저도 알고 있습니다." 프로스터는 서류를 가리켰다. "그들도 알고 있습니다."

코르빈은 아무 말도 하지 않았다.

프로스터는 의자에서 몸을 내밀었다. "자, 우 가문은 나다쉬 노하마페탄을 황제로 추대하기로 했습니다. 명목상 황제, 본인도 동의한 매우 한정된 권력과 책무만을 갖는 황제로. 그녀는 우 가문의 일원과 결혼하고─이미 적당한 인물을 찾고 있습니다─따로 사람을 선택하여 황제 이하의 보다 작은 지위들을 맡깁니다. 허브의 왕, 이런 것들 말입니다. 우 가문의 이름을 지닌 그들의 혈육이 모든 것을 상속하게 될 것이고, 그러면 우리는 왕위 계승 측면에서 예전 그대로 돌아가게 됩니다. 아타비오 6세 시절 황가와 노하마페탄 가문이 동의한 대로. 내전을 불사하겠다고 일어선 사람들도 모두 물러납니다. 우리는 성단을 구하는 데 집중할 수 있습니다. 최대한 많은 생명을 살리는 겁니다."

"살인자이나 반역자에게 보상을 주는데도."

프로스터는 양손을 옆으로 펼쳤다. "어쩔 수 없는 시기입니다, 대주교님."

"우리가 만들어 가는 것이 우리의 시기요, 프로스터."

"때로는. 하지만 플로우가 붕괴하는 시기를 우리가 만든 것은 아니잖습니까. 어쩔 수 없이 물려받은 것이지요." 그는 어깨를 으쓱했다. "어쨌든 나다쉬를 황제에 올리지 않는다면, 어떤 시기를 만들게 될까요? 그녀와 그 동맹들이 지금 꾸미는 짓을 그만둘까요? 얼마나 많은 우 가문 일원이 표적이 될까요? 저는 제 사촌들을 더 이상 전쟁의 신 앞에 제물로 바치고 싶지 않습니다."

"내가 동의해 주기를 바라시는군." 코르빈은 말했다.

"그러면 좋겠지요. 하지만 꼭 필요한 건 아닙니다. 이미 우리 뒤에는 귀족들이 있으니까요. 하지만, 네. 대주교님의 동의와 개인적인 지지 선언, 상호의존성단 교회의 협조가 있으면 좋겠지요. 그러면 일이 쉬워질 것이고, 대주교님 개인에게도 보상이 돌아갈 겁니다."

"어떤 보상?"

"나다쉬도 본인의 행적상 황제가 겸직하는 교회의 수장, 시안과 허브의 추기경이 되기에는 논란의 여지가 많다는 것을 알고 있습니다. 따라서 자신의 제위 동안, 혹은 대주교님의 임기 동안, 어느 쪽이든 더 짧은 기간 동안에는, 그 지위와 권력들을 대주교인 당신께 기꺼이 맡기겠다고 합니다. 대주교님의 임기가 더 짧다면, 돌아가시거나 은퇴하신다면, 그 지위는 나다쉬의 후계자에게 돌아가게 됩니다. 대주교님이 더 오래 주교직에 계신다면 새 황제가 즉위힐 때 대주교님의 선택에 따라 황제 본연의 직위를 반납하실 수 있습니다만, 주교직에서 은퇴하신다면 그 즉시 직위는 모두 새 황제에게 귀속됩니다."

코르빈은 고개를 저었다. "나는 싫습니다."

"네?"

"싫다고 했습니다. 교회를 대표하여, 아무리 어리석은 선택일지언정 우 가문이 선택한 황제를 반대하지는 않겠소. 나다쉬 노하마페탄의 제위 동안 시안과 허브의 추기경직을 시안의 대주교가 겸직한다는 당신의 제안에도 동의하오. 하지만 그 대주교를 내가 맡지는 않겠습니다. 나는 사임할 생각입니다."

"왜 그러십니까?"

"나는 대성당에 서서 나다쉬 노하마페탄을 축복하고 그녀의 성 공을 위해 기도하고 대관식의 노리개가 될 수 없기 때문입니다. 잊고 계시는데, 프로스터 우, 나는 집행위원회에서 나다쉬 노하마 페탄과 같이 활동하면서 그녀의 됨됨이를 속속들이 알 수 있었소. 당신이, 우 가문이, 나다쉬를 스스로 지키겠다고 약속한 협약을 통해 조종하거나 통제할 수 있다고 믿는다면 큰 오산이시오."

"지나치게 비관적인 것 같습니다만."

"부디 그러기를 바라야 하실 거요." 코르빈은 말했다. "나는 손 을 씻겠습니다. 몇 시간 안으로 대주교직에서 사임하고 평사제로 되돌아간다고 선언하겠소."

"그렇다면 대관식에서 후임 대주교를 뵙기를 기대하겠습니다."

"나 역시 한 달 뒤 그렇게 되면 기대하겠소."

"네?" 프로스터는 물었다.

코르빈은 미소 지었다. "프로스터, 당신은 신심이 깊은 교회의 신도가 아니로군. 설명하지요. 상호의존성단 교회의 사실상 수장 으로서—현재 재임 중인 황제가 없으니 법적으로 교회 수장 역시 없는 셈이니까—나는 후계자를 내 손으로 선출할 수가 없습니다. 정족수를 채운 주교 집회가 열려야 합니다. 허브 시스템 내에 교 구가 있는 주교만 모아서는 정족수를 채울 수가 없으니, 다른 시 스템에서도 와야 합니다. 그것이 원칙이오. 허브를 방문 중인 주 교가 많이 있다면, 그들을 부를 수 있겠지요. 그러나 다른 시스템 들에도 주교를 초대한다는 소식을 보내야 합니다. 교회법상 이 과정에는 최소한 한 달이라는 기한을 두게 되어 있습니다."

"허브 시스템 내에 머무르는 주교 숫자로 정족수를 채울 수 있다 해도?"

"그렇소. 정족수는 최소한의 숫자입니다. 주교가 더 많이 참여할 수 있다면 더 좋지요. 보통 시안의 대주교가 은퇴할 계획이 있다면, 최대한 미리 날짜를 잡습니다. 보통은 1년. 원한다면 엔드의 주교까지 참석할 수 있도록 2년 전에 미리 준비하는 경우도 드물지 않고. 하지만 이제 엔드는 우리에게서 단절된 상태이니."

"그렇다면 그 이전에 대관식을 주관하실 수 없단 말씀이군요."

"사임을 발표한 뒤에는, 그럴 수 없소." 코르빈은 말했다. "어떤 사제든지 할 수 있는 일반 예식은 집전할 수 있고, 그동안 교회를 대표해서 집행위원회에는 계속 참여하게 될 겁니다. 하지만 대주교로서의 모든 의무는 의회 대성당을 책임지는 힐 주교가 임시로 맡을 거요."

프로스터는 입을 벌렸다.

"단 황제 대관식만은 교회법상에 시안의 대주교의 임무라고 명시되어 있습니다."

프로스터는 다시 입을 다물었다.

"당신이 묻기 전에 미리 답한다면—묻지 말고 생각하시오, 프로스터—교회 대관식을 치르지 않은 황제는 합법적이지 않습니다. 후계자는 공식적인 황제직 승계 이전에도 일부 권력을 행사할 수 있으나, 이런 권력은 대체로 의례적인 것이고 황가 관리 업무에 국한되어 있습니다. 그래서 권력 이양기에 집행위원회가 있는 것이지요."

"무슨 속셈인지 알겠군." 프로스터가 말했다.

"그러기를 바라오. 충분히 알아듣도록 말씀드리고 있으니." 코르빈은 말했다. "하지만 혹시 못 알아들을 수도 있으니 끝까지 말씀드리겠소. 대관식은 치를 수 있을 겁니다, 프로스터 우. 나다쉬 노하마페탄은 황제가 될 것이고, 당신이 책임을 지세요. 그러나 그 대관식은 합법적이어야 하고, 합법적이려면 규율에 따라야 합니다. 교회법과 상호의존성단의 법률에. 그렇지 않다면 당신의 어리석은 게임은 파멸하고 말 거요. 즉 당분간 당신은 '내' 규칙을 따라야 한다는 말씀이오. 이것이 내 마지막 수요. 나도 알고, 당신도 알지. 하지만 분명 내가 쓸 수 있는 한 수이고, 나는 기꺼이 이 수를 쓸 생각이오."

프로스터는 한참 동안 아무 말도 하지 않았다. 문득 그는 고개를 끄덕였다.

"좋습니다." 코르빈은 말했다. "내 후계자는, 누가 되든 한 달 뒤에 이 자리에 있을 겁니다. 아마도."

프로스터는 눈썹을 치켜올렸다. "아마도요?"

"일반적으로 주교들은 자리에 모인 성직자들 중에서 다음 대주교를 선출합니다. 하지만 때로는 그렇지 않을 때도 있어요. 자리에 없는 사람이 선출되기도 합니다. 그 경우, 그 주교에게 통보가 가야 합니다. 당사자는 수락해야 하고. 그런 뒤 여행을 해야겠지. 몇 달이 걸릴 수도 있습니다."

"그런 일이 있을 것 같지는 않습니다만."

"그렇긴 하지요. 하지만 가능한 일입니다. 엔드의 주교가 선출되지 않기를 바라야 할 거요."

21장

마르스와 셰네버트는 소실류가 생성될 거라고 예측했던 바로 그 자리에서, 마르스의 가설과 정확히 똑같은—팽창하며 움직이고 있었다—소실류를 관찰할 수 있었다. 갑작스럽게 나타나서 앞으로 불쑥 튀어나왔다가 몇 분, 혹은 몇 초 만에 증발해 버리는 플로우도 볼 수 있었다. 마르스는 이런 것을 기대하지 않았고, 이런 형태는 그가 세운 수학적 모델에 맞지도 않았다. 새로 생성되는 소실류의 이런 한 가지 측면을 파헤치는 데만 평생을 바쳐도 모자랄 거라는 것도 알고 있었다.

어처구니없을 정도로 데이터가 흘러 넘쳤다.

지금 수집하고 있는 데이터는 어마어마하지만, 맡은 바 임무가 있다, 그쪽에 집중해야 한다고 셰네버트가 일깨워 주어야 할 정도였다. 일단은 플로우 매질의 공명 기준선을 측정하고 그 옛날 형성되었던 공동의 지속적인 영향을 지도로 작성하여 나머지 데이터가 각각의 추정치와 얼마나 관계가 있는지 알아보는 것 외에 다른 일에서는 마지못해 손을 떼야 했다.

추정치는 흥미롭게도 달랐다. 비슷했지만 달랐고, 과학자로서 마르스는 이런 작은 변이가 가까운 미래에, 수십 년, 수 세기 후에는 어마어마한 차이로 전달되고 소실류의 형태와 지속 시간에 대한 예측도 완전히 변한다는 것을 알고 있었다.

이는 새로 생성되는 소실류 입구와 그에 수반되는 흐름에서 보다 많은 데이터를 얻어내는 것이 다음 단계라는 믿음을 한층 굳게 했다. 새로운 관련 데이터로 가설을 꾸준히 다듬는 과정은 비록 재미없는 일이지만, 중요했다. 어쩌면 궁극적인 목표, 플로우 입구의 형태를 조정하고, 이동시키고, 심지어 인류의 정착지 전체를 그 안으로 통과시키는 일을 실행에 옮길 수 있는 길이 여기 있는지도 모른다.

여기서 이차적인 문제도 잔뜩 생기겠지만, 아직까지 그 점은 생각하고 싶지 않았다. 엄청난 크기에 달하는 정착지를 감쌀 수 있는 규모의 시공 버블을 어떻게 형성할 것인가. 그러나 마르스는 자신이 모든 문제를 해결할 수 없다는 것을 알고 있었다. 그가 이 문제를 해결하면, 다른 사람들이 나머지를 알아서 할 것이다. 이 문제를 해결하는 것만 해도 충분했다.

데이터와 가설의 세계에 푹 빠진 나머지, 마르스는 카르데니아에게 쪽지를 보내는 것을 잊을 뻔했다. 한참 기다렸다가 짤막한 문자 몇 줄 받는 것은 저녁의 일과였다. 하지만 그날 밤에는 반짝

이는 과학의 세계에 홀려 제대로 된 대화를 나눌 수 없는 상황을 카르데니아가 이해해 주기를 바라는 마음으로, 그냥 "데이터가 너무 많습니다. 사랑해요"만 적어 보냈다. 카르데니아도 "나도 사랑해"라고만 대답했고, 마르스는 과학에 대한 그의 순수한 열정에 그녀가 미소 짓는 모습을 상상할 수 있었다.

셰네버트와 함께 소실류의 발생을 연구하기 위해 떠난 밤 이후 수없이 생각했지만, 카르데니아가 자신에게 청혼했다는 사실에 다시 한 번 그저, 깊은 경외감이 일었다.

그녀 입장에서는 충동적인 결정이라는 것을 그도 알고 있었고, 어쩌면 무분별한지도 몰랐다. 아미트 노하마페탄과 결혼할 뻔했던 이야기, 그녀 같은 지위에 있는 사람은 대체로, 언제나 사랑을 위해 결혼할 수 없다는 이야기는 오래전에 이미 들어 알고 있었다. 연애 결혼은 카르데니아가 그렇듯 문자 그대로 내던져 버려도 될 만큼 어마어마한 권력이 없는 사람들이나 하는 일이었다. 카르데니아의 무미건조할 정도로 냉정한 말투에 마르스는 놀랐고, 수십 억 성단 인구 중 최고의 권력자인 그녀에 대한 안쓰러움 비슷한 기분이 들었다.

그녀가 이야기하기 전부터 마르스는 이런 부분을 이미 알고 있었고, 자신의 일부를 언제나 드러내지 않고 삼갔다. 사랑하는 마음을 숨긴 것은 아니었다. 자신이 카르데니아를 사랑한다는 것은 잘 알고 있었고, 그 점에 있어 자신을 속일 이유는 없었다. 하지만 조용하고 논리적인 두뇌 한 부분은 언젠가 이 관계는 끝나게 되어 있다는 것을 알고 있었다. 운이 좋다면, 서로 너무 익숙해져서 사랑도 끝나는 사람들의 단순한 엔트로피 법칙으로 인해, 그렇지 않다면 그보다 더 가슴 아픈 다른 이유로 인해. 그런 상황이 되면, 황제라는 존재는 사랑을 물려받지 않는다는 것을 알고 품위 있게 받아들이리라.

하지만 카르데니아는 그에게 청혼했고, 당황했지만 그는 받아들였다. 그로 인해 스스로 억제하고 있던 조용하고 논리적인 두뇌 한 부분도 족쇄에서 풀려났다. 그들 역시 언젠가 서로의 관계를 망치는 날이 올지 모르겠지만—흔히 벌어지는 일이고, 자신이 카르데니아를 사랑한다고 해서 그녀의 기분을 상하게 하지 않을 거라는 보장도 없다—서로 신의와 화해를 추구하는 기본적인 자세는 잃지 말자. 함께하는 인생을 만들어 나가는 새로운 날로 매일을 시작하자. 마르스는 자신이 그럴 수 있다고 믿었다.

몇 시간 뒤 흐릿한 눈과 머리에 더 이상 데이터가 들어가지 않는 상태가 되자, 그는 오베르뉴 호의 자기 신실로 들어가서 베개에 머리를 눕히고 카르데니아에 대해 멍하니, 기분 좋게 생각하며 곧장 꿈도 없는 잠에 빠졌다. 거의 열두 시간 뒤 잠에서 깨어나면서, 그는 자신의 이름을 부르는 카르데니아의 목소리가 들리는 것 같아 반짝 눈을 떴다.

침대에서 일어나 하품을 하고 기지개를 켜고 옷을 입고 오베르뉴 호 함교로 가 보니, 일부터 최대한 오래 마르스를 깨우지 않고 내버려 두었던 토마 셰네버트가 기다리고 있다가 카르데니아가, 황제 그레이랜드 2세가 죽었다는 소식을 알려 주었다.

시안으로 돌아가는 8일간의 여행은 마치 천 년과 같았다.

마르스가 돌아온 시안은 그가 떠났던 그곳이 아니었다. 과학 분야 황제 특별 보좌관이라는 공식 직책은 황제에게 곧장 통할 수 있는 직위였다. 그레이랜드가 사망하자, 황제를 사적으로 보좌하던 신료들은—보좌관, 비서, 자문—모두 다음 황제가 취임할 때까지 대기 상태에 처했고, 역사적으로 황제가 새로 취임하면 자기 사람들을 데려오기 때문에 선황제의 신하들은 그다지 필요 없어지는 것이 상례였다.

마르스에게 이는 그레이랜드 밑에서 진행한 모든 프로젝트와 사업이 중단되고 다음 황제의 재가가 있을 때까지 보류된다는 뜻이었다. 새 황제나 휘하 과학 관련 연구 및 조사 프로젝트를 담당하는 보좌관이 허락할 때까지는, 황궁 서버의 파일이나 데이터에 접근할 수도, 수집해 온 데이터를 다른 과학자들과 공유할 수도 없었다.

그 자체는 마르스에게 큰 문제가 되지 않았다. 항상 개인 장비에 연구 사본을 보관했고, 연구 내용도 어차피 세네버트와 전부 공유하고 있었다. 원한다면 다른 사람들에게 정보를 보내고 그동안 혼자 연구할 수도 있었다. 하지만 공식적으로 자기 연구와 단절되었다는 사실이, 이로 인한 황궁 조직과의 관계 변화가 마르스의 평화를 빼앗았다.

(오베르뉴 호는 이제 시안의 황제 전용 우주 항구를 사용하지 않았다—오베르뉴 호의 소유자 노릇을 해야 하는 마르스가 시안 내 다른 곳과 계약을 맺고 엔드에서 가져온 개인 금고에서 어마어마한 임시 정박 비용을 지불해야 했다. 개인 자금은 곧 소진될 것이 뻔하니, 임시 정박일 수밖에 없었다. 자신처럼

단순히 돈이 많은 것과, 오베르뉴 호 규모의 우주선을 시스템 내 어디에나 정박시켜 둘 수 있는 어마어마한 부자 사이에는 격차가 존재한다는 것을 실감하지 않을 수 없었다)

직위에 대해 새 황제의 처분을 기다리는 동안, 지난 몇 달 동안 거의 사용하지 않았던 황궁 내 개인 숙소에 머무르는 것은 허락되었다. 황제의 아파트에 두었던 물건을 가져오는 것은 허락되지 않았다. 개인 소지품—옷가지, 세면도구, 기타 몇 가지 개인적인 물건—은 오베르뉴 호가 시안으로 귀환하기 전에 이미 숙소로 배달되어 있었다. 황궁의 업무에서 배제되면서, 마르스는 개인적으로도 황제의 세상과 실질적으로, 효과적으로 단절되었다.

물론 마르스와 그레이랜드가 '가까운 관계'였다는 것은 누구나 알고 있었다. 숙소로 돌아오니 황궁의 다른 신하들이 따뜻한 동정의 말을 건넸고, 마르스와 마찬가지로 앞으로 직위가 어떻게 될지 처분을 기다리는 사람들도 있었다. 단지 그 '가까운 관계'가 어느 정도로 가까웠는지는, 단순히 완곡하게 둘러 말하는 의미에서의 가까운 관계가 아니라 진짜 사랑, 진실된 사랑이었다는 사실은 아무도 몰랐다.

당연히 권력자가 아끼던 노리개 정도로 생각하는 황궁 사람들을 탓할 수는 없었다. 그는 황제와의 관계에서 뭔가 이익을 취하거나 뽐낸 적이 없었다. 그건 다른 사람이 상관할 바가 아니었다. 하지만 그레이랜드와—카르데니아와—나눈 것을 함부로 입에 담지 않으려는 그런 태도 때문에, 황제를 아주 잘 아는 사람들을 제외한 다른 모두의 눈에 마르스는 특별한 존재가 아니었던 것처럼 비쳤다.

카르데니아가 그에게 청혼했던 것은 아무도 몰랐다.

마르스는 어느 모로 보나 미망인이었지만, 그의 고통이나 상실감을 이해할 수 있는 사람은 하나도 없었다. 그는 약혼 소식을 셰네버트에게도 말하지 않았다. 자신이 나서서 입에 담을 수 있는 문제가 아니라고 느꼈기 때문이었다. 약혼자가 황제라면, 황제가 먼저 소식을 공표해야 한다.

이제는 셰네버트에게 분명히 말할 수 있었다. 들으려는 사람이라면, 누구에게나. 하지만 그 말을 확인해 줄 카르데니아가 없으니, 그럴 생각은 없었다. 자신이 지금, 이 상황에서 황제와 약혼했다고 떠벌인다면 사람들이 어떻게 생각할지, 마르스는 확실히 알고 있었다.

상관없었다. 카르데니아가 청혼했다는 사실을 다른 사람이 알아 줄 필요는 없었다. 그가 알았고, 영원히 간직할 생각이었다.

그는 숙소에 머무르지 않았고, 황궁에서 맡은 직책이 어떻게 될지 처분을 기다리지 않았다. 애당초 그는 아버지가 명한 소식을, 플로우가 붕괴한다는 소식을 전하러 허브에 왔다. 황제가 머무르라고 명했기 때문에 계속 있었다. 그녀는 죽었고, 그는 그녀에 대해, 아버지에 대해 책무를 다했다.

게다가 새 황제는 나다쉬 노하마페탄이었다.

마르스는 사직하고 숙소의 짐을 챙겨 오베르뉴 호로 옮겼다. 셰네버트도 오라고 초청했고, 마르스도 이미 어마어마한 정박 비용이라는 형태로 집세를 지불하고 있었기 때문이었다.

"이제 어쩔 계획이지?" 셰네버트는 그가 옮겨 오자 물었다.

"모르겠습니다. 원래는 엔드로 돌아갈 생각이었어요. 하지만 이제 노하마페탄 가문이 플로우 입구를 장악했으니 어렵겠지요."

"그레이랜드는 군대를 보낼 계획이었지."

"그건 취소됐습니다. 나다쉬가 다음 황제니까요. 자기 동생에게 맞서 군대를 보낼 리가 없지 않습니까."

"우린 그 뒷문으로 들어갈 수도 있어." 셰네버트는 말했다. "아직 열려 있어. 서두른다면."

"우리?"

"나도 여기 연고가 없지 않나. 우린 친구고."

"고맙군요." 마르스는 진심으로 감동했다.

"하지만 그런 부탁을 할 수는 없습니다. 아무도 그 플로우 입구를 감시하지 않는다 해도, 행성에 접근하다가 눈에 띄지 말란 법도 없고요. 오베르뉴 호는 작지 않습니다."

"자네는 내 스텔스 능력을 무시하는군."

"미확인 비행 물체를 격추하는 그들의 능력을 과소평가하는 것보다는 당신의 스텔스 능력을 과소평가하는 게 낫겠죠."

"그건 그래."

"아니, 엔드로 돌아갈 수는 없습니다. 아직은. 어쩌면 영원히."

"그럼 처음 질문을 다시 해야겠군."

"대답 역시 마찬가집니다. 몰라요. 아직은. 곧 결정하겠죠. 어쨌든 우리는 많은 데이터를 갖고 있지 않습니까. 그 안에 해답이 있겠죠." 그는 미소 짓고 셰네버트의 영상을 돌아보았다. "우리는 아직 상호의존성단의 마지막 희망입니다. 다음 황제가 우리를 원하든 원치 않든 계속 연구하는 거예요."

"좋은 생각이야. 내 안에도 헛된 낭만주의자가 있으니."

"이런 상황에 끌어들여서 미안해요." 마르스는 말했다. "처음 발견했을 때, 당신은 편안히 자고 있었는데. 우리가 깨워서 우주 전투 한복판에 던져 넣었고, 여기 와서는 오래전 당신이 피해 도망쳤던 것과 똑같은 부류의 정치적인 음모에 연루시켰으니. 자는 동안 날 우주에 내던진다 해도 할 말이 없어요."

"자넬 우주에 버릴 마음은 없어." 셰네버트는 말했다. "친애하는 마르스 경, 난 자넬 아주 좋아해. 그래, 자네가 날 찾았을 때, 나는 편안히 자고 있었지. 전력이 다될 때까지 자다가 조용히 죽음을 맞이할 수도 있었어. 하지만 자네가 날 깨운 걸 원망하지 않아. 자네 덕분에 오랜만에, 어쩌면 다시 없을 정도로 더 나은 삶과 목적의식을 가질 수 있었으니까. 임무가 실패로 돌아가고 우리 노력이 궁극적으로 쓸모없게 되더라도, 싸울 가치는 있어. 자네와, 자네 황제와 같이 싸울 수 있었던 걸 영원히 감사할 걸세. 고마워."

"천만에요." 마르스는 선실로 가려고 일어섰다.

"카르데니아는 멋진 사람이었어." 셰네버트가 그를 향해 말했다. "그녀를 사랑한 건 좋은 일이었네, 마르스."

"고맙습니다."

"그녀에게도 자네를 사랑한 건 좋은 일이었어."

마르스는 아무 말도 하지 않았다. 그는 고개를 끄덕이고 방을 나갔다.

선실에서 침대를 정돈하다, 마르스의 시선은 자기 이름이 적힌 소지품들을 스쳤다. 그중 하나가 눈길을 끌었다. 그는 그것을 집어 들었다. 주머니 시계, 카르데니아가 준 첫 선물이었다.

그는 시계를 열었다. 시선이 카르데니아가 새긴 한자로 향했다. 이것은 우리의 시간.

"우리의 시간이었지요." 마르스는 곁에 없는 카르데니아를 향해 말했다. "그럴 가치가 있었습니다. 그 시간이 더 길었더라면 얼마나 좋았을까요."

마르스는 잠을 청했다. 막 잠들기 직전, 어디선가 그의 이름을 부르는 카르데니아의 목소리가 들리는 것 같았다. 그 목소리가 위안을 주었다. 그는 그 편안함에 몸을 맡기고 잠들었다.

22장

'우리 사랑' 호가 허브 우주로 돌아온 순간, 당연히 나다쉬의 부
하들이 기다리고 있었다. 혹시 '우리 사랑' 호가 플로우를 역행하
는 방법을 알아내서 곧장 돌아올까 봐 두렵기라도 했는지, 우주선
이 허브 우주를 나가는 순간부터 지키고 있었던 것 같았다.

키바로서는 나다쉬의 부하들이 기다리고 있다는 것이 뿌듯했
다. 키바가 '우리 사랑' 호의 선원들을 자기 편으로 만들 거라고 예
상하고 있었다는 뜻이기 때문이었다.

선원들은 저항하지 않고 키바의 뜻에 따라 항복했고, 나다쉬의
부하들에게 로비넷 함장이 갑작스럽게 자연사했다(진공도 자연 현
상이니 엄밀하게 틀린 말은 아니었다), 따라서 우주선은 즉각 허브로 귀
환하여 추가 지시를 기다리겠다는 연락을 보냈다. '우리 사랑' 호
가 귀환하자마자 별들 사이에서 산산조각 나면 곤란하기 때문에

키바가 생각해 둔 핑계였다. 키바는 '우리 사랑' 호의 선원들이 그리 마음에 들지 않았지만— 예의 바른 사회에서 떨어져 나간 성질 고약한 사회 부적응자들이라는 판단은 귀환하는 9일 동안에도 변하지 않았다— 쉽게 조종당해서 순순히 반란을 일으켜 주었으니 키바로서는 신세를 진 셈이었다. 계약 조건은 지킬 생각이었다.

나다쉬의 우주선이 우주선의 통신 기능을 마비시켰기 때문에, 키바는 세니아와 라고스 가문 법률 팀을 포함해서 각지에 보내려던 메시지를 보낼 수가 없었다. 나다쉬의 비밀 계좌에서 '우리 사랑' 호의 우주선 데이터 금고에 송금 명령도 내릴 수가 없었다. 우주선에서 끌려 나가기 전, 키바는 송금과 관련해서 세니아와 법률 팀에 보내려던 메시지를 송신함 대기열에서 지우고 함장이 된 노미엑에게 비밀 계좌 보안 프로토콜을 통과하는 상세한 방법을 남겼다. 통신이 복구되면 곧바로 송금하고 선원들과 함께 몇 달 아주 납작 엎드려 있는 것이 좋을 거라는 전갈도 남겼다. 키바가 송금하는 비밀 계좌에는 약속한 액수보다 4600만 마크가 더 들어 있었다. 팁 차원에서 건네는 액수였고 어차피 그녀 돈도 아니었다.

키바가 승선하자, 나다쉬의 우주선은 '우리 사랑' 호를 완전히 무시하고 허브로 기수를 돌렸다. 그래도 마음이 놓였다. 하지만 우주선이 시안에 있는 황제 전용 항구로 들어가는 것을 보니, 자기가 없는 동안 뭔가 끔찍하게 잘못됐다는 생각이 들기 시작했다.

황제 개인 사무실로 따라가서 나다쉬 노하마페탄이 황제 책상 뒤에 앉아 있는 것을 본 순간, 의심은 현실이 되었다.

"이건 무슨 장난이야." 키바는 나다쉬에게 말했다.

나다쉬는 미소 지었다. "레이디 키바, 그대와 단둘이 이야기를 나누고 싶은데, 혹시 날 공격한다든가 하는 어리석은 짓은 하지 않겠다고 약속하겠나?"

"하, 그럴 수가." 키바는 책상 위에 놓인 물건 쪽으로 고갯짓을 했다. "기회만 오면 저 문진으로 죽도록 패 주겠어."

"솔직해서 고맙군." 나다쉬는 키바를 우주선에서 사무실로 데려온 경비에게 고개를 끄덕였다. 한 사람이 키바를 레오 2세 시대로 거슬러 올라가는 아주 정교하고 대단히 비싼 의자에 앉혔고, 다른 하나가 손발을 신축성 있는 줄로 묶었다.

"편안해?" 키바를 단단히 묶은 뒤 경비를 문 반대편으로 내보내고, 나다쉬는 물었다.

"이쪽으로 와 봐. 물어뜯을 테니까."

"그건 내 취향이 아니지만, 고맙군." 나다쉬는 사무실 쪽으로 손짓했다. "우리가 이 장소에서 만나고 있다는 게 너한텐 충격일 테지."

"충격받지 않았어. 벌써 몇 년째 여기 오려고 사람을 죽여댔잖아. 마침내 성공한 게 실망스러울 따름이야."

"난 여기 오기 위해 아무도 죽이지 않았어."

"미안하지만, '키바 라고스의 지능 모욕하기' 대회가 열리는 줄은 몰랐군. 알고 있었다면 축제 모자라도 쓰고 왔을 텐데."

"마음대로 해. 중요한 건 내가 다음 황제라는 거야."

"왜 아직 아니지? 이미 이 장소에는 익숙해진 것 같은데. 지연되는 이유가 뭐야?"

나다쉬는 입술을 얇게 다물었다. "상호의존성단 교회 절차 문제 때문이지."

키바는 이 말에 웃었다. "코르빈 대주교가 뒤통수를 때렸군."

"뭐, 그런 셈이야."

"처음부터 마음에 들었다니까."

"난 싫었어." 나다쉬는 말했다. "어쨌든 전 대주교니까 오래 끌지는 못해."

키바는 고개를 끄덕였다. "적을 없애는 데는 일가견이 있었지, 그럼."

"대관식이 끝나면 사제직에서 은퇴할 거야. 날 그렇게 안 좋게 볼 것까지는 없어."

"왜 그래야 하지?"

"예를 들어, 널 아직 살려 뒀잖아."

키바는 코웃음을 쳤다. "그건 내가 네 돈이 어디 있는지 알고 있어서잖아."

"그뿐만은 아니야."

"믿을 수 없군. 27억 마크가 들어 있는 비밀 계좌는 다음 황제가 될 분에게도 상당한 액수일 텐데. 아니, 정확하게는 26억 4400만 마크지. 작은 계좌에 있던 돈으로 반란을 일으킨 선원들에게 넉넉하게 사례했으니까."

나다쉬는 미소 지었다. "그 26억 4400만 마크는 당신한테 가지라고 한다면?"

"저런, 반란군한테 너무 많이 줬나."

"진담이야, 키바. 우린 서로 싫어하는 사이고, 최근에는 본격적으로 적이 됐지. 사실이야. 하지만 난 황제가 될 거야. 내 치세를 분노와 논쟁으로 시작하고 싶지는 않아. 거친 말버릇과 까칠함, 거창한 반란은 당신의 보증수표지." 나다쉬는 키바의 손을 묶은 끈을 가리켰다. "하지만 상황이 되면 당신이 사업에 집중한다는 걸 알아. 언제나 그랬어. 우리가 당신들의 과수 경작을 망쳤을 때도 그 엔드 여행에서 이익을 남겼잖아."

"그럴 줄 알았지!" 키바는 의기양양하게 외쳤다. "네 동생. 그 자식 죽여 버려야지."

"이 시점에서 그런 일은 일어나지 않을 것 같고."

"언젠가 꼭 그렇게 해 주지."

나다쉬는 이 말을 무시했다. "요점은, 키바. 이제 서로의 차이는 접어 둘 때라는 뜻이야. 사업을 할 때라고."

"좋아. 어디 들어 보지."

"자, 난 당신의 도움이 필요해. 당신 가문의 지지가."

"난 내 가문이 아니야. 그 일은 어머니한테 가서 얘기해."

"했어. 아니, 내 대리인이."

"그래? 어떻게 됐지?"

"엿이나 먹으라고 하시더군."

"원래 그런 분이지."

"네가 돌연변이라서 그 욕을 달고 다니는 줄 알았지 뭐야."

"아니, 유전이야."

"매력적인 습관은 아니군."

"가족이든 뭐든 방해가 되는 사람이면 모조리 죽여 없애는 습관보다야 낫지."

"아, 할 말이 없군."

"그러셔야지."

"다시 본론으로 돌아가지. 네 어머니는 기꺼이 지지 의사를 표명하지는 않았어."

"자식을 죽인 척하고 납치했는데. 어떻게 널 좋아해."

"그렇기 때문에 이제 네가 날 지지한다면, 강력한 우군이 된다는 거지. 네 가족과 가문도 우리 편에 서라고 설득할 수 있어. 황위에 오를 때 귀족 가문 모두가 나를 지지했으면 해, 키바. 몇몇 가문 말고. 전부 다."

"보답으로 내가 얻는 건?"

"우선 비밀 계좌를 네가 가져. 20억 마크 넘는 돈, 전부 깨끗하게 네 거야. 세금도 물리지 않겠어."

"그리고."

"라고스 가문을 여러 사기와 불법 거래 혐의로 수사하지도 않고, 네 가문의 경영권을 황제 직속으로 넘기고 100년 전 장부부터 이 잡듯이 훑지도 않을게. 어디서 많이 들어본 이야기지?"

키바는 도발을 무시했다. "그리고?"

"네 어머니를 이어 네가 라고스 가문의 수장이 되는 거야."

"내 형제자매 중 다섯 명은 불만이 많겠군."

"황제가 네 편인데. 그들도 실망하는 데 익숙해질 거야."

키바는 고개를 끄덕였다. "그리고."

"아이스크림이라도 줄까?" 나다쉬는 답답하다는 듯 말했다. "또 원하는 게 뭐야?"

"네 동생 그레니의 목을 창에 꿰어서 갖고 싶은데."

"왜?"

"날 열 받게 하고 내 사업을 방해하고 엔드에서 날 죽이려고 했으니까. 그러고도 감히 살아남을 수 있다고 생각했으니까."

"널 죽이려고 했다고?"

"시도는 하려고 했지."

"그래, 그럴 수 있는 인간은 아니지."

"그렇게 될 리는 없었지만. 어쨌든 내 장부에는 기록해 뒀어."

"곧바로 그를 넘겨줄 수는 없어." 나다쉬는 말했다. "아직 한동안 그가 필요해. 황가를 엔드로 옮길 때까지는."

"얼마나 걸릴까?"

"5년 정도."

"5년!" 키바는 외쳤다.

"코르빈 대주교가 아니었다면 약간 더 빨라질 텐데."

"그럼 5년 뒤에 네가 그를 잘라낸다?"

"그래. 네 마음대로 해. 하지만 직접 엔드로 와서 잡아가야 할 거야."

"우리 모두 조만간 엔드로 갈 텐데."

"그건 다른 문제지. 라고스 가문이 엔드 입구를 통과하는 통행료를 할인해 줄 수 있어. 앞으로 몇 년 안에 아주 비싸질 거야."

"눈에 선하군." 키바는 말했다. "그럼 요약하자면, 네가 황제에 오르는 것을 지지하고 라고스 가문도 동조하게 하면, 나는 20억 마크 넘는 돈을 세금 없이 차지하고, 우리 가문의 수장을 맡고, 나중에 가문 본거지를 이전할 때 엔드로 가는 통행세도 할인받고, 그 한심한 네 동생까지 없앨 수 있다. 5년 뒤에."

"맞아."

"상당히 좋은 거랜데."

"받아들일 거지?"

"그럴 리가." 키바는 말했다. "내가 그런 호구인 줄 알아? 네가 뭘 내놓을 건지 들어보려고 했을 뿐이야. 동생까지 내놓은 건 상당히 좋았어."

"뭐?" 나다쉬는 어리둥절했다.

"네가 그 약속을 지킬 거라고 믿을 줄 알았어? 넌 쓰레기야, 나다쉬. 네 가족 전체가 쓰레기야. 싸구려 취향으로 번쩍거리는 네 엄마부터 모조리 반역자, 살인마 쓰레기라고. 황제가 되고 나면, 넌 지지 선언이니 약속이니, 충성 따위는 신경도 안 쓸 인간이야. 우릴 갈기갈기 찢어서 플로우가 붕괴할 때 같이 없애 버릴 게 틀림없어. 더 이상 얻을 게 없는 순간 날 배신할 거라고. 우리 가문과 모든 사람을. 넌 상관도 안 할 거야. 다른 모든 사람들이 우주에서 서서히 죽어가는 동안, 넌 엔드에 있을 테니까. 그러니까 집어치워, 나다쉬. 그 따위 약속 필요없어."

"음." 나다쉬는 키바가 말을 끝내자 말을 받았다. "대단한 연설이었어."

"그럴 듯했지."

"오늘 이렇게 대화를 나누어서 기뻐. 같은 방에서 마주 보는 건 정말 오랜만이잖아. 대학 시절이었던가."

"네가 그립지는 않았어."

"동감이야."

"그래, 이제 어떻게 할 거야?" 키바는 물었다. "날 죽일 거야, 특별한 순간을 위해 남겨 둘 거야?"

"특별한 순간은 무슨. 아니, 널 죽이지는 않을 거야. 네가 안 갖 겠다면, 아직 그 돈이 필요하니까. 인질로도 아직 가치가 있어. 당 분간은."

"그럼 어디 가둘 거지?"

나다쉬는 미소 지었다. "좋은 장소가 있어. 칫솔칼로 칼싸움 실 컷 하라고."

몇 시간 뒤 키바는 허브폴에서 30킬로미터 떨어진 한네 2세 황 제 교도소에 갇히게 되었다. 나다쉬가 살인과 반역죄로 수감되었 던 바로 그 시설이었다. 얄궂은 운명의 장난을 어디 실감해 보라 는 의미였으리라.

솔직히 말하자면, 키바는 놀랍도록 아무렇지도 않았다. 나다쉬 의 살인 취미를 생각할 때 아직 살아 있다는 것이 의외였으며, 독 방은 '우리 사랑' 호에서 갇혀 있었던 벽장 같은 객실을 생각할 때 더 넓고 냄새도 좋았다. 변기도 화학 처리식이 아니었다.

철학적으로 볼 때 진짜 정치범으로 수감되었다는 사실이 차라 리 더 불쾌했다. 공식적인 재판도 받지 않았고, 변호사도 없었으 며, 아무도 그녀가 살아 있다는 사실을 알지 못했다. 교도소에 수

감될 때 본명으로 등록되지도 않았다. 한네 2세 교도소에서, 키바의 이름은 메이블 빅스였다. '우리 사랑' 호에서 읽었던 한심한 소설 조연 등장인물 중 하나였다는 기억이 났다. 이거야말로 얄궂은 운명의 장난이었다.

자신이 이 교도소에 갇힌 유일한 정치범일까 궁금했지만, 알아볼 방법은 없었다. 그녀는 칫솔칼이나 기타 도구로 공격당할 수도 있으니 보호한다는 명분으로 독방을 썼지만, 사실상 다른 재소자와 이야기를 주고받다가 실제 정체가 밝혀져서 변호사나 가족에게 연락이 닿고 그래서 손쓸 수 있는 사람과 연락하는 것을 막으려는 의도일 것이다. 식사가 배달되고, 운동 시간에 혼자 쓸 수 있는 공간도 있었고, 오락 전용 태블릿도 있었으니 처우가 나쁜 것만은 아니었다. 마침 눈에 띄었고 다른 생각을 하지 않게 해 주었기 때문에, 키바는 다시 〈황제들〉을 몰아 보기 시작했다.

예상보다 몇 주 더 상당히 치열한 격론을 벌인 끝에 마침내 주교 집회에서 시안의 새 대주교가 선출되었다는 소식도 태블릿에 떴다. 허브 시스템과 같은 태양을 중심으로 긴 궤도에서 공전하는 스파르타 정착지 교구의 콜 주교였다. 키바는 콜 주교를 쳐다보면서—다부진 체구, 턱수염, 고요한 분노 같은 표정을 띤 인물이었다—나다쉬 노하마페탄의 대관식을 주관하는 보람 없는 일을 맡다니 무슨 저주일까 생각했다. 그 임무를 좋아할 것 같지는 않았다. 하지만 나다쉬 본인 말고 그런 일을 기꺼이 하려는 사람이 있을까.

다음 대주교가 선출되자, 나다쉬 노하마페탄의 대관식 일정도 마침내 확정될 수 있었다. 사흘 후, 정오였다. 드문 일이었지만, 나다쉬는 자신의 본명을 황명으로 정했다. 나다쉬 1세였다. 키바는 놀라지 않았다. 워낙 자기중심적인 성품이니 당연한 일이었다.

나다쉬가 황제가 되면, 자신이 현재 상황을 벗어날 수 있을 거라는 생각은 들지 않았다. 이렇게 영원히 사라지는 것도 충분히 가능한 일이었다. 혹은, 최소한 5년 뒤, 나다쉬가 황제로서 엔드에 확실하게 자리를 잡을 때까지는. 나다쉬가 엔드로 가고 허브에서 엔드로 이어지는 플로우가 붕괴하면, 키바 자신도 뒤에 남겨질 수많은 사람들과 같은 운명으로 서서히 죽음을 맞는 길밖에 없을 것이다. 이 독방이든, 밖이든, 별 차이는 없다.

태블릿이 갑자기 꺼졌다.

"젠장." 태블릿은 키바가 제정신을 유지할 수 있도록 해 주는 물건이었다. 뭔가 바쁘게 하는 일조차 없이 독방 생활을 계속한다면, 놀랄 정도로 짧은 시간 내에 발광하고 말 것이다.

한네 2세 교도소의 전등이 꺼졌다. 전부 다. 일제히.

"젠장." 키바의 목소리는 한층 다급해졌다. 전력 손실은 농담이 아니다. 허브의 다른 정착지와 마찬가지로 교도소 역시 공기가 없는 행성 표면 아래 지하에 건설되어 있었다. 행성 표면 온도는 명암경계선을 중심으로 끔찍하게 낮거나 끔찍하게 높았고, 교도소는 끔찍하게 추운 영역에 있었다. 전력이 없다면 추워지기 시작한다. 공기 순환기와 청정기도 멈추기 때문에 호흡도 답답해지기 시작한다. 전력이 계속 꺼진 상태를 유지한다면, 교도소 내의 모든 사람들이 저체온이나 이산화탄소로 인한 질식으로 사망한다.

키바가 한층 겁에 질리기 전에 태블릿에 불이 들어오더니, 검은 바탕화면에 커다랗고 흰 산세리프 활자가 떴다.

안녕! 문자는 이렇게 적혀 있었다. 탈옥을 환영한다.

"뭐야?" 키바는 어리둥절했다. 문자가 사라지더니 새 문자가 나타났다.

보안 설비와 기타 시스템을 리부팅하기 위해 전력을 끊을 수밖에 없었어. 전력은 곧 다시 들어온다. 들어오면 곧장 움직일 수 있도록 준비해. 그때까지 음악이나 들으라고!

태블릿에서 온화한 현대 팝 음악 연주 버전이 흘러나오기 시작했다.

나갈 때와 마찬가지로, 불이 느닷없이 들어왔다.

지금 나가!

태블릿에 문자가 떴다. 음악은 보다 경쾌한 스타카토로 바뀌었다. 탈옥 주제곡이군, 키바는 생각했다.

문에서 딸깍 소리가 났다. 잠금장치가 풀리는 소리였다.

문을 나가서 복도 왼쪽으로 가. 태블릿이 지시했다. 이 태블릿 꼭 가지고 가!

키바는 시키는 대로 태블릿을 들고 민첩하게 독방을 나섰다. 다른 죄수들은 아무도 방에서 나오지 않는 것 같았다. 인기척은 들렸지만, 다들 방 안에 갇혀 있었다.

보안 출입문에 다다르니, 문은 열렸다. 등 뒤로 문을 닫자 보안문 빗장이 잠기는 소리가 나고 다른 방문도 여럿 열리는 소리가 들렸다. 저쪽 재소자들은 이제 각자 방에서 나올 수는 있었지만,

이 보안 출입문 너머에 갇힌 상태였다.

키바는 계속 태블릿의 지시를 따라 경비실로 향했다. 잠금장치가 열리고, 안을 들여다보니 의식을 잃은 경비 두 명이 있었다.

탈옥을 돕기 위해 이 방의 산소를 한시적으로 제거했어. 걱정 마, 경비는 괜찮을 거야!

키바는 태블릿의 말을 믿고 재빨리 방을 지나서 다음 복도로 나갔다.

거의 30분 동안 키바는 태블릿의 인도를 따라 교도소 내부를 누볐다. 교도소의 온갖 소리들이 들려왔다. 방에서 풀려난 재소자들이 웅성거리는 소리, 경비실의 사이렌 소리, 혼돈과 혼란의 이런저런 소리들. 적어도 아직까지는 폭동으로 발전한 것 같지 않았지만, 키바는 상황이 그쪽으로 진전하는 광경을 보고 싶지 않았다.

마침내 키바는 교도소와 허브폴을 연결하는 지표면의 고속도로를 운행하는 육상 차량에 탑승할 수 있는 운송 허브에 도착했다.

왼쪽에 경비 탈의실이 있어. 들어가서 브리메네스라고 적힌 옷을 입어. 맞을 거야!

명령대로 어색하게 기압복에 몸을 집어넣는 동안, 태블릿에서는 머리와 손목의 개스킷을 끼우는 법이 자세히 나왔다. 소세지처럼 다 차려입으니, 이번에는 지표면 로비로 나가는 엘리베이터로 안내했다.

여기서 기다려, 곧 차가 도착할 거야! 기다리는 동안, 다시 온화한 팝 연주곡이 흘러나왔다.

과연 안내대로 잠시 후 육중한 교도소 문이 열리더니, 커다란 육상 여객 차량이 덜컹거리며 들어왔다. 바퀴가 덜덜거리는 진동을 느낄 수 있었다.

차가 도착했어. 뒤쪽 에어록을 통해 차에 탑승해. 그리고 이 태블릿에는 추적기와 움직임 데이터가 들어 있으니, 탑승하기 전에 차량 바퀴 밑에 놓아서 증거를 제거해. 탈옥에 협조해 줘서 고마워!

키바는 태블릿을 잠시 멍하니 지켜보다가 에어록을 로비와 통하게 연결했다. 태블릿을 앞바퀴 밑에 놓고, 뒷문으로 걸어가서, 에어록에 올라탄 뒤, 안으로 들어갔다.

세니아 펀다펠로난이 기다리고 있었다.

차량은 태블릿을 뭉개며 앞으로 출발했다. 팝 연주곡이 계속 흘러나오던 태블릿은 진공 상태의 행성에서 흔적도 없이 사라졌다.

"이 나쁜 사람." 키바가 우주복에서 빠져나온 뒤 서로 미친 듯이 키스를 나누다, 세니아가 흐느끼며 말했다. "정말 죽은 줄 알았잖아."

"내가 그런 게 아니야." 키바는 말했다. "빌어먹을 다음 황제가 그랬다고."

"너무 싫어."

"당신만 그런 게 아니야. 아주 많아." 키바는 다시 세니아에게 키스했다. "누가 벌인 일이지? 당신이 어떻게 탈옥을 꾸몄어?"

"내가 한 일이 아니야."

키바는 어리둥절했다. "그러면 누가?"

"나는 당신 어머니에게 이 차량에 타고 지시를 기다리라는 말을 들었어."

"어머니가 했다고?"

"안 믿겨?"

"아니, 어머니라면 할 수 있겠지. 대단하군."

"난 차량에 탄 뒤에야 어디로 가는지, 누구를 태우는지 전해 들었어."

키바는 운전석을 보았다. "운전은 누가 하지?"

"자동이야."

"이제 어디로 가는 거야?"

세니아는 웃었다. "모르겠어. 당신 어머니겠지. 관심없어. 당신이 돌아왔잖아."

"내가 일을 망쳤지. 당신 충고를 제대로 새기지 않아서야. 당신이 나다쉬에 대해 경고했는데, 내가 한발 앞섰다고만 생각하고 있었어."

"괜찮아. 이제 황제에 등극하게 됐잖아. 그녀가 모두를 앞섰던 거야."

키바는 차량 안을 둘러보았다. "모두는 아닐지 모르지." 그녀는 다시 세니아를 보았다. 할 일이 많았다.

23장

황제 대관식에 어울리는 아름다운 날이었지만, 여기는 시안, 매일이 아름다운 곳이었다.

비록 인공 햇빛이지만 대관식 아침이 밝자, 어마어마한 군중과 지지자들이 시안 대성당 밖에 모였다. 사람들은 나다쉬 황제가 대관식 후 백성들 앞에 나타나 손을 흔들고 활짝 웃으며 새로운 역할로 공식적인 첫발을 내디딜 발코니 아래 쪽에 모여 있었다.

혹시 관중들 중에 지난 대관식 때 있었던 폭발 사건이 다시 일어나지 않을까 걱정하는 사람이 있는지는 몰라도, 입 밖에 내지는 않았다. 아니, 대체로 그랬다. 나다쉬가 자살폭탄 테러범이 아닌 이상 이번에는 폭발극이 일어나지는 않을 거라고 한 마디 던지는 사람들은 있었다. 그러면 재수없는 소리 그만두라는 핀잔과, 요즘은 농담도 못한다는 불평이 이어졌다.

제국 역사를 보다 진지하게 바라보는 사람들은 똑같은 현상을 약간 다른 각도에서 바라보았다. 누구도 한때 황가의 총애를 받던 노하마페탄 가문과 우 가문의 관계가 지난 몇 년간 급변했다는 사실을 부정하지는 않았다. 대체로 전 황제 그레이랜드 2세가 약속에 따라 노하마페탄 일족과 결혼하지 않으려 한 것에 대한 불만으로 촉발된 문제였다. 그에 대해 암살 기도와 쿠데타라는 노하마페탄식의 대응도 '절대 금지'는 아닌 것인가. 보다 간결하게 표현하자면, 왕족에게 진실로 금지된 것이 있을 수 있을까?

차츰 난해하게 흘러가는 귀족 가문의 특권에 대한 이런 활발한 논의가 노하마페탄 가족의 ─나다쉬 본인의─ 범죄를 추상화해서 이를 더 이상 범죄가 아니라 다채로운 뒷이야기 정도로 희석시키는 목적에 부합한다고 보는 사람도 있었다. 이런 논의의 가닥 자체도 대화를 한층 추상적으로 복잡하게 만들었다.

황가인 우 가문이 아타비오 6세가 제안하고 그레이랜드 2세가 깨뜨린 약속을 지키기 위해 이런 타협안을 제시했고 다른 모든 귀족 가문들이 재빨리 동의했으니, 사실 궁극적으로 이런 논의는 불필요했다. 나다쉬 노하마페탄의 즉위는 간계나 쿠데타에 의한 것이 아니다. 주도면밀하게 협상한 평화조약으로 보아야 한다, 사정에 밝은 사람들은 이렇게 말했다. 상호의존성단 역사상 이런 경우는 없었고, 그것 자체가 흥미진진했으며, 흥미진진한 것은 언제나 좋았다.

물론 대관식까지 가는 길이 평탄한 것만은 아니었다. 코르빈 대주교가 갑작스럽게 사임하면서 새 대주교를 선출할 때까지 일이 잠시 중단되었다. 새 대주교 선출은 예상보다 훨씬 오랜 시간이 걸렸을 뿐 아니라 아무도, 콜 대주교 본인조차 만족스러워하지 않는 타협을 거쳐야 했다.

최소한 나다쉬는 이 기간 동안 손놓고 지내지 않았다. 대관식 전 공백기 동안, 예비 황제는 자신의 보다 부드럽고 열정적인 측면을 보여 주고 시민들의 마음을 사기 위해 연출된 각종 행사와 인터뷰를 거쳤다. 특히 인터뷰에서 나다쉬는 황제 선출 과정이나 노하마페탄 가문의 이름으로 최근 행한 여러 사건을 둘러싼 논란을 피하지 않고, 성단의 시민들을 위해 모든 귀족 가문이 합심하여 플로우 위기를 극복하는 장밋빛 미래를 그리며 부드럽게 이야기를 유도해 나갔다.

이런 여러 인터뷰에서 나다쉬는 젊은 미남 약혼자 유바 우를 동반했는데, 그는 언제나 약간 멍한 표정이었고 무슨 질문을 하든 두서없이 복잡하고 정중한 답변만 늘어놓았다. 하지만 커플은 사진을 잘 받았고, 나다쉬는 함께할 미래와 두 사람이 가질 아이들에 대해 매우 행복한 모습을 보였다. 미래의 황위 계승과 관련해 어떤 문제도 생기지 않도록 아이는 곧바로 가질 것이 분명했다.

모든 사람이 이런 홍보에 넘어가지는 않았지만, 가장 고귀한 귀족부터 가장 밑바닥 민중에 이르기까지 다들 오랫동안 이어져 온 궁정의 암투에 피로감을 느끼고 있었다. 나다쉬 노하마페탄이라는 이름에 결부된 수많은 오점에도 불구하고, 일단 그녀가 황제가 되면 모든 사람이 이런 복잡한 상황에서 놓여날 수 있었다.

종교적인 비전을 보았다고 거창한 선언을 늘어놓으며 시스템 내 귀족 절반을 체포했던 그레이랜드 2세, 특이하고 기묘하고 예상할 수 없었던 그레이랜드 2세는 사랑받았고, 역사 역시 그녀를 사랑할 것이다. 그러나 실질적으로 그레이랜드 2세와 그녀의 치세는 피곤했다. 쉽게 이해할 수 없었다. 나다쉬 노하마페탄은 예측을 벗어나지 않았다. 뼛속까지 욕심 많은 전형적인 귀족이었으며, 약간의 홍보를 통해 그 점을 감추려고 노력할 만큼 영리했다. 상호의존성단이 숱하게 겪어 온 황제였다. 묘하게도 그 점이 안도감을 주었다.

이 시점에 나다쉬 노하마페탄은 자기가 안도감을 주는지, 논란을 일으키는지, 세련된 매력을 뽐내는지 따위는 조금도 신경 쓰지 않았다. 그저 대관식을 끝내고 싶을 뿐이었다. 코르빈 대주교의 은퇴가—새 대주교 선출과 관련해 이어진 쓸데없는 짓거리들이—나다쉬의 일정에 크게 차질을 주었고, 프로스터 우는 나다쉬에게 그동안 공적인 이미지를 다듬으라고 요청했다.

개인적으로 나다쉬는 이미지 재건 과정이 미치도록 귀찮았다. 그럴 필요는 이해하고 있었고, 이런 과정을 통해 국민들이 그녀를 보다 편하게 받아들인다는 프로스터 우의 말이 맞다는 것도 마지못해 인정했다. 하지만 근본적으로 나다쉬는 사람들이 자기를 좋아하든 말든 관심이 없었다. 어차피 성단을 통째로 다른 시스템으로 옮기려는 황제, 게다가 대부분의 '국민'들은 따라가지 않을 것이다. 그러니 앉아서 끝없이 인터뷰를 치르고 즐거운 척 열심히 대화하는 것은 시간 낭비였다.

특히 얼굴은 반반하지만 복장 터지도록 머리가 나쁜 프로스터의 조카 유바 우와 시간을 보내야 할 때면 더욱 그랬다. 이미 나다쉬는 아이가 태어나면 최대한 빨리 그를 제거하겠다는 계획을 세우고 있었다. 얼마나 솜씨가 좋은지 침대도 시험해 보았다. 단순했다. 어쨌든 빨리 끝나기는 했다.

대관식 이전의 이 모든 과정이 나다쉬에게는 시간 낭비였다. 진정 즐거웠던 것은 키바 라고스를 의자에 묶어 놓고 몇 분 동안 침을 튀기며 욕지거리를 하는 모습을 구경할 수 있었던 때였다. 나다쉬에게 약속을 지킬 뜻이 조금도 없다는 키바의 말은 맞았다. 물론 키바가 그렇게 빨리 속내를 궤뚫어보고 자신이 키바를 갖고 놀았듯 자신을 갖고 놀려고 했다는 것은 역시 분통 터지는 일이었다. 키바는 원래부터 너무 영리한 것이 화근이었다.

나다쉬는 황제가 되면 우선 키바 문제부터 해결하겠다고 결심했다. 그녀는… 골칫거리였다. 나다쉬는 한네 2세 교도소에서 폭동이 일어나고, 재소자 몇 명이 다쳤으며 몇 명은 실종, 혹은 사망했다는 소식을 들었다. 가까운 미래에 다시 폭동을 일으켜야겠다, 그녀는 생각했다. 이번에는 보다 확실한 사망자가 나올 것이다.

좋은 소식은 이제 기다림이 거의 끝났다는 점이었다. 시시한 인터뷰, 왕족 정치에 대한 피곤한 '논의', 점점 더 요구가 많아지는 프로스터 우와 이런저런 문제로 상의하는 일, 이 모든 것이 곧 과거가 될 것이다. 절하고, 무릎 꿇고, 몇 마디 하면 모든 것이 끝난다. 황제의 하위 직책들을 나다쉬가 지니지 않고 유바에게 주었다가 자식이 태어나면 물려주겠다고 동의했기 때문에, 예식도 아주 짧을 예정이었다. 유바는 대관식이 끝나고 그 주 안으로 좀 더 작은 예식을 따로 치르게 되었다. 콜 대주교 역시 추기경 콜이 되는 다른 예식을 치를 예정이지만, 나다쉬는 참석할 계획이 없었다.

대성당에 들어서서, 15분 동안 무릎을 꿇고, 몇 마디 하고, 일어나면 황제다. 그러면 마침내 진짜 일들을 할 수 있다.

그날이야말로, 나다쉬 노하마페탄에게 진정 아름다운 날일 것이다.

❖❖❖

대관식이 거의 끝나갈 때쯤, 나다쉬 1세가 탄생하기 직전, 유령이 나타났다.

유령을 보기 전에, 나다쉬는 사람들의 수군거림과 지나치게 큰 속삭임을 먼저 들었다. 대리석 바닥에 무릎을 꿇은 채 돌의 무늬를 눈으로 따라가고 있는데, 속삭임이 시작되었고 짜증스럽게 단조로운 목소리로 대관식 축문을 읊던 콜 대주교도 곧바로 조용해졌다. 대주교까지 입을 다물자 나다쉬는 마침내 고개를 들었다. 콜은 혼란스러운 눈빛으로 그녀의 등 바로 뒤를 바라보고 있었다. 그의 시선이 닿는 곳을 바라보니, 마침내 그레이랜드 2세의 유령이 눈에 들어왔다.

누군지 몰라도 해고해야겠군, 처음 머릿속을 스친 생각이었다. 이쪽에서 올려다보고 있으니, 자신이 꿇어앉은 지점 바로 뒤에 그레이랜드의 영상이 나타나도록 빛을 투사하고 있는 프로젝터가 보였던 것이다. 누군가 실수로 그레이랜드의 영상을 투사한 게 아니라면, 장난이나 시위 차원에서 의도적으로 벌이는 짓이다. 전자는 해고하면 끝이지만, 후자는 우주로 내보내야 할 범죄였다. 죽음이 찾아오기 전 몇 초간 극도로 고통스러운 진공을 경험하게 해주는 것도 나쁘지 않을 것이다.

다음 머릿속을 스친 생각은, 나를 똑바로 쳐다보고 있어.

사실이었다. 그레이랜드 2세의 영상은 나다쉬를 쳐다보고 있을 뿐만 아니라 그녀의 눈을 똑바로 바라보고 있었다. 으스스했다.

그 순간 영상은 말을 했다.

"안녕, 나다쉬, 대관식 하기 좋은 날이군."

군중들의 수군거림은 한층 커졌다. 그레이랜드의 목소리는 나다쉬에게 똑바로 날아오고 있을 뿐 아니라, 대성당 전체에 울려퍼지고 있었다.

음향효과 담당도 해고해야겠다, 나다쉬는 생각했다.

"이건 재미없어." 그녀는 마침내 말했다.

"재미있으라고 온 게 아니야." 영상은 말했다. "나는 대관식 때문에 왔어."

"당신은 당신이 아니잖아." 나다쉬는 말했다.

"내가 누가 아니라고?"

"당신은 그레이랜드가 아니야. 누가 프로젝터와 음성 합성기로 장난치고 있어."

"확신해?"

"당연하지. 그레이랜드는 죽었어."

"맞아." 영상은 동의했다. "나는 죽었어. 넌 당연히 알겠지. 네가 날 죽였으니까."

수군거림은 외침으로 변했다.

"그레이랜드를 죽인 건 라펠리아 백작이야." 나다쉬는 유령 쪽으로 돌아섰다.

"나를 죽인 폭탄을 궁에 가져온 건 백작이었지, 맞아." 유령은 말했다. "하지만 그녀에게 폭탄을 준 건 너였어. 백작에게 도청장치라고 거짓말을 해서. 진짜 뭔지는 말하지 않았지. 나와 같이 죽게 된다는 말은 안 했어."

대성당 스피커를 통해 두 사람의 목소리가 울려퍼졌다. 하나는 나다쉬, 다른 하나는 라펠리아 마이센-퍼소드 백작이 뮤직박스에 대해 이야기를 나누는 목소리였다. 백작은 도청장치를 들키면 어쩌나 걱정을 표했다. 나다쉬는 아무 문제 없는 물건으로 보인다, 혹시 탄로날지도 모르니 황궁 보안 요원에게 돈을 주고 소프트웨어를 업그레이드해서 스캐너를 변조해 두었다고 말했다. 나다쉬는 경비의 이름을 대면서 곧바로 그에게 가라고 했다.

음성은 끊겼다. 나다쉬는 얼음처럼 굳어서 그레이랜드를 바라보았다. 그레이랜드는 미소 지었다. "태블릿 마이크 앞에서 반역 논의를 하면 안 되지, 나다쉬."

"이건 사실이 아니야." 나다쉬는 속삭였다.

대성당에 전화 소리와 태블릿 신호음이 커다랗게 울렸다. "네 태블릿에 녹음된 대화 내용 녹취야, 나다쉬." 그레이랜드는 말했다. 다시 신호음이 울렸다. "백작의 태블릿에 녹음된 음성 녹취." 다시 신호음. "이건 너한테서 돈을 받고 폭탄을 제조한 사람의 증언." 다시 신호음. "이건 네게서 돈을 받고 스캐너를 변조하고 백작을 맞이한 경비의 증언." 대성당은 신호음으로 가득 찼다.

그레이랜드는 다시 나다쉬를 향해 미소 지었다. "방금 전부 시안 내의 모든 태블릿과 개인 통신 장비로 전송됐어. 물론 이 모든 게." 그레이랜드는 대관식 행사를 가리켰다. "시안과 허브에도 라이브로 방송되고 있지."

나다쉬는 숨을 들이쉬었다.

대성당에 모인 회중들이 일어나서 나가기 시작했다. 그레이랜드는 돌아서서 그들을 보았다. "앉으시오." 음향 시스템을 통해 목소리가 울려 퍼졌다. "모두 다. 아직 끝나지 않았습니다. 자, 조용히. 들으세요."

회중은 조용해졌다. 정적 속에서 환기구를 빠져나오는 공기 소리가 날카롭게 울렸다.

"이 대성당을 설계한 사람은 화재로 건물이 망가질까 봐 걱정했습니다. 그래서 2분 만에 내부의 공기를 모두 우주로 방출하는 장치를 설비했지요. 시험해 보고 싶다면, 내 말이 끝나기 전에 어디 한번 나가 보세요."

공기 빠지는 소리 말고는 얼음 같은 침묵이 흘렀다. 그러다가 공기 소리도 멈췄다.

"고맙습니다. 자, 여러분은 내가 나다쉬 노하마페탄이 살인자이자 반역자라는 사실을 폭로하러 왔다고 생각하겠지. 맞습니다.

그러나 여러분 중에는 그녀가 살인자이자 반역자라는 사실을 이미 알고 있던 사람도 있소. 그녀가 나를 살해하고 황제의 자리에 앉으려는 음모를 꾸몄다는 사실을. 그녀가 말했으니까. 당신들을 음모에 가담시켰으니까."

대성당에 다시 신호음이 울려 퍼지기 시작했다. "당신들은 각자 2000만 마크를 내고 쿠데타에 가담했소. 개인 계좌에서 곧바로 이체해서. 그렇게 하면 플로우가 마침내 붕괴할 때 대피할 수 있게 해 준다고 나다쉬가 약속했기 때문에. 당신만. 당신과 당신의 친구들만. 당신과 당신의 사업만. 당신과 당신의 가문만. 당신 시스템에 살고 있는, 당신이 다스리던 수백만 명의 시민들은 빼고. 당신은 생명이 자생할 수 있는 유일한 행성으로 이주하고, 시민들은 서서히 죽어가는 정착지와 지하 도시에 남길 생각이었지. 당신들은 수십 억 명의 시민들을 죽게 하는 계획에 의도적으로, 자발적으로 참여했소. 나는 이 죽음의 음모에 서명한 모든 사람, 모든 가문, 모든 귀족에 대해 근거가 되는 문서를 다 가지고 있소."

그레이랜드는 고함 소리가 다시 멈출 때까지 기다렸다. "나는 죽었소. 나다쉬 노하마페탄이 나를 죽였소. 라페리아 백작과 드루신 울프, 자기 오빠 아미트, 내 단짝 나파 돌그를 죽였듯이, 나 또한 죽였소. 나는 죽었고, 그러니 더 이상 황제가 아니오.

나는 다른 존재가 되었소. 모든 귀족 가문의 비밀을 아는 존재. 여기뿐만 아니라 상호의존성단 전역에서 플로우 입구를 통제할 수 있는 존재. 다가올 몇 년 동안, 수십 년 동안, 심지어 수 세기 동안 누구를 살릴지, 누구를 죽일지 결정할 수 있는 존재.

오늘 여기 모인 귀족들에게 이 말을 하러 왔소. 오늘 여기 있는 그 누구도 마지막 시민을 엔드로 보내기 전에는 엔드로 갈 수 없소. 당신들은 그들을 버릴 수 없소. 그들의 운명이 당신들의 운명.
어디 버리려고 해 보시오. 우주선이 움직이지 않을 것이오. 플로
우 입구 감시병이 당신들을 통과시키지 않을 것이오. 당신들이 돌
아오면, 시민들도 당신들이 혼자 떠나려고 했던 것을 알게 될 것
이오. 엔드로 가는 통행권을 사고 싶다면, 당신 시스템의 다른 모
든 사람들을 먼저 통과시키는 비용을 내시오. 상호의존성단은 그
안에 살고 있는 시민들이오.

　우리는 모든 사람을 엔드 시스템으로 옮길 수 있고, 그렇게 할
것이오. 단지 몇 년에 지나지 않고 수십 년, 수 세기가 걸리겠지.
내가 이곳을 지키며 —나는 언제나 여기 있겠소—그 시스템으로
이주하는 일을 도울 것이오. 그동안 성단 내 시스템들과 그 안의
사람들은 오랜 고립의 세월을 견뎌야 하오. 성단의 기반을 이루는
체제, 그러니까 귀족 가문의 독점과 길드 체제로는 더 이상 이런
세월을 견딜 수 없소."

　대성당에 다시 신호음이 울려 퍼졌다. "귀족 가문의 독점은 끝
났소. 무역 기밀도 모두 공개했소. 더 이상 5세대, 6세대 이후에 저
절로 말라 죽는 작물을 재배할 수 없고, 한 가문이 우주선 제조를
독점할 수도 없소."

　이번에는 커다란 아우성이 대성당을 가득 채웠다. "너무 늦었
소." 그레이랜드는 소란 너머로 말했다. "끝났소. 여러분은 여전히
귀족 가문이오. 천 년 동안 축적한 부와 자본을 지닌. 독점 없이 살
아남을 수 없다면, 다른 사람들이 당신의 자리를 차지하게 할 때
요."

서서히 아우성은 잦아들었다. "마지막으로… 마지막으로, 여러분은 대관식을 위해 모였지. 하게 될 거요." 그레이랜드는 나다쉬를 가리켰다. "하지만 나다쉬의 대관식은 아니오. 나와 여러 사람을 살해했기 때문이 아니라, 성단의 반역자라는 사실을 거듭 보여주었기 때문이 아니라…." 그레이랜드는 나다쉬를 똑바로 쳐다보았다. "아주 좋은 사람이 아니기 때문이 아니라, 내가 죽기 전에 법적으로 후계자를 지명해 두었기 때문이오."

그레이랜드는 회중 앞줄에 앉은 프로스터 우를 돌아보았다. "우 가문의 일원은 아니오. 우 가문은 두 번이나 황제의 적에 협력했소. 두 번은 너무 많아. 반역죄의 대가를 치르시오, 프로스터 우. 당신의 가족도. 우리의 가족도. 이건 당신의 책임이오." 프로스터는 시선을 피했다.

"나다쉬가 아니라면 누구입니까?" 콜 대주교가 물었다. "누가 새 황제입니까?"

"물어봐서 기쁘군요." 그레이랜드는 말했다. 마지막 태블릿 신호음이 대성당에 울려퍼졌다. "죽기 사흘 전 세 명의 증인 앞에서 서명한 후계자 지명 서한을 방금 발송했소. 대관식 당일까지 공표하지 못하도록 지시해 두었소. 이런 일을 예측했기 때문에.

나, 그레이랜드 2세, 상호의존성단 국가와 무역 길드 성 제국의 황제, 허브와 연합국의 여왕, 상호의존성단 교회의 수장, 지구와 만물의 어머니의 계승자, 우 가문의 88대 황제는 죽었소. 내 후계자이자 상호의존성단의 마지막 황제를 소개합니다."

대성당 문이 열리더니, 한 인물이 들어와서 서두르지 않는 신중한 걸음걸이로 대성당 중앙 신랑을 따라 걸어왔다. 후계자는 사람들의 목소리가 높아지는데도 아랑곳하지 않고 마지막 황제의 정체를 보고 눈을 휘둥그렇게 뜬 참칭자 나다쉬 노하마페탄에게 시선을 집중하고 있었다.

마지막 황제는 대성당 강단에 올라서더니 바닥에서 일어선 나다쉬 노하마페탄 바로 앞에 멈춰 섰다.

"나쁜 년, 왜 내 자리에 있는 거야." 키바 라고스가 말했다.

24장

창조된 이래 처음으로 기억의 방은 황제가 아닌 손님을 받아들였다.

❖❖❖

"여긴 뭐지?" 나다쉬 노하마페탄은 아무 장식도 없는 맨 벽을 바라보며 물었다.

"황제가 되면 들어올 수 있었던 방이야." 그레이랜드는 말했다. "이전의 모든 황제와 대화할 수 있는 곳이지. 아니, 이전 황제의 한 가지 버전과."

"아무나."

"전부 다."

"너까지."

"보시다시피, 나까지."

"내가 널 죽일 거라는 걸 알고 있었군."

"네가 날 죽이기 며칠 전에 계획을 입수했으니까, 맞아."

"알고도 막지 않다니."

"알았고, 막았어."

"널 죽이지 못하게 막지 않았잖아."

"그것 말고. 황제가 되는 건 막았지."

"그건 이미 했잖아. 죽기 전에 키바 라고스를 후계자로 지명해
놓고."

"중요한 건 단순히 네가 황제가 못 되도록 하는 게 아니었어."
그레이랜드는 말했다. "전부 다 막는 거였지. 그 모든 음모와, 계
략과, 헛짓거리들. 내가 살아 있었다면 막을 수 없었을 거야. 너나
너 같은 다른 누군가가 계속해서 날 노렸겠지. 아니, 너만 한 사람
은 없겠지만, 내 말이 무슨 뜻인지 알겠지. 그냥 단순히 키바를 후
계자로 지명했다면, 너는 즉위 전이든 후든 키바까지 죽이려고 했
을 거야."

"한데 이제 그 모든 걸 다 막았다고 생각해?"

"귀족들이 내 앞에서 뭔가 감출 수는 없다는 걸 분명히 했잖아.
내가 모두의 비밀을 충분히 공개했으니, 이제 자기들 골칫거리를
해결하느라 바빠서 키바한테 시비를 걸지는 못할 것 같은데."

"확실히 귀족들한테 골칫거리를 잔뜩 던져 줬지."

"그래, 그게 계획이었어."

"몇몇은 너 때문에 죽을 수도 있어." 나다쉬가 지적했다.

"몇 사람과 돈을 지키고 수십 억을 희생시키는 계획에 내가 참여하라고 하진 않았잖아."

"그냥 다 광고해 버린 것뿐이지."

"계획의 핵심이 나를 죽이는 거였으니까, 그 정도는 상관없어."

"모든 사람을 엔드로 실어갈 수 있다고 생각해? 언젠가는?"

"응."

"어떻게?"

"'라헬라의 예언' 호와 다른 우주선들이 사람들을 쏘려고 대기하고 있고, 이코이 시스템을 통해 엔드에 접근하려던 내 계획도 네가 취소했는데, 어떻게 하느냐는 말이지?"

"난 보다 장기적인 계획이 궁금했지만, 그것도 그렇고."

"네가 공모자들에게 통관 번호를 나눠 줬지. 내가 그걸 수집했어. 앞문을 통해 들어갈 수 있도록. 나머지는, 뭐, 수학적으로는 복잡해. 그냥 할 수 있다는 것만 믿어. 아니, 안 믿어도 돼. 성공할 때쯤에 넌 이미 죽었을 테니까."

"그럼 나는 어떻게 할 생각이지?" 나다쉬가 물었다.

"모든 걸 잃게 해야겠지." 그레이랜드는 말했다. "노하마페탄 가문은 공식적으로 해체됐어. 너도 알고 있지."

"들었어."

"메이블 황제가 처음 취한 조치 중 하나였지." 그레이랜드는 잠시 사이를 두었다. "그게 키바의 황명이야."

나다쉬는 눈을 굴렸다. "나도 알아."

"재미있는 선택이지. 어쨌거나, 메이블 황제는 대신 다른 가문에게 작위를 내리지는 않기로 했어. 노하마페탄 가문의 재산은 테라툼 시민들을 위해 신탁에 맡겨지. 좋은 생각인 것 같아서 우 가문에 대해서도 허브의 시민들을 위해 같은 조치를 취해 달라고 했어. 두 가문을 해체하면 상당한 골칫거리가 없어질 거야. 그 자체도 그렇고, 다른 귀족 가문에 대한 본보기 차원에서도 그렇고."

"그럴지도."

"보다 개인적인 차원으로 넘어가자면, 네 계좌는 전부 압류해서 국세청에 귀속시켰어. 네 어머니의 계좌와 네 동생 그레니의 계좌도. 당신들 모두 빈털터리야, 나다쉬."

"우리 모두 반역죄로 사형을 선고받았으니, 그게 중요할 것 같지는 않군."

"메이블과 나는 사형선고가 네게 적절한 벌이 아니라고 결정했어, 나다쉬."

"그래? 그럼 어떻게 할 건데?"

"네가 늘 원한다고 말해왔던 걸 줄 생각이야."

"그게 뭐냐고?"

그레이랜드는 미소 짓고 말해 주었다.

❖❖❖

"웃긴 건 말이야." 메이블 황제, 키바 라고스는 말했다. "얼마 전까지만 해도 난 우주의 종말이 다가오고 있으니 사람들이 살아가는 방식을 바꾸어야 한다, 무임승차할 수 있는 사람의 수는 한정되어 있을 거라고 생각하고 그중 하나가 되고 싶었거든. 그런데 이런 일이 벌어지다니."

"황제라는 직업은 무임승차자의 일이 아니야." 그레이랜드는 말했다. "아니, 그럴 수도 있겠지. 하지만 지금은 아니야."

"이 짓을 더 일찍 시작했어야 한다는 건가?"

"훨씬 더 일찍."

"그럴 줄 알았지."

"미안해."

"당신이 다시 이 일을 맡을 수도 있어." 키바가 말했다.

그레이랜드는 고개를 저었다. "나는 이제 다른 할 일이 있어. 게다가, 황제는 살아 있는 사람이 맡을 일이기도 하고."

키바는 그레이랜드의 머리를 가리켰다. "좋아, 하지만 알다시피, 그 기록 장치는 머리에 꽂기 싫어. 다른 사람들한테 알려 주기 싫은 게 너무 많아서. 절대로."

"당신이 마지막 황제야." 그레이랜드가 말했다. "상호의존성단을 마무리하는 황제. 당신 뒤에 다른 사람은 없을 거야. 그러니 당신 뒤에 기억의 방에 올 사람도 없어."

"그래, 좋아." 키바는 말했다. "당신한테 거짓말 하기 싫어서 솔직히 말하지만, 여긴 으스스해."

"나도 알아. 나도 그렇게 생각했어."

"그래, 어떻게 하자는 거지? 상호의존성단을 마무리하다니?"

"간단해. 개별 시스템이 고립을 대비해서 무엇을 해야 하는지 사람들에게 알려. 그들이 잘하고 있다면 내가 당신한테 알려 줄 거고, 그렇지 않다면 어떻게 해야 하는지도 가르쳐 줄게. 그러다 보면, 점점 더 많은 시스템이 고립되고 당신이 해야 할 일은 적어질 거야. 나는 직접 광선 통신을 통해 개별 시스템을 관찰하면서 최신 소식과 소실류 상태, 플로우 입구를 조종할 수 있는 최신 과학에 대해 정기적으로 알릴 생각이야. 장기적으로 지속되던 플로우가 모두 사라지고 나면, 내가 정보 거점 역할을 맡는 거지."

"일시적인 플로우를 통해 시스템은 계속 연결되잖아."

"소실류, 그렇지. 하나의 플로우가 몇 달이나 몇 년 정도밖에 계속되지 않겠지만, 그 정도면 정보와 물자를 전달하거나, 엔드를 최종 목표로 해서 구조물을 한 시스템에서 다른 시스템으로 운반하는 데 충분해."

"당신이 그 일을 할 거라는 거지."

그레이랜드는 고개를 저었다. "개별 시스템에 있는 사람들이 어떻게 하느냐에 달렸어. 내가 가진, 그들에게 필요한 정보를 줄 수는 있지만, 상호의존성단이 사라지고 나면 그 정보로 무엇을 하느냐는 그들에게 달렸어. 모두가 엔드까지 갈 거라고 생각하지는 않아. 많은 사람들이 가겠지."

"그럼 그 행성이 터져나갈 텐데."

"정착지를 통째로 옮길 수 있다면, 사람들은 계속 거기서 살면 돼. 흩어져 있는 상호의존성단 전체가 하나의 시스템 안으로 옮겨가는 것뿐이야."

키바는 고개를 저었다. "붐빌 거야."

그레이랜드는 미소 지었다. "우주는 상당히 넓잖아. 한 시스템 안이라도."

"그렇겠지."

"당신 어머니는?" 그레이랜드는 물었다.

"얼마나 잘난 척하는지. 내가 왜 당신 말을 듣고 어머니를 공작에 봉했는지 몰라."

"내게 도움을 많이 줬어. 이런 상태가 된 뒤로, 일처리를 도와줄 살아 있는 인간이 필요했거든. 신뢰할 수 있는 사람, 일을 해낼 수 있는 사람이 필요했어. 당신을 탈옥시키는 일 같은 것들."

"어머니는 그냥 차 하나 빌려서 세니아에게 타고 가라고 한 것뿐이야. 실제 탈옥은 당신이 이끌었어."

"차가 없었다면 실패했을 거 아니야. 어머니는 당신이 살아 있다는 걸 한시도 의심하지 않았어. 내가 당신이 살아 있다고 하니까, 그냥 이러시더군. '그럼, 당연하죠.'"

"원래 그런 분이지." 키바는 말했다.

"살아 있어 줘서 고마워. 당신이 죽었다면 마르스가 황제가 되어야 했을 거야."

"그는 형편없는 황제가 되었을 텐데."

"나도 알아."

"아, 당신이 죽은 건 정말 유감이야, 그레이랜드. 이제 내가 이 고약한 일을 맡아야 하잖아."

그레이랜드는 웃었다. "특권도 있어. 좋은 집."

"여긴 귀신 붙었어. 계속 눈에 보인다고."

"음, 마지막 플로우가 붕괴할 때쯤, 이 집은 남겨 두고 엔드로 가면 되잖아."

"그러든가."

"그럼, 여기 계속 있을 거지?"

키바는 잠시 침묵을 지켰다. "어머니는 이코이로 돌아가신다고 했어."

"알아." 그레이랜드는 말했다.

"거기서 돌아가실 때까지 사실 계획이야. 곧 돌아가시진 않겠지. 언젠가. 그때까지는 이코이 시스템이 고립에서 살아남을 수 있도록 거기서 할 수 있는 모든 일을 하실 거야. 시민들을 뒤에 남기고 떠나지 않으실 거야."

"알아. 당신 어머니는 최고의 귀족이야."

"난 그냥 황제가 아니야." 키바는 말했다. "허브의 여왕이기도 해. 상호의존성단이 끝난다 해도, 이 시스템에는 아직 수억 명이 살고 있을 거야. 그 사람들한테 여왕이 우릴 남기고 도망쳤다는 말을 듣고 싶지는 않아."

"그게 현명할지도 모르지."

"어쨌든, 당신은 계속 여기 있을 테니까. 틈틈이 황제 노릇에 대해서 투덜거릴 상대는 있겠지. 세니아가 지긋지긋하다고 하면."

"좋아. 당신한테 세니아가 있어서 기뻐, 키바."

"나도 그래. 누가 알았겠어."

"사랑이란 게 그렇지." 그레이랜드가 말했다.

❖❖❖

"한 가지 묻고 싶은 게 있어요." 마르스는 말했다. "묘한 질문이지만 대답을 듣고 싶습니다."

"말해 봐."

"당신이… 죽은 날 밤, 나는 오베르뉴 호에서 내 이름을 부르는 당신 목소리를 들었습니다. 잠에서 깨기 직전에. 혹시 당신이었나요? 당신이었습니까?"

"아니." 카르데니아는 부드럽게 대답했다. "하지만 그랬더라면 좋았겠지."

마르스는 고개를 끄덕이고 기억의 방을 둘러보았다. "그래, 이렇게 생긴 곳이었군요."

"맞아."

"저는 뭐랄까, 뭔가 더 있을 줄 알았습니다."

"더 있어. 황제들로 가득 차 있지."

"왜 그랬어요?" 마르스는 물었다.

"쿠데타의 순환을 막는 유일한 길…."

마르스는 손을 들었다. "당신이 죽은 거 말고요. 죽을 거라는 걸 알면서 왜 내게 청혼했습니까?"

"청혼할 때는 죽어야 할 거라고 생각하지 않았어."

"하지만 그럴 수도 있다고 생각한 거 아닙니까."

"생각은 해 봤지. 라헬라에 대해 알게 되고, 당신이 플로우 입구를 생성할 수도 있을 것 같다고 한 뒤로."

"그런데 왜 결혼하자고 했습니까?" 마르스는 물었다.

"당신을 사랑하니까. 청혼하던 날 밤 내가 한 말은 모두 진심이었어. 진심이야, 지금도. 이길 수 없는 싸움을 힘껏 하는 게 좋았어. 한데 그 싸움에서 이길 기회가 눈에 보인 거야. 아니, 이길 수 없을지언정, 이길 가능성이 더 커질 때까지 계속 싸우는 길이."

"당신은 그 싸움에서 이겼지만, 우리의 가능성은 저버렸어요." 마르스는 말했다.

"맞아. 이렇게 해야 한다는 걸 깨달은 순간, 난 울었어. 당신이 지금 앉아 있는 의자에 앉아서."

"그래도 그렇게 했군요."

"그렇게 해서 살릴 수 있는 사람이 수십 억이니까. 나는 카르데니아 우-패트릭이고, 당신을 사랑해, 마르스. 이루 말로 다할 수 없을 정도로. 파이를 좋아하는 것보다 더 많이."

마르스는 미소 짓고 웃음을 터뜨리더니 문득 울기 시작했다.

"나는 그레이랜드 2세, 황제이자 만민의 어머니이기도 했어. 내가 원했던, 내 인생에서 바랐던 것보다 더 무거운 책임이 있었어. 미안해, 마르스. 내가 이기적이었어."

"뭐라고요?" 마르스는 눈물을 닦았다. "그건 이기적인 것과 정반대죠."

"당신한테 미리 말하지 않은 건 이기적이지. 최소한 경고라도 했어야 했는데. 청혼을 하지 말든가."

"그러지 마세요."

"왜? 청혼한 것 때문에 오히려 마음이 아프잖아."

"아니요…. 마음 아픈 건 청혼이 아닙니다. 당신이 내게 청혼한 것은 기억하는 한 내 인생에서 가장 행복한 순간이었어요. 마음 아픈 건 우리가 만들어 갈 수도 있었을 미래를 상상하는 것, 생각하고, 원하고, 다시 빼앗긴 것이죠." 마르스는 무겁게 숨을 들이마셨다. "상상하는 특권을 누리자마자 너무 빨리 도로 빼앗긴 것."

"내 손으로 빼앗았지."

"네? 아뇨. 당신이 빼앗은 게 아닙니다. 나다쉬 노하마페탄이 그랬죠. 그녀 잘못입니다. 전부 다." 그는 카르데니아를 쳐다보았다. "그녀를 살려 줬다고 들었어요."

"내가 제안했고, 키바도 동의했어. 그래야 나다쉬가 더 오래 괴로울 수 있을 테니까."

"저라면 다른 선택을 하겠습니다."

"그럴 거야."

"이제 어떻게 해야 할지 모르겠어요, 카르데니아. 당신은 갔는데, 난 아직 여기 있습니다. 당신을 볼 수도 있고, 들을 수도 있지만, 만지거나 같이 있을 수가 없어요. 마음이 아픕니다. 항상. 어떻게 해야 할지 모르겠어요."

"난 당신이 어떻게 해야 할지 알겠어." 카르데니아는 말했다. "하지만 당신이 원할 것 같지는 않아."

"그래도 말해 주세요."

"당신은 떠나야 해. 내게서, 이 모든 것에서."

마르스는 이 말에 나직하게 웃었다. "그 말이 맞습니다. 하지만 그런다고 나아질까요."

"그 문제 말인데. 키바와 이야기를 나눠 봤는데, 두 가지 선택지를 제시할 수 있다는 데 마음이 모였어."

"두 가지."

"그래. 첫째, 고향으로 돌아간다. 엔드로 말이야. 그리고 새 대공이 되는 거지."

"저더러 엔드의 대공이 되라고요?"

"당신 이상 자격을 갖춘 사람은 없어. 엔드의 대공으로서 당신과 당신 가족은 시스템에 새로운 인구와 정착지가 밀려들 때 사회에 잘 통합시키고, 사람들과 행성이 계속 살아남을 수 있도록 보존하는 일을 맡아 줄 적임자야. 허브에서 엔드로 이어지는 플로우가 마침내 무너지고 성단이 사라지면, 당신이 엔드의 왕이 되는 거야."

"두 번째 선택지는요?"

"지구로 가."

"네?"

"당신이 보낸 데이터를 분석했어. 전에 수집한 데이터와 같이."

"당신이?"

"내가 했어." 카르데니아는 말했다. "셰네버트가 내게 자기 시스템을 일부 물려줬거든. 어떻게 표현해야 할지 모르겠는데, 마르스… 나는 예전 이상이야. 달라."

"더 좋아졌군요."

카르데니아는 고개를 저었다. "좋아진 건 아니야. 그냥 달라진 거야. 요점은, 데이터를 합쳐서 앞으로 생길 소실류를 예측해 봤어. 뭔가 보여서 셰네버트에게 같은 것이 보이는지 확인해 보라고 했지. 그도 보인다고 했어. 플로우였어. 여기서부터 지구가 있던 시스템에 대응하는 영역으로 이어지는 흐름이 앞으로 여섯 달 뒤에 생기게 돼."

"이야." 마르스는 말했다. "이야."

"문제도 있어. 우리가 예측한 플로우는 그쪽으로 가는 방향이야. 셰네버트도 나도, 돌아오는 흐름을 예측하지는 못했어. 더 많은 소실류에서 데이터가 쌓이면 더 정확히 예측할 수 있겠지만, 지금으로서는 가는 방향이 유일해. 플로우 안에서 걸리는 예상 시간은 여섯 달. 셰네버트도 나도 플로우 반대쪽에 뭐가 있는지 몰라. 셰네버트의 시대에는 거기 생긴 지 얼마 안 되는 식민지가 있었다는데, 지금은 어떻게 됐는지 모르지. 셰네버트는 지구와 연결되었던 시스템들이 사용하던 플로우 지도를 갖고 있다는데, 파열로 인한 플로우 붕괴가 그쪽에서도 일어나지 않았다는 보장은 없지. 목적지를 알 수 없는 편도 여행을 해야 하는 셈이야."

"하지만 거기 뭔가 있다면…."

"그러면 당신이 1500년 만에 지구에 사는 인류와 처음 만나는 사람이 되겠지. 혹은, 그쪽 시스템에 사는 인류와."

"이야." 마르스는 다시 말했다.

카르데니아는 미소 지었다. "셰네버트도 당신이 그런 반응을 보일 거라고 했어. 당신이 지구로 가고 싶다면, 오베르뉴 호를 타라고. 기꺼이 조종사가 되겠다고."

"나는…." 마르스는 말을 끊었다. "생각을 해 봐야겠습니다."

"그렇게 해."

"큰 선택이에요."

"맞아." 카르데니아는 말했다. "탐험 쪽을 선택한다면, 키바는 당신 누이 브레나를 엔드의 대공으로 임명할 생각이야. 키바도 그녀를 기억하고 있고 좋은 인상을 받았어."

"키바라면, 좋은 인상이라는 말이 여러 가지 의미가 있을 수 있겠는데요."

"그렇겠지. 어쨌든, 당신 집안이 대공직을 맡게 될 거야. 그게 당신의 선택에 어떤 영향을 줄지는 모르겠지만."

"고맙습니다, 카르데니아. 갑작스러워서 생각을 많이 해 봐야겠어요."

"그렇게 해. 그게 계획이었어."

마르스는 일어서서 기억의 방 문으로 다가가다가 문득 멈추더니 돌아섰다. "사랑합니다. 아시지요."

"나도 당신을 사랑해, 마르스. 당신이 어디에 있든, 영원히."

그는 미소 짓고 방을 나갔다.

카르데니아는 잠시 그렇게 서 있다가 마음을 추스르고 세네버트를 불러냈다. "당신이 맞았어요. 오래전 잃어버린 강아지처럼 지구에 애착을 갖네요."

"너도 그가 그래 주기를 바랐지."

"맞아요."

"그럼 그가 그쪽을 선택할 거라고 생각하는군."

"확신해요. 한동안 망설일 거예요. 하지만 그에게는 과학이 중요하니까."

"당신은?" 셰네버트가 물었다. "너는 어떻게 할 거지? 네 일부는 아직 인간이야. 언제나 그럴 거다."

"마음이 아프겠죠. 아주 오랫동안 아플 거예요."

"나쁜 일은 아니지."

"맞아요, 네. 나쁜 일은 아니예요."

"좋아. 그가 지구로 돌아가는 걸 선택하면, 내가 소식을 전하지. 새 황제에게 자금을 준비하도록 해 줘라. 편도 여행이긴 하지만, 지구까지 가는 여행에 장비를 마련하고 사람을 고용하는 건 문제가 없을 거야. 서로 가려고 할지도 모른다."

"그럴 수도 있죠. 그런데 셰네버트."

"응?"

"한 가지 약속해 주세요."

"뭐든지."

"언젠가 돌아올 거라고 약속해 주세요. 그도 돌아올 거라고."

"아, 카르데니아. 왜 그런 일을 걱정하니? 얼마나 오래 걸릴지 모르겠지만, 반드시 그를 데리고 돌아오마."

❖❖❖

"그래, 작별 인사를 했구나." 라헬라는 카르데니아에게 말했다.

"작별 인사는 아니에요. 몇 사람은 다시 만날 거예요. 몇몇은 상당히 자주."

"그들 말고. 예전의 너 자신에 대한 작별 말이다."

"아, 그거요. 네, 한 것 같아요."

"잘했어. 그 점은 중요해. 작별하지 않았다면, 우린 지금 이렇게 존재할 수 없다."

"불사신으로요."

"우리는 불사신이 아니야. 하지만 도움이 되는 한 살 수 있을 거다. 이런 특권을 누리는 사람은 드물지."

"당신은? 얼마나 오래 살아 계실 거예요? 상호의존성단은 끝날 거예요. 어떻게 되는지 보고 싶다고 하셨죠. 이제 다 보셨잖아요."

"모르겠어. 워낙 오래 살아 있었다. 성단이 나쁘게 끝나지 않을까 한동안 걱정했어. 하지만 이제 걱정하지 않는다. 네 덕분이야, 카르데니아. 고맙다."

"천만에요."

"언젠가 내가 떠나겠다고 결심해도, 날 생각해 줄 거지?"

"그럼요. 여긴 기억의 방인 걸요. 언제나 여기 계실 거니까."

"그래. 그럼 이제 종말을 시작해 볼까?"

"네. 그러죠. 기억에 남을 만한 종말을 만들어요."

에필로그

엔드 전투는 전투라고 할 것도 없었다. '라헬라의 예언' 호는 총한 발 쏘지 않고 엔드 원정군에 항복했으며, 라헬라 호와 임시로 태스크포스를 구축했던 나머지 우주선들도 승무원들이 대부분 살아 있는 상태에서 거의 비슷하게 항복했다.

거지꼴이 된 라헬라 승무원들이 '그레이랜드 2세의 영혼' 호에서 정신을 차리기 시작하자, 상황의 윤곽이 차츰 드러났다. 노하마페탄 반란군들이 라헬라 호를 지휘하고 있지만 탑승한 승무원과 군인들이 자신의 지휘를 원한다는 사실을 알게 된 온타인 마운트 경은 휘하 해병대를 엔드 지상으로 옮기고, 라헬라 호가 점거해서 수리와 병참에 사용하려던 우주 정류장을 파괴했다.

지상에 도착한 온타인 마운트의 해병대는 브레나 클레어몬트의 반란군과 합세하여 그레니 노하마페탄 임시 대공의 병력을 효과적으로 공격하는 한편, 라헬라 호와 간간히 새로 도착하는 우주선들의 보급과 정비를 차단하고 장기전에 돌입했다. 라헬라 군에 물자를 공급하던 해적들도 어느 순간 그들을 배신하기 시작했다. 은밀하게 지상에 착륙해 물자를 징발하려던 시도 또한 매복 작전으로 병력과 군수품만 탈취당하는 결과를 낳았다. 중력 우물 밑바닥에서 수행한 봉쇄 작전 사상 가장 효과적인 사례 중 하나였다.

영혼 호의 도착과 함께, 지상의 내전은 느닷없이 끝났다. 무기를 내려놓고 지휘관을 내놓으면 보복하지 않는다는 약속을 듣자마자, 전 임시 대공의 휘하 부대는 그레니 노하마페탄을 잡아 바쳤다. 그레니는 더플백에 쑤셔 넣은 볼품 없는 꼴로 엔드의 대공이 된 브레나 클레어몬트에게 끌려갔다. 브레나는 아버지가 어디 있는지 알려 주면 죽이지 않겠다고 약속했다. 제이미스 클레어몬트는 한 시간 뒤 갇혀 있던 방에서 무사히 풀려났다.

이틀 뒤 그레니 노하마페탄이 클레어몬트 백작을 가두었던 그 방에 갇혀 있는데, 문이 열리더니 누군가 밖에서 나다쉬와 노하마페탄 백작을 밀어 넣었다. 문이 닫히고 다시 자물쇠가 잠겼다.

그레니는 입을 쩍 벌린 채 아무 말도 못하고 거의 30초 동안 어머니와 누나를 멍하니 바라보았다. 마침내 그는 입을 다물었다.

"좋아, 진지하게 말해 봐." 그는 누나에게 말했다. "그 완벽한 계획이란 건 대체 어떻게 된 거야? 어?"

[끝]

THE LAST EMPEROX

마지막 황제

상호의존성단 Vol.3

1판 1쇄 인쇄 2021년 10월 21일
1판 1쇄 발행 2021년 10월 28일

지은이 존 스칼지
옮긴이 유소영

발행인 김지아
표지 및 본문 디자인 Misoso

펴낸 곳 구픽
출판등록 2015년 7월 1일 제2015-27호
주소 서울시 광진구 동일로 459, 1102호
전화 02-491-0121
팩스 02-6919-1351
이메일 guzma@naver.com
홈페이지 www.gufic.co.kr

ISBN 979-11-87886-71-6 03840